Ma chère maman

Il vient d'arriver une chose très triste ; le
général Vidal est mis à la retraite ayant déjà
dépassé la limite d'âge. Il partira le 18 septembre
de Besançon. Quoique cela fut naturellement arrivé
tout le monde le regrette quand même.
Madame Vidal, lui, tout le monde m'a dit
que cela leur ferait grand plaisir de nous voir
avant leur départ.

Merci de votre lettre. Avez-vous mes papiers
urgents. Quel grand temps ! Envoyez-[illegible]
absolument pressé.

Lettre 19.

생텍쥐페리,
내 어머니에게 보내는 편지

LETTRES A SA MERE
By Antoine de Saint-Exupéry

생텍쥐페리, 내 어머니에게 보내는 편지

앙투안 드 생텍쥐페리 지음 | 김보경 옮김

시공사

그건 나와 관련된 문제가 아니다.
“난 그저 전달해주는 사람일 뿐이다.”
우리가 관련된 문제도 아니다.
우린 모두 우리 세대를 잠시 빌려 쓰시는
신에게로 이르는 통로에 지나지 않기 때문이다.

_《성채》

이 책은 1955년과 1969년에 마리 드 생텍쥐페리가 출판했던 책을 보완하여 새로이 발간한 것이다.

이번에는 생텍쥐페리가 젊은 시절에 쓴 흥미로운 편지들과 힘겨웠던 순간에 그가 했던 생각들을 보여주는 몇 편의 편지가 추가되었다.

역대의 모든 작가들, 모든 위대한 인물들은 자신의 가족과 서신을 주고받으며 관계를 유지했다. 하지만 생텍쥐페리는 단순한 편지 그 이상, 애정과 다정함으로 매순간 가족과 밀착되어 있었다.

어린 시절에 살던 집과 뛰어놀던 정원, 너무도 빨리 사라져버린 소중한 사람들, 평생을 그토록 숱한 괴로움과 역경을 이겨내면서 모든 형태의 예술과 생각에 대해 편견 없이 비범했던 어머니, 그 모든 것이 생텍쥐페리가 1930년의 한 편지에서 썼던 것처럼 그를 어머니에게 가까이 다가가게 한 힘이 되었던 것이다. "엄마. 엄마는 분명, 세상의 모든 애정 중에서 가장 소중한 것이 엄마의 애정이니까 힘겨운 순간에는 엄마의 품으로 돌아온다고 말씀하시겠지요. 마치 어린 아이처럼 우리에겐 언제나 엄마가 있어야 한다고, 그리고 엄마한테는 평온함을 담아 놓은 커다란 저수지가 있어서, 젖을 물던 갓난아기 시절과 마찬가지로 엄마의 모습을 보면 안심이 될 거라고."

이번 판본에는 또한 그가 편지 속에 그려놓은 대부분의 그림들도 추가해 넣었다.

아울러 생텍쥐페리가 누이들과 매제에게 보낸 몇 편의 편지들이 날짜순으로 삽입되어 있다.

이전에 발간된 책에 의거해 사적인 일을 암시하는 내용으로 삭제해도 무난한 부분은 〔……〕으로 표기했다.

〔 〕 안의 장소와 날짜는 원본에는 표기되어 있지 않은 것으로, 편집부가 추정해서 재편성한 것이다.

갈리마르 편집부

차례

Prologue

마리 드 생텍쥐페리의
서문

앙투안 드 생텍쥐페리에 대해 이렇게 쓴 글이 있습니다.

"우리가 아는 생텍쥐페리는 평화라곤 알지 못했다. 그는 애태우며 열망하는 사람들 못지않게 현실에 안주하고 있거나 만족하는 사람들에게도, 그들을 타오르게 하는 열정의 크기에 개의치 않고 본질적인 것을 나누어주는 일밖에 생각하지 않았다."[1]

앙투안의 이야기는 바로 이와 같은 사람들에게 전하는 메시지입니다. 나의 아들도 이들과 똑같은 기쁨과 고난, 희망을 꿈꾸었으며 어쩌면 절망까지도 그들과 똑같았을 것이기 때문입니다.

앙투안이 썼던 편지와 책들이 이러한 기쁨과 싸움들을 여실히 보여주고 있는 것입니다.

—행복했던 어린 시절의 기쁨, 멋진 직업에서 느끼는 기쁨, 메르모즈와의 우정, 기요메와의 우정처럼 하늘의 개척자들과 함께했던 돈독하고 근사한 우정에서 우러나오는 기쁨.

1. Pierre Macaigne. 프랑스의 언론인, 작가–원주.

—파리의 한 기와공장 제조감독관으로 일하던 시절의 생계를 위한 싸움.

—소레 화물자동차회사의 출장판매원 시절, 몽뤼송에서의 싸움.

—툴루즈-다카르 항로를 개척하던 시절, 파리-사이공 간의 장거리 비행 도중 리비아 사막에서 모래와, 자연과 벌였던 싸움.

—쥐비 곶에서 고립되었던 시절, 고독과의 싸움.

—마리냔에서 벌인 불의와의 싸움.

—조국을 위해 죽기를 각오하고 알제에 착륙하였지만, 그의 표현에 의하면 '참여'를 거부당했을 때 찾아온 실의와의 싸움.

—마지막으로 최후의 싸움인, 보르고에서의 죽음과의 싸움.

나의 아들이 남긴 편지들은, 어린 시절 마냥 귀여움 받던 아이를 매정하게 하느님에게로 인도했던 이러한 부단한 싸움에 대한 증언입니다.

유년 시절의 기쁨, 그리고 추억들

밤, 홀로 사막에 누워 앙투안의 마음은 집으로 돌아가 있습니다.

집이 있다는 사실만으로도 난 충분히 행복한 밤을 보낼 수 있었다.

난 더 이상 이렇게 모래벌판 위에 떨어진 신세가 아니었다. 난 내가 있는 어디에 와있는지 알고 있었다. 집에서 나던 냄새들에 대한 추억과 현관에서 느껴지던 서늘함이 가득한 공기와 온 집 안을 살아 움직이게 한 쟁쟁하던 그 목소리들, 심지어는 나를 만나러 왔던 연못 속 개구리들의 노래까지도 몸 가득 배어 버린, 난 그 집의 아이였다. 아니, 이제 난 모래와 별들 사이에서 꼼짝도 하지 않았으며, 사막으로부터 어떠한 매정한 전갈도 받아들이지 않았다. 이젠 사막으로부터 얻었다고 믿었던 영원함에 대한 감식력마저도 받아들이지 않았다. 난 이제 그 연유를 알아냈다. 우리 집을 다시 보았기 때문이다.

나도 내가 무슨 생각을 하고 있는지 모르겠다. 이토록 많은 별들이 자성을 지녔건만 중력은 나를 땅에 매어놓고, 또 다른 중력이 나를 나 자신에게로 돌아오게 한다. 너무나도 많은 생각들에 이끌리는 중압감이 느껴진다. 나의 몽상이 이 모래 언덕보다도, 저 달보다도, 지금 내 눈 앞에 보이는 이 실재보다도 더 현실적인 것이다…….

아! 집이 갖는 놀라운 점은 결코 집이 우리를 걷어주고 따뜻하게 몸을 덥혀주어서도, 우리를 보호해주는 벽이 있기 때문도 아니다. 바로 우리 안에 서서히 그 포근함을 비축하게 만들어, 마음 속 깊은 곳에 마치 샘물처럼 몽상이 샘솟게 하는 막연한 토대 같은 것을 만들어놓기 때문인 것이다.[1]

앙투안에게는 '포근함을 비축'하고 있었던 그 집은 독특한 양식은 없었지만 널찍하고 쾌적했습니다.

라일락과 거대한 보리수 숲이 우거진, 신비로움을 간직한 정원은 아이들의 천국이었지요. 그곳에서 비슈[2]는 새들을 길들였고, 앙투안은 산비둘기를 길들였습니다.

그러다가 '기사 아클랭 놀이'를 할 땐 모두 함께 모였고, 정원 사이로 난 오솔길에서 '활공 비행 놀이'를 하며 지나가는 모습도 보였습니다. 자전거 높이 돛을 달고 힘껏 질주하면 자전거는 어느새 공중으로 날아올랐답니다. 하지만 우리 '어른들'이야 그걸 알 수가 없었지요…….

비가 오는 날이면 아이들은 집 안에 있어야 했습니다.

놀이터는 어느새 '놀라운 물건들'로 가득한 지붕 밑 다락방으로 옮겨졌지요. 비슈는 그곳에 중국식으로 방을 하나 꾸며 놓고 신발을 벗지 않고선 들어가는 일이 없었답니다. 프랑수아는 그 방에서 앵앵대는 '파리들의 음악 소리'를 듣고 있었습니다.

그리고 엄마인 나는 아이들에게 이야기를 들려주었습니다. 이야기들은 활인화(活人畵)[3]가 되었고, 그러면 무시무시한 푸른 수염이 아내에게 이렇게 말하는 것이었습니다. "부인, 이 상자는 내가 해가 다 저문 저녁노을을 넣어두는 곳이라오."[4]

어린 왕자가 저녁노을을 찾아냈던 곳이 그 상자인 걸까요?

아이들의 방은 3층에 있었습니다. 창문에는 아이들이 지붕 위로 소풍을 나가지 못하도록 철망을 쳐놓았답니다.

그 방은 도자기로 만들어진 난로로 난방을 했지요.

후일 앙투안은 제게 이런 편지를 썼습니다.

제가 이제껏 알고 있는 것 중에서 가장 '좋고', 가장 평온하고, 가장 정겨운 것은 바로 생모리스 집 윗방에 있던 작은 난로입니다. 살면서 그 난로만큼 제 마음을 놓이게 했던 건 아무것도 없었습니다. 밤에 잠에서 깨어 보면 난로는, 마치 팽이처럼 팽글팽글 돌아가면서 벽에 훈훈한 그림자를 드리우고 있었지요. 왠지는 모르겠지만 전 그때, 언제나 주인에게 충성을 다하는 털이 복슬복슬한 푸들 생각을 했습니다. 그 작은 난로가 모든 것으로부터 우리를 지켜주었던 것입니다.

가끔씩 위층으로 올라와서 엄마는 우리가 자는 방문을 열어보고 우리가 따뜻하게 잘 있는지 눈으로 확인하시곤 했습니다. 전속력을 다해 열심히 부르릉거리며 돌아가는 난로 소리를 듣고서야 내려가셨지요.

나의 어머니, 당신은 막 꿈나라로 떠나려던 어린 천사들에게 몸을 숙이시곤 우리들의 여행이 편안하도록, 그 어느 것도 우리들의 꿈을 방해하지 않도록, 침대 시트의 구김살을 펴주고 눈앞에 어른거리던 그림자와 넘실대는 파도를 없애주셨지요. 마치 하느님의 손길이 바다를 잠재우듯이.[5]

이 세상의 어머니들이 더 이상 침대 시트의 구김살을 펴주지 않고, 더 이상 파도를 잠재우지 않아도 되는 때는 너무도 빨리 다가옵니다.

그래도 중학교를 다니고 고등학교를 다니는 시기에는 방학이라는 커다란 기쁨을 안겨다주기도 합니다.

군대에 들어가면서 앙투안은 내게서 더 멀리 떨어져 갔습니다.

병역을 마치고 아에로포스탈[6]에 입사하기 전까지, 그는 소레 화물자동차회사에서 수습사원을 거쳐서 출장판매원이 되었지만 여전히 사무실에만 매여 지내게 됩니다.

1. 《인간의 대지》-원주.

2. 2남 3녀 중 장녀인 생텍쥐페리의 첫째 누나 마리 마들렌의 애칭. 밈마로도 불리었다.

3. 이야기 속 무대를 그린 배경 앞에서 등장인물로 분장한 채 움직이지 않고 그림처럼 보이게 하는 것.

4. 원작에서 푸른 수염은 이렇게 말했다. "이건 나의 금과 은화를 넣어놓은 금고 열쇠고, 저건 보석을 넣어놓은 상자 열쇠라오."

5. 위의 편지에서 인용된 《야간비행》의 첫 부분.

6. 라테코에르 우편항공회사가 전신인 프랑스의 한 항공회사 이름.

금전적 어려움과의 싸움
(1924년~1925년, 파리)

앙투안은 나에게 편지를 보냈습니다.

전 작고 어두운 호텔에서 우울하게 지내고 있습니다. 즐거운 일이라곤 잊은 지 오래에요. [……] 방이 하도 음산해서 와이셔츠 깃을 풀고 구두를 벗을 엄두가 나지 않을 정도입니다.

그리고 얼마 후 보내온 편지입니다.

좀 지쳐서 녹초가 되긴 해도 개미처럼 열심히 일합니다. 막연하기만 했던 화물자동차에 대한 전반적인 개념이 명확해지고 있습니다. 머지않아 저 혼자서 차 한 대를 해체할 수 있게 될 것 같습니다.

그러나 당시 앙투안에게 무엇보다도 더 명확해졌던 것은 바로 일에 대한 애착과 자각입니다. 이후 그는 자신에게 점점 더 엄격해져 갔습니다.

매일 저녁 전 제가 그날 하루 했던 일들을 종합적으로 검토합니다. 스스로를 훈련시키는 데 아무런 성과를 거두지 못했다면, 전 저의 하루를 헛되이 보내게 한 사람들과 제가 믿을 수 있었던 사람들에게 심술을 부립니다. [……] 일상생활이 너무 대수로울 게 없고 정말이지 그날이 그날 같습니다. 내면생활에 대해서는 말씀드리기가 어려운데, 수줍음 같은 것이 느껴져서 굳이 말씀을 드리자면 너무 꾸미게 되기 때문입니다. 엄마는 그것이 저한테 얼마나 중요한 단 하나의 의미를 갖는 것인지 상상도 하지 못하실 겁니다. 내면생활이 저의 모든 가치관을, 심지어는 타인에 대한 제 판단까지도 바꾸어놓습니다. [……] 전 오히려 제 자신에게 엄격합니다. 그러니 다른 사람들의 작품에 대해 제 자신에게서 부정하고 고치려했던 것을 부정할 권리가 제게는 분명 있는 것입니다.

모래와의 싸움
(1926년, 툴루즈-다카르)

이젠 앙투안을 책임자, 그리고 작가로 만들게 될 항로가 시작됩니다.

1926년 10월 라테코에르 우편항공회사에 입사한 그는 툴루즈-다카르 항로에 배정되었습니다. 최초의 착륙을 마친 후 앙투안은 편지에서 툴루즈에 대한 이야기를 합니다. "제가 멋진 생활을 하고 있다는 사실도 잘 알고 있습니다."

그리고《인간의 대지》에서 말합니다.

단순히 비행의 문제가 아니다. 비행기란 하나의 수단이지 목적이 아니다. 농부가 밭을 가는 것이 쟁기를 위해서가 아닌 것처럼, 우리가 생명을 거는 것이 비행기를 위해서는 아닌 것이다. 하지만 우린 비행기를 탐으로써 도시와 도시의 회계원을 떠나 농부의 진리를 발견한다. 인간다운 일을 해야 비로소 인간다운 고뇌를 알게 되는 것이다. 우린 바람과 별과, 그리고 밤과, 그리고 모래, 그리고 바다와 마주하게 된다. 자연의 힘과 맞서 꾀를 부려본다. 정원사가 봄을 기다리듯 우린 동이 트길 기다린다. 마치 약속의 땅이라도 되는 듯 기착지에 착륙하길 기다리고, 별 속에서 진리를 찾는다.

난 내 일을 할 때 행복하다. 기착지에서 밭을 가는 농부라도 된 것 같은 느낌이 든다. 그래도 난 들이마셨다, 바다에서 불어오는 바람을. 이처럼 마음을 살찌우는 양식을 한 번이라도 맛본 사람이라면 그 맛을 결코 잊지 못하는 법이다.

위험을 감수하고 살아야 한다는 이야기가 아니다. 이런 표현은 건방진 소리일 뿐이며, 내가 사랑하는 것은 위험이 아니라, 바로 삶이다.

난 살아야겠다, 도시에는 더 이상 인간다운 삶이 존재하지 않는다.

고독과의 싸움
(1927~1928년, 쥐비 곶)

1927년 앙투안은 쥐비 곶 비행장의 책임자로 임명되었습니다.

사랑하는 엄마, 아프리카 대륙에서 가장 모퉁이에 있는 스페인령 사하라 사막의 한가운데서 보내는 제 생활은 완벽한 수도사의 생활 그 자체입니다. 바닷가에 요새가 하나 있고 우리 막사가 그 요새에 기대 서 있습니다. 그리고 수백 킬로미터에 걸쳐 아무것도 보이지 않습니다. [……]

밀물 때가 되면 바다가 완전히 우리를 에워싸서, 밤에 감옥—우리가 있는 곳은 불귀순 지역입니다—같은 창살이 쳐진 창 구멍에 팔을 괴고 바라보면 보트를 타고 있는 것과 똑같이 바다가 바로 내 발치에 와있습니다. 그리고 바다는 밤새 나의 벽을 두드립니다.

막사의 다른 쪽 면은 사막으로 향해 있습니다.

내부는 극도로 간결합니다. 판자 한 장에 얄팍하게 짚을 넣은 매트가 깔린 침대가 하나 있고, 세면대야 하나, 물병 하나가 전부예요. 자질구레한 물건들은 빠뜨렸는데, 타자기와 비행장에 관련된 서류들이 있습니다. 완전 수도원의 방, 그것이지요.

비행기는 매주 다닙니다. 그중 사흘은 적막강산입니다. 우리 팀 비행기가 출발하면 전 마치 그들이 제 자식처럼 느껴집니다. 천 킬로미터 떨어져 있는 다음 착륙지를 통과했다는 무전을 받을 때까지 제 마음은 조마조마합니다. 그래서 전 언제라도 길 잃은 아이들을 찾으러 나갈 만반의 준비를 하고 있습니다.

부에노스아이레스 '항로'
(1929년~1931년)

그리고 이젠 대모험이 시작됩니다. 그 모험은 앙투안을 안데스 산맥을 넘어 파타고니아 지방에까지 이끕니다. 그는 '아르헨티나 우편항공회사'의 항공노선 개설 부장으로 임명됩니다. 이때 쓴 그의 편지입니다.

> 엄마는 좋아하시리라 생각되지만, 전 좀 울적합니다. 예전 생활이 전 많이 좋았거든요.
>
> 여기서는 주름살만 늘 것 같습니다.
>
> 조종은 계속 하겠지만 그건 어디까지나 새로운 항로에 대한 감독과 탐사를 위한 일일 뿐입니다…….

아프리카는 물론, 이 시기에 남아메리카에서 겪은 조종사로서의 경험이 《남방 우편기》, 《야간 비행》, 《인간의 대지》를 탄생시킵니다.

앙투안은 결혼을 하게 됩니다. 부에노스아이레스에서 아르헨티나 작가 고메스 카릴로의 미망인 콘수엘로 순신[1]을 만났던 것입니다. 그녀는 이국적이고 매력적이었지만, 극도로 자유분방했고 모든 일, 심지어는 정신적인 고난조차도 함께 나누길 거부하면서 결혼생활을 힘들게 만듭니다. 그렇지만 앙투안은 그녀를 사랑했고, 고독은 마지막 순간까지 그를 에워싸고 있었습니다. 《어린 왕자》와 아프리카에서 보내온 편지들이 바로 그 증거입니다.

그리고 1931년 3월, 아에로포스탈의 파산이 이 시기의 생활을 더욱 힘겹게 만듭니다.

1. 앙투안은 1930년 9월 부에노스아이레스에서, 대통령의 초청으로 강연회에 참석한 아르헨티나 영사 고메스 카릴로의 미망인 콘수엘로 순신을 만나 청혼을 했다. "손이 이토록 작을 수가! 아기 손 같군요! 이 손을 나한테 아주 주지 않겠소?", "하지만, 전 손이 없는 불구가 될 마음이 없는 걸요", "당신 정말 바보군요. 난 지금 당신에게 청혼을 하고 있는 겁니다"-원주. 그의 어머니는 다른 나라에서 온, 집안끼리 서로 알지도 못하는 사람과 결혼하는 것에 대해 처음엔 몹시 당혹스러워했었다. 하지만 아들이 사랑하는 사람이라는 단 하나의 이유로, 그녀는 앙드레 지드를 비롯한 주변 사람들과 앙투안의 누나 시몬의 격렬한 반대를 무릅쓰고 유일하게 그들을 축복해주고, 1931년 4월 23일 아게 성에서 결혼식을 올리도록 해주었다. 엘살바도르 태생의 예술가이자 작가이기도 한 순신은 어린 왕자의 단 하나뿐인 장미로서 《장미의 기억》 등의 저서를 남겼다.

불의와의 싸움
(1932년, 마리냔)

앙투안은 아에로포스탈의 동료들 편을 들었다는 이유로 그 회사의 정산 사무를 담당했던 '에어 프랑스'로부터 거칠게 내몰렸습니다.

여러 난관에 부딪히고 궁지에 몰려, 앙투안은 다시 처음으로 돌아가 아무런 지위도 없이 일반 조종사로서 복무하게 되었습니다.

무어인들로부터 '사막의 주님'으로 불렸던 그가, 사람들에게 거의 알려지지 않은 미지의 지대를 문명세계와 연결시켜주었던 그가, 지금은 마리냔에 기지를 둔 마르세유-알제 간 수상비행기 항로에 배속된 것입니다.

자연의 힘과의 고된 싸움에 직면한 그는 가까스로 폭풍우에서 빠져나옵니다. 하지만 이러한 싸움이 그를 분발하게 만듭니다.

그러나 진정한 시련은 몇몇 동료들의 이해 부족이었습니다. 앙투안이 자신의 책으로 그들에게 그토록 위대한 불후의 기념비를 세워주었건만, 그들은 바로 그 책을 명분으로 내세워 그를 아마추어 취급하거나 심지어 의심하기까지 합니다.

기요메[2]에게 보낸 편지에 그의 그런 쓰라린 감정이 잘 나타나 있습니다.

기요메, 자네가 온다니까 가슴이 두근거리는군. 자네가 떠난 이후로 내가 얼마나 고통스럽게 지냈는지, 그리고 내가 얼마나 엄청나게 삶에 대한 환멸을 느끼게 되었는지 자네가 안다면! 그 이유는 내가 이 유감스러운 책을 썼기 때문인데, 그로 인해 난 비참한 지경에 처하게 됐고, 동료들이 나에 대해 적개심을 갖게 되었다네.

내가 그토록 좋아했던 친구들이 나와 절교하고 나에 대해 어떤 소문들을 내고 있는지는 메르모즈[3]가 말해줄 것이네. 사람들이 자네에게 내가 얼마나 잘난 체하는지도 알려줄 테지. 그런데 툴루즈에서 다카르에 이르기까지 그 이야기에 대해 의구심을 품는 사람은 단 한 사람도 없다네. 가장 심각한 근심거리인 빚 문제도 남아 있지만, 정말이지 난 여전히 가스 요금조차도 낼 수 없는 형편이고, 옷도 3년 전에 산 낡은 것만 입고 지내네.

그렇지만 어쩌면 자네가 오는 순간 상황이 달라질지도 모르지. 그러면 나도 이런 회한에서 벗어날 수 있을 지도 모르겠네. 자꾸 환멸감이 느껴지고, 계속되는 수군거림들이 억울해서 자네에게 편지를 쓰지 못했네. 자네도 내가 변했다고 생각할지 모를 일이니까. 그래서 난 내가 형제처럼 여기는 유일한 사람 앞에서 나 자신을 변호할 결심이 서질 않았던 걸세…….

남아메리카 이후로 한 번도 본 적이 없는 에티엔까지도 이곳에 와서, 그것도 내 친구들에게, 그사이 날 만난 적도 없으면서 내가 잘난 척하는 인간이 되었다고 이야기했다는 것이네.

가장 친한 동료들이 나에 대해 그런 인상을 품게 되었다면, 《야간 비행》을 쓴 죄를 저지른 후 내가 항로를 비행하는 것이 그렇게도 파렴치한 일이 되는 거라면, 내가 지금까지 살아온 모든 삶이 나락에 떨어지는 것이라네. 자네는 알지, 이야기를 꾸며내길 좋아하지 않는 나란 사람을.

호텔에는 가지 말게. 내 아파트로 오면 돼. 내 아파트가 곧 자네 아파트니까. 난 4일이나 5일 후면 지방에 일하러 갈 걸세. 자네 집처럼 편하게 생각하면 될 테고 전화도 있어서 아주 편리해. 하지만 자넨 거절할지도 모르겠네. 그렇게 된다면 자넨 내가 나의 가장 소중한 우정마저도 잃어버렸다는 사실을 인정하는 셈이 될 걸세.

생텍쥐페리

1. 《야간비행》이 대중적 갈채를 받은 것과는 대조적으로 그의 동료들은, 작가인 체 한다며 그에 대해 큰 실망감을 나타냈다. 이런 적대감이 해소되는 데는 많은 시간이 필요했다. 지식인은 지식인대로 그를 항로를 이탈한 비행사로밖에 보지 않으려 했고, 조종사들은 조종사들대로 동료를 배신했다고 생각하며 그를 인정하지 않았던 것이다.

2. 1930년 6월 13일 안데스 산맥에서 조난 7일째 되던 날 자신을 구조하러온 앙투안에게 그가 들려준 이야기 등이 《인간의 대지》에 등장하며, 앙투안은 이 책의 서두에, "나의 동료, 앙리 기요메에게 이 책을 헌정한다"는 글을 썼다.

3. 라테코에르 우편항공회사의 전설적 인물. '대천사'로 불렸으며 앙투안과는 친구이자 동료로 시련을 함께 겪었다. 《인간의 대지》에 그와의 우정에 대한 수많은 이야기와 함께 1936년 12월 7일 10시 47분 후방 우측엔진 끊는다는 그의 마지막 무전이 기록되어 있다.

목마름과의 싸움
(1935년~1936년, 리비아 사막)

파리-사이공 간의 장거리 비행[1] 도중 비행기가 리비아 사막에 추락하여 앙투안은 죽음에 직면하게 됩니다. 그로부터 소식이 끊긴 채 긴긴 시간이 지나갑니다. 아침이 되어 앙투안은 목을 축이려고 기름이 흘러 내린 자신의 비행기 날개 위에 맺힌 이슬을 헝겊으로 쓸어 모읍니다. 그는 죽어가고 있습니다. 그러면서도 그는 여전히 다음의 글을 쓰고 있습니다.

밤중에 명상에 잠긴다. 프레보가 그랬지. "내가 우는 이유가 나 때문이라고 생각하나?" 그렇다. 나를 기다리고 있는 눈빛들을 다시 떠올릴 때마다 난 불에 데는 듯 화끈거리는 느낌이 든다. 일어나서 앞으로 곧장 달리고 싶어지는 갑작스런 충동이 일어난다. 저기서 사람들이 살려달라고 외치고 있다. 조난당했다고……. 아! 잠이 들게 되더라도 기꺼이 감수할 것이다. 하룻밤 동안이든, 아니면 설령 영원히 잠든다 하더라도. 잠이 들면 전혀 분간을 못하게 되고, 게다가 얼마나 평온할 것인가! 그렇다고 저기서 소리를 지르고 활활 타오르는 절망감에 부들부들 떠는…… 저런 모습은 견딜 수가 없다.

저렇게 조난당한 모습을 보고 속수무책 팔짱만 끼고 있을 수만은 없다! 내가 침묵하고 있는 1분 1초마다 내가 사랑하는 사람들이 조금씩 죽어가고 있기 때문이다.

안녕, 내가 사랑하던 그대들이여, 그들만 고통스럽지 않으면 난 아무것도 후회하지 않는다. 따지고 보면 그리 억울할 건 없다. 그래도 만일 돌아가게 된다면 난 다시 시작할 것이다. 난 살아야겠다. 도시에서는 더 이상 인간다운 삶이 존재하지 않는다.[2]

사흘 동안 사막에서 헤맨 끝에 앙투안은 아랍인들 손에 구조됩니다. 그때까지 사람들은 그가 페르시아 만의 바다 속으로 추락했다고 생각하고 있었습니다. 어느 날 저녁 해쓱한 얼굴에 누더기를 걸친, 죽음과 당당히 맞섰다는 사실에 의기양양한 표정의 그가 카이로의 그랜드 호텔 입구에 나타납니다.[3] 영국 공군에 속한 영국인 동료들이 두 팔 벌려 그를 맞이합니다.

다시 문명인으로 돌아온 앙투안은 나에게 편지를 씁니다.

사막 한가운데서 애타게 불렀던 엄마였기에, 그토록 뜻 깊은 엄마의 짧은 편지를 읽는 제 뺨엔 눈물이 흐르고 있었습니다. 전 모든 사람들이 그렇게 출발해야 했던 상황과, 이 침묵할 수밖에 없는 현실에 울분을 가눌 수가 없어 엄마만 찾고 있었습니다.

콘수엘로처럼 엄마가 필요한 누군가를 남겨두는 건 참 견디기 힘든 일입니다. 돌아가서 지켜주고 보호해주고 싶은 욕구가 물밀 듯 밀려옵니다. 그래서 엄마의 역할을 못하도록 엄마를 가로막고 있는 이 모래만 손톱이 빠지도록 쥐어뜯고 있습니다. 필요하다면 전 산이라도 옮겨 놓을 겁니다. 하지만 저한테 정말 필요했던 건 바로 엄마예요. 그때 저를 지켜주고 보호해준 건 엄마였으며, 전 아기 염소 같은 아주 이기적인 마음으로 엄마만 찾고 있었습니다.

제가 돌아온 건 조금은 콘수엘로를 위해서였지만, 저를 돌아오도록 한 건 엄마였습니다. 너무도 연약하신 엄마, 엄마는 자신이, 그렇게까지 강인하고 현명하며 너무도 은총으로 충만한 수호천사이며, 제가 밤에 홀로 엄마에게 기도드린다는 사실을 알고 계셨나요?

1. 15만 프랑의 상금이 주어진 파리-사이공 간 기록경신대회. 1936년 1월 3일 카이로에서 보낸 편지(102)의 주1 참조.

2. 《인간의 대지》-원주.

3. 1936년 1월 1일 오후 6시 베두인족에 의해 구조된 그들은 프랑스로 돌아오기 전 카이로에서 한 달여를 지냈다.

인간과의 싸움 I
(1939년, 전쟁)

전쟁이 발발했습니다. 앙투안을 안전한 곳으로 피신시키려는 모두의 노력[1]에도 불구하고 그는 한 영향력 있는 친구에게 편지를 씁니다.

여기선 나를 대형 폭격기의 비행과 조종을 감독하는 교관으로 삼고 싶어 하네. 그래서 난 답답하고 마음이 편치 않지만, 가만히 있을 수밖에 없는 상황일세. 자네가 나를 구해주게. 나도 전투기 편대에 들어갈 수 있도록 해주게. 자네도 잘 알다시피 난 전쟁을 좋아하지 않네. 하지만 위험에 동참하지 않고 후방에 있을 수는 없는 일이야…….

'유능해서 가치가 있는' 사람들은 안전하게 보호해야 한다고 우기는 지식인에 대해 난 대단히 혐오감을 느끼네. 유능하다는 건 참여했을 때 가능한 말이네. '유능한 사람들', 그들이 진정 이 세상의 소금이라면, 그들도 이 세상에 가담해야만 하는 것일세. 한 배를 타지 않겠다면 '우리'라고 말할 수 없네. 그러지 않고도 '우리'라고 하는 자가 있다면 그건 비열한 놈이지!

지금 내가 사랑하는 모든 것이 위협받고 있네. 프로방스에서는 숲에 불이 나면 비열한 놈만 아니라면 모두들 삽과 곡괭이를 들고 나오네. 난 사랑으로, 그리고 내 마음속에 있는 내 안의 종교로 이 전쟁을 치루고 싶네. 참전하지 않는다는 건 내가 할 수 없는 일이네. 될 수 있는 한 빨리 나를 전투기 편대에 들어가게 해주게.

앙투안은 전투비행 제33대대 2중대에 배속되는데, 기묘한 전쟁[2] 도중 22명의 대원 가운데 17명이 희생됩니다.
그는 오르콩트의 농가에서 나에게 편지를 보냅니다.

폭격 선포를 기다리는 동안 무릎 위에서 엄마한테 편지를 쓰고 있습니다만, 아직 알려진 건 없습니다. [……] 그리고 제가 두려움에 떠는 이유는 언제나 엄마 때문입니다. 저 이탈리아군이 가해오는 위협이 저한테 주는 피해는, 저 위협이 엄마를 위태롭게 한다는 것입니다. [……] 저한테는 엄마의 다정함이 끝없이 필요해요, 사랑하는 엄마, 내 사랑 엄마. 무엇 때문에 이 지상에서 제가 사랑하는 모든 것이 위협을 받아야만 하는 걸까요? 전쟁보다도 제가 훨씬 더 두려운 건 바로 앞으로 다가올 세상입니다. 모든 마을이 폭격에 산산이 파괴되었으며, 모든 가족들이 뿔뿔이 흩어져버렸습니다. 죽음도 전 두렵지 않습니다. 하지만 정신적인 일체감만큼은 다치지 않았으면 좋겠습니다.

대수로울 것 없는 제 생활에 대해서는 말씀드리지 않겠습니다. 언제나 똑같이 위험한 임무에, 식사와 잠자는 것의 반복뿐인 생활이라 말씀 드릴 만한 이야기가 없군요. 전 끔찍하게도 '불만' 스럽습니다. 이런 제 마음을 다스리려면 다른 훈련이 필요합니다. 우리 시대가 안고 가야 하는 많은 걱정거리들이 불만입니다. 아무리 위험을 감수하고 견뎌내도 제 안에 있는 양심의 가책은 가라앉을 줄 모릅니다. 그런 제 마음을 시원하게 적셔주는 유일한 샘물을 저는 어린 시절의 추억 속에서 찾습니다. 그건 바로 크리스마스 때마다 피우던 양초 냄새예요. 오늘날 이토록 황폐해진 건 바로 영혼입니다. 사람들은 목이 말라 죽어가고 있습니다.

1. 1938년 뉴욕-티에라 델 푸에고 제도 간 장거리 비행 도중 과테말라에서 두개골과 팔이 골절되어 5일 만에 깨어나는 생애 최대의 부상을 당한 후, 여러 후유증과 나이를 고려한 의사들과 전투기 편대장인 다베 장군, 샹브르 항공부 장관은 그가 전투기 편대에 편입되는 것을 반대했다. 하지만 같은 해 12월, 앙투안은 비트롤 대령의 도움을 얻어 슌크 사령관의 정찰대에 배속되었다.

2. 전투를 하지 않는 전쟁. 제2차세계대전 발발 직후 폴란드를 격파한 독일이 영국과 프랑스 연합국에 화평을 제의하지만, 연합국은 이를 거부하고 해상봉쇄를 통해 독일 경제를 악화시켜 항복을 받아내려 했다. 때문에 서부전선에서 적극적 공세를 취하지 않아 약 반 년 동안 전투다운 전투가 없었는데, 이 시기의 긴장된 개전 휴전 상태를 일컫는 말이다.

인간과의 싸움 II
(1941년, 뉴욕)

휴전이 된 뒤 앙투안은 침통하고 서글픈 심정으로 미국을 향해 떠납니다.[1] 이때 쓴 글입니다.[2]

나도 그들 중의 한 사람인 이상, 내 동족이 무슨 일을 하더라도 난 결코 내 동족을 부인하지 않을 것이다. 다른 사람들 앞에서 내 동족을 훈계하지도 않을 것이다. 그들을 옹호할 수 있다면 옹호할 것이다. 그들이 나를 모욕해도 난 그 굴욕을 마음속에 넣어두고 입을 다물 것이다. 그들에 대해 내가 어떻게 생각하든, 난 그들의 반대편 증인이 되지 않을 것이다…….

그렇기 때문에 수시로 나를 무안하게 만들 패전에 대한 책임에서 난 혼자 발을 빼지 않을 것이다. 난 프랑스 사람이다. 프랑스는 르누아르의 작품들을, 파스칼의 원리들을, 파스퇴르의 연구들을, 기요메와 오슈데[3] 같은 사람들을 만들어냈다. 프랑스는 무능한 사람들, 정치가들, 사기꾼들도 만들어냈다. 그렇다고 한쪽과의 동족관계는 내세우고 다른 한쪽과의 동족관계는 부정하는 일은 지나치게 안이한 생각 같다.

내가 내 가문으로 인해 굴욕당하는 것을 감수하면, 가문에 대해 영향력이 생겨 내 생각이 받아들여지는 법이다. 내가 우리 가문 출신인 것처럼 가문도 나의 가문이 되는 것이다.

하지만 굴욕을 거부한다면 집안은 제멋대로 되어 결국 몰락하고 말 것이며, 외톨이 신세가 된 나는 대단한 영광을 누릴지언정 죽은 자보다도 더 덧없는 사람이 될 것이다.

앙투안의 책 《전시 조종사》는 미국인에 대한 프랑스의 명예를 회복시켜줍니다. 그가 했던 이야기가 미국인들로 하여금 전쟁에 참여하도록 사기를 고무하게 된 것입니다. 책의 내용은 다음과 같습니다.

패전의 책임자는 바로 미국인 당신들이다. 우린 8천만 명의 공장주에 대항하여 싸운 4천만 명의 농사꾼이었다. 한 사람이 두 사람과, 한 대의 머신 툴이 다섯 대의 머신 툴과 대항했다. 비록 달라디에[4] 같은 이가 프랑스 국민을 노예로 전락시켰다 하더라도, 한 사람이 매일같이 백 시간 동안 일하게 만들 수는 없었을 것이다. 하루는 24시간밖에 되지 않는다. 프랑스가 어떤 태도를 취했든 그것과 상관없이, 결국 군비경쟁에서 한 사람 대 다섯 사람, 대포 한 문 대 다섯 문이란 결과가 나오게 되어 있었던 것이다. 우리는 1대 2의 상황에 직면해 정말로 죽을 각오를 했다. 하지만 우리의 죽음이 헛되지 않으려면 당신들로부터 네 문의 대포와 네 대의 비행기를 받아야만 했다. 당신들은 우리의 희생으로 나치의 위협을 모면하길 원했다. 그러면서도 오로지 자신들의 주말을 위한 고급 패커드 자동차와 냉장고만 제조하고 있었다. 바로 이것이 우리가 패하게 된 유일한 이유다. 그러나 이 패전은, 그래도 세계를 구한 것이 될 것이다. 우리가 감내한 참패가 나치주의에 대한 저항의 시발점이 되었을 것이기 때문이다. 언젠가는 저항의 나무가 우리의 희생을 자양분으로 싹을 틔울 것이다, 마치 씨앗에서 싹이 나오듯!

1. 기요메의 사망으로 절망한 앙투안은 미국을 전쟁에 참여시킬 목적으로 12월 31일 영화감독 장 르누아르와 함께 미국에 도착했다. 당초 3, 4주 예정으로 출발했지만 2년 반 동안 머물게 되었고 이 시기에 《어린 왕자》 등의 작품을 집필했다.

2. 《전시 조종사》-원주.

3. Jules Hochedé. 전투비행중대의 동료. 앙투안에 따르면 "인간성의 완성이라 할, 불멸의 재능을 타고난 데서 오는 광채를 지닌" 인물이었다. 1943년 훈련비행 도중 바다로 추락하여 사망하였다.

4. Édouard Daladier(1884~1970). 제2차 세계대전 초기의 프랑스 총리. 뮌헨회담에 참석한 그는 독일을 회유하기 위해, 더 이상의 영토를 요구하지 않는다는 조건으로 동맹국인 체코슬로바키아의 수데텐란트 병합을 승인했다. 하지만 이로써 전략상 유리한 발판을 얻은 히틀러는 협약을 무시하고 폴란드를 침공, 2차 세계대전을 유발하고 프랑스를 공격하여 파리까지 점령했다.

실의와의 싸움
(1943년, 알제[1])

미군들과 함께 아프리카에 상륙한 앙투안은 라디오 방송을 통해 호소합니다.[2]

프랑스인이여, 화해하고 군에 자원합시다. (……) 권력이니 우선권이니 그런 문제를 놓고 다투어서는 안 됩니다. 모두를 위한 총이 준비되어 있습니다. 우리들의 진정한 지도자는 오늘날 침묵을 선고받은 우리들의 프랑스입니다. 우리 모든 종류의 당파와 파벌과 분열을 지양합시다.

이와 같은 논쟁에 지친 그는 전투비행 제33대대 2중대로 귀대 허락을 받기 위한 절차를 밟습니다. 하지만 수속절차가 오래 지체되면서, 앙투안은 다음의 기도가 증명하듯 우울하고 고독해집니다.

주여, 저에게 외양간의 평화를, 모든 사태가 정리된 후의 평화를, 곡식을 거두어들인 후의 평화를 주십시오.

지금까지 생성되고 변화해온 제 존재에 대한 결론을 내리게 해주십시오. 마음이 너무 슬픈 나머지 이젠 지쳤습니다. 제가 벌여놓은 모든 일들을 처음부터 다시 되풀이하기엔 전 너무 늙었으며, 친구와 적들을 차례차례 하나씩 잃었습니다. 그리고 서글픈 여유라는 제가 걸어가야 할 길이 명확하게 밝혀졌습니다.

멀리 떠나 있다가 다시 돌아온 저는 금송아지 주변을 맴돌고 있는 사람들을 보았습니다. 그들은 욕심이 많은 것이 아니라 어리석은 것입니다. 저에게는 요즘 태어나는 아이들이 야만족의 아이들보다 더 낯섭니다. 마치 끝내 이해하지 못할 음악처럼 아무런 도움도 안 되는 보물들이 짐스럽습니다. 숲속에서 나무꾼의 도끼로 제 작품을 만들기 시작했을 때는 나무들이 들려주는 찬가에 흠뻑 취해 있었습니다. 하지만 너무도 가까이서 인간들을 보고 난 지금, 저는 지쳤습니다.

제게 모습을 보여주십시오, 주님. 신에 대한 희망을 잃어버리면 모든 것이 견디기 힘들어질 것입니다.

가정, 관습, 신뢰를 되찾으려면 어떻게 해야 합니까. 오늘날에는 그것들을 찾는 것이 너무도 어렵고, 또한 그것이 모든 것을 이토록 쓰라리게 만듭니다.

전 지금 일하려고 애쓰고 있습니다만 마음은 괴롭습니다. 이 지긋지긋한 아프리카가 정신을 타락시키고 있습니다. 무덤과 다

릅없습니다. 차라리 전투작전 임무를 띠고 라이트닝 전투기를 타고 비행하는 것이 더 쉬운 일일 것입니다.

1 알제리의 수도.

2. NBC에서 방송했던 내용으로, 1942년 11월 29일 '각처에 있는 프랑스인들에게 보내는 공개편지' 라는 제목으로 〈뉴욕타임스〉와 〈캐네디언 오브 몬트리올〉에도 실렸다.

마지막 싸움
(1944년, 보르고)

그러나 1943년 6월 4일 앙투안은 승리의 미소를 만면에 띠우고 튀니지의 라 마르사 작전지에 상륙합니다.[1]

냉철한 통찰력으로 미래에 큰 기대를 걸지 않던 그였지만, 당면한 여러 문제들에 대해서 어느 정도 마음의 평정이라 할 평화를 회복했던 것입니다.

이때의 글입니다.

> 전쟁 중에 죽는다 해도 난 정말 상관없네. 내가 사랑했던 것 중에서 무엇이 남겠는가? 살아있는 것들뿐만 아니라 풍습이나 누구도 대신할 수 없는 말투, 정신적인 깨우침, 프로방스 농가에 있는 올리브나무 아래서 하는 점심 식사 같은 것을 말하는 것이네. 물론 헨델도 말일세.[2]

편대의 조종사들은 한 방에 세 사람씩 모여 있는데, 그것이 바로 앙투안의 삶의 틀입니다. 그가 침울하다는 생각에 잠겨 있다는 사실을 같은 방의 동료들도 전혀 눈치 채지 못했습니다. 자신의 동료들이 평화롭게 지내도록 해주고 싶었던 것입니다.

하지만 한 친구에게 보낸 편지[2]를 보면 알 수 있습니다.

이 전쟁에서 난 내가 할 수 있는 한 가장 치열한 싸움을 하고 있네. 물론 세상 전시 조종사를 통틀어 내가 가장 나이가 많아. 그 대가를 톡톡히 치르고 있는 중이긴 해도, 난 내가 지독하다고 생각하진 않네.

여기 사람들은 남을 미워하는 일과는 거리가 멀지만, 아무리 우리 중대 사람들이 친절하다고 해도, 황폐한 마음은 어쩔 수가 없네.

이야기를 나눌 이가 단 한 사람도 없네. 함께 지낼 누군가가 있다는 사실만으로도 이미 고마워해야 할 일이지. 그렇지만 정신적으로는 정말 이렇게 고독할 수가 없네![3]

1944년 7월 31일, 앙투안은 비행시간에 맞춰 구내 장교식당에 모습을 나타냅니다.

"왜 날 깨워줄 생각도 하지 않고 있는 건가? 내가 나갈 차례였는데."

앙투안은 김이 나는 뜨거운 커피를 마시고 훌쩍 밖으로 나갑니다. 이어서 그의 전투기가 이륙하는 굉음이 들려옵니다.

그는 지중해와 베르코르 산악지대 상공을 정찰하기 위해 출발했습니다. 레이더가 프랑스 해안까지 그를 추적한 이후, 연락이 두절됩니다.

정적이 흐르다가 이제는 기다림이 됩니다.

레이더는 살아 있다는 신호가 될 만한 일말의 음파라도 포착하려 애씁니다. 만일 그가 탄 비행기와 날개의 표지등이 별을 향해 상승한다면 별들이 부르는 노랫소리까지도 들려올지 모릅니다.

시간이 흐릅니다. 피처럼 흐르고 있습니다. 그는 아직도 비행을 계속하고 있는 중인 걸까요?

1분 1초가 지날 때마다 기회는 하나씩 사라지고, 이렇게 세월은 가고, 또 허물어지고 있습니다. 스무 세기에 걸쳐 사원을 훼손해온 세월이 결국엔 그 화강암 속까지 길을 내어 먼지로 만들어놓고 말듯, 수세기에 걸쳐 이루어질 훼손이 1분 1초마다 한꺼번에 모여 앙투안의 비행기를 위협하고 있는 것입니다.

1분 1초가 무언가를 앗아갑니다. 앙투안의 목소리, 앙투안의 그 웃음, 그 미소……. 바다와 같은 중압감으로 점점 더 무겁게 장악해 오는 침묵이, 침묵이 다가오고 있습니다.[4]

1. 조국을 돕지 못해 절망해 있던 앙투안은 1943년 4월 1일 베투아르 장군으로부터 동원명령을 받았다. 30세까지라는 나이 제한을 이미 넘겼고 건강이 좋지 않은 상태였음에도 불구하고, 그는 특별훈련을 거쳐 6월 25일 소령으로 승진, 7월 21일 P38 라이트닝 전투기로 첫 임무를 완수했다.

2. 1943년 6월 모로코의 우지다에서 X장군에게 썼지만 부치지 않은 편지의 일부.

3. 1944년 7월 30일 혹은 31일 친구 피에르 달로즈에게 쓴 편지. 건축가로, 앙투안과는 1939년 알게 된 이후 알제에서 다시 만났다. 이후 베르코르 산악지대에 독일에 대항한 지하 레지스탕스단체를 소식했다.

4. 《야간 비행》에서 각색한 부분-원주.

앙투안은 매사에 감탄하고 행복해하는 아이였습니다. 인생을 살면서 경험한 고난들이 아이를 의식 있는 인간으로 만들었으며, 항로는 아이를 영웅으로 그리고 작가로 만들었습니다.

미국에서의 망명 생활은 어쩌면 그를 성인으로 만들었는지도 모르겠습니다.

하지만 그 어떤 영웅보다도, 작가보다도, 마술사[1] 보다도, 성인보다도 그를 이토록 가깝게 느끼게 하는 건, 바로 앙투안의 한없는 다정함입니다.

"길에 나서서 바라보면 별은 스러질 줄도 모르고, 오로지 빛을 밝혀주고, 또 주고, 주는 것밖에 모르는 것 같다."

어린 아이는 벌레를 보면 밟지 않으려고 길을 돌아서 다녔습니다.

산비둘기를 길들인다고 전나무 꼭대기까지 오르내렸지요.

사막에서는 영양들을 길들였습니다.

그리고 무어인들을 길들였습니다.

그리고 침묵의 세월이 지난 지금도 여전히 그는 계속해서 인간을 길들이고 있습니다.

"길을 들인다는 것이 뭐야?" 어린 왕자가 묻습니다. 그러면 여우가 대답합니다. "서로에게 관계가 생긴다는 거지."

우리가 갖고 있는 앙투안의 마지막 편지에는 이런 구절이 있습니다.

"만일 내가 살아서 돌아온다면, 나에게 문제가 되는 것은 하나밖에 없네. 그건 사람들에게 어떤 말을 해야 하는가라네."[2]

내가 내 아들의 이야기를 전해야겠다고 결심하게 된 것은 바로 이 말 때문이었습니다.

마리 드 생텍쥐페리

1. 앙투안의 카드 마술에 대한 유명한 일화가 있는데, 거의 모든 만찬은 그에게 한 벌의 카드를 내놓는 것으로 끝이 났다. 그럴 때마다 흔쾌히 카드를 받아든 그는 한 친구에게 카드를 고르게 한 후 자신이 그 카드를 알아맞히고는 아주 즐거워하곤 했는데, 그들 중 한 사람이 그를 마술사라고 불렀다.

2. 1943년 6월 X장군에게 쓴 편지에서 발췌 인용한 것. 원문은 다음과 같다. "만일 내가 누군가 '하지 않으면 안 되지만 성과는 없는 과업'을 마치고 살아서 돌아온다면, 나에게 문제가 되는 건 하나밖에 없네. 그건 사람들에게 어떤 말을 할 수 있으며, 또 어떤 말을 해야 하는가 라네."

Lettres

앙투안 드 생텍쥐페리의
편지들

[1910년 6월 11일, 르 망]

사랑하는 엄마,

만년필이 생겼어요. 지금 그 만년필로 엄마한테 편지 쓰고 있는 거예요. 아주 잘 써져요. 내일은 내 축일[1]이에요. 에마뉘엘 외삼촌[2]이 선물로 시계를 사주신다고 말씀하셨어요. 그럼 엄마가 삼촌에게 편지해서 내일이 내 축일이라고 말씀해주시겠어요? 목요일에는 노트르 담 뒤 쉔으로 순례를 떠나는데, 학교에서 가는 거예요.[3] 날씨가 아주 안 좋아요. 계속해서 비만 오고 있어요. 내가 받은 축일 선물들로 아주 예쁜 제단을 만들어 놓았어요.

안녕,

사랑하는 엄마, 엄마가 너무 보고 싶어요.

앙투안

내 축일, 내일이에요.

1. 가톨릭 전통이 강한 프랑스 사람들은 생일 외에도 자신에게 이름을 준 성인을 기리는 축일을 갖고 있는데, 6월 12일, 13일이 바로 성 앙투안(Saint Antoine) 축일이다.

2. Emmanuel de Fonscolombe. 마리 드 생텍쥐페리의 오빠로 라 몰 성의 주인.

3. 1904년 아버지가 돌아가신 후 앙투안의 가족은 외할아버지인 샤를 남작의 라 몰 성과 이모의 리옹 집과 여름 별장인 생 모리스 드 레망 성을 오가며 지냈다. 1909년에 친할아버지인 페르낭 백작의 부름으로 르 망으로 온 그의 가족은, 이듬해 르 망의 노트르 담 드 생트 크루아 중학교의 통학생이 된 앙투안과 프랑수아만 두고 다시 생 모리스 드 레망으로 돌아갔다. 이 편지에는 어린 앙투안의 아이다운 면모를 보여주는 부분이 있는데, 동사 avoir의 3인칭 단수 현재 시제인 a를 전치사 à로 잘못 쓰고 있으며, 이와 비슷한 예는 다음 편지에도 나타난다.

[1910년, 르 망[1]]

사랑하는 엄마,

엄마가 너무 보고 싶어요.

아나이스 고모[2]는 여기서 한 달 동안 계실 거예요.

오늘은 피에로와 함께 생트 크루아 학교 친구 집에 갔는데요, 간식도 먹고 무척 재미있게 놀았어요. 아침엔 학교에서 성체배령을 받았어요. 이젠 저번 순례 때 있었던 이야기를 해드릴게요. 그날은 학교에 7시 45분까지 도착해야 했어요. 우린 역까지 한 줄로 정렬해서 갔는데요, 역에 도착해서는 사블레까지 기차를 탔어요. 다시 사블레부터서는 승합마차를 탔고요. 노트르 담 뒤 쉔까지 마차 한 대에 52명도 더 타게 되었어요. 학생들밖에 없어서 마차 위에도 타고 마차 안에도 탔거든요. 각각 두 마리의 말이 끄는 무척 기다란 마차였어요. 마차 안에서 우린 재미있게 놀았어요. 전부 다섯 대였는데, 두 대는 합창단 아이들이 탔고, 나머지 세 대에는 중학생들이 탔어요. 노트르 담 뒤 쉔에 도착해서는 미사에 참석했고, 그러고 나서 점심을 먹었어요. 솔렘으로 갈 땐 마치 양호실 학생들처럼 7반, 8반, 9반, 10반 아이들은 마차를 타고 갔고, 나는 마차로 가고 싶지 않아서 1반, 2반 아이들과 함께 걸어서 가도 된다는 허락을 받아 걸어갔어요. 2백 명도 넘는 우리들의 행렬이 거리를 온통 다 메워버렸어요. 오후에는 예수의 성묘에 참배하러 갔고, 신부님들의 가게에서 기념품도 몇 개 샀어요. 그러고 나서 난 1반, 2반 아이들과 함께 걸어서 솔렘으로 갔어요.

솔렘에 도착해서도 우린 계속 여기저기 구경하며 걸어서 수도원 아래를 지나갔는데요, 어마어마하게 큰 수도원이었지만 들어가 보지는 못했어요. 시간이 없었거든요. 그런데 수도원 아래에는 대리석이 많이 있었어요. 큰 것도 있었고 작은 것도 있었어요. 난 여섯 개를 주워서 세 개는 친구들에게 주었어요. 그중에는 길이가 1.5미터에서 2미터 정도 되는 것도 있었는데, 친구들이 그걸 내 호주머니에 넣어 보라는 거예요. 너무 커서 내가 들어 옮기지도 못하는 것을요. 그러고 나서 우린 솔렘에 있는 풀밭으로 가서 간식을 먹었어요.

편지가 벌써 여덟 페이지나 됐어요.

그 후 선생님한테 가서 인사를 드리고 줄을 지어 역까지 갔어요. 역에 도착해서 르 망으로 돌아오는 기차를 탔는데,

집에 도착하니 8시였어요. 교리문답 시험에서 5등 했어요.

안녕, 사랑하는 나의 엄마. 마음의 키스를 보냅니다.

앙투안

1. 여기서도 'quart'를 'quar'로 적거나 'rang'을 'rand'으로 적는 등 철자를 틀리는데, 아마도 소리 나는 대로 적었던 시기인 것 같다.

2. Anaïs de Saint-Exupéry. 앙투안의 고모로 방돔 공작부인의 시녀-원주.

1916년 2월 21일,
스위스 프리부르, 빌라 생 장 사립중학교

사랑하는 엄마,

프랑수아가 방금 3월 초나 되어야 올 수 있다고 하신 엄마 편지를 받았어요! 토요일에 엄마를 볼 수 있다니 우린 너무 기뻐요!

그런데 왜 늦게 오시게 된 거예요? 그렇지만 엄마가 오신다면 너무 좋을 것 같아요!

목요일, 아니면 금요일에 우리 편지를 받게 되면, 바로 우리한테 오신다는 전보를 해주시겠어요? 토요일 아침에 급행열차를 타시면 프리부르에는 저녁이면 도착하실 텐데, 그럼 우린 너무 기쁠 거예요.

그런데 3월 초에 가서도 또 날짜를 늦추시면 우린 너무 실망할 거예요! 왜 자꾸 엄만 더 늦게 오고 싶어 하시는 거예요?

우린 엄마가 오시기만을 눈이 빠지게 기다리고 있단 말이에요! 혹시 오실 수 없게 되면 우린 마음이 너무 아플 거예요. 적어도 금요일 저녁에는 엄마의 대답을 들을 수 있도록, 그래서 일요일에 우리가 할 일을 할 수 있도록, 편지를 받자

마자 바로 전보를 보내주시겠어요? 그렇지만 정말로 엄마가 꼭 오셨으면 좋겠어요.

그럼 또 편지할게요. 안녕, 사랑하는 엄마. 마음의 키스를 보내며, 애타게 엄마를 기다리고 있을게요.

엄마의 효성스러운 아들
앙투안

추신.

우리가 일요일에 아무 일도 못하는 일이 없도록 편지를 받자마자, 빨리 전보를 해주세요. 적어도 금요일 저녁에는 대답해주셔야 해요.

1. 앙투안은 동생 프랑수아와 함께, 마리아회 사제들이 운영하는 프리부르에 있는 빌라 생 장 사립중학교 기숙생으로, 1915년~1917년까지 2년간 공부했다. 이때 방학 동안 생 모리스에서 지내던 그의 어머니는 제1차 세계대전이 발발하자 르 망으로 돌아가지 못하고 앙베리외 역 의무실의 간호부장으로 봉사하고 있었다-원주.

1917년 5월 18일 금요일, 스위스 프리부르, 빌라 생 장 사립중학교[1]

사랑하는 엄마,

여긴 날씨가 정말 좋아요. 어제 비 온 것만 제외하면 비가 내리는 걸 거의 본 적이 없으니까요! 본비 부인을 만나서 프랑수아에 대한 소식을 들었습니다, 가여운 내 동생![1] 대학 입학 자격시험 절차에는 아무 문제가 없다는 이야기도 들어서 안심이 되었습니다. 그러고 보면 제 서류를 보냈는지 확인하려고 파리로 편지를 보내지 않아도 될 뻔했어요. 잘한 일이긴 하지만, 리옹에 서류가 도착했다고 알려주기만 하면 되는 것이었는데, 미처 그 생각을 못했습니다. 아무튼 끝이 좋으면 다 좋은 거니까요…….

어젠 샤를로와 함께 산책을 나갔어요. 우리 세 사람에 샤를로까지(3+1=4). 성신강림 축일[2] 주간에는 루체른에서 좀 더 들어가서 연말 휴가를 미리 보내고 올 계획입니다.

안녕 사랑하는 엄마, 또 편지 드릴게요.

마음의 키스를 보냅니다.

엄마를 존경하는 아들

앙투안

1. François de Saint-Exupéry(1902~1917). 앙투안의 남동생. 관절류머티즘의 악화로 인한 급성심막염으로 생 모리스 드 레망에서 7월 10일 세상을 떠나게 된다 -원주. 숨이 넘어가기 얼마 전, 그가 앙투안에게 말했다: "무서워하지 마…… 이젠 안 아파…… 내 몸을…… 형, 알아? 거긴 너무 멀어서 내가 이런 몸을 갖고 갈 수가 없어, 너무 무겁잖아." 이 말은 훗날 《어린 왕자》에서, 마지막 순간 사라져가는 어린 왕자의 입을 통해 다시 태어난다.

2. 부활절로부터 일곱 번째 일요일에 성신의 강림을 기념하는 축일.

[1917년, 파리, 생루이 고등학교[1]]

사랑하는 엄마,

시간이 없어 길게 이야기할 수가 없어요. 편지 좀 매일 해주세요, 그럼 제가 얼마나 기쁠지 엄마는 모르실 거예요! 모노[2] 누나에게 사진이 다 들어 있는 제 앨범 [……]을 보내달라고 전해주세요. 누나 방에 두고 온 것을 깜빡 잊고 있었거든요. (앨범이지 파일이 아니에요.)

조금 전엔 시험도 시험이지만, 쉬는 시간에 게임을 하기로 해서 잡기놀이에서 방아벌레[3]들을 9대 0으로 박살을 내주었습니다.

우리 실력을 보여주려고 특별히, 그 반 아이들 요구에 응대해준 겁니다. '피스톤'[4] 아이들을 같은 편에 끼워주는 것(인원수가 부족한 편에 결원을 채울 녀석들이 몇 명 필요했거든요)에 대해서는 아무도, 우리도 방아벌레들도 찬성하지 않아서, 그들의 제안에 정색을 하고 거절했습니다. 피스톤은 우리 '물탕'들[5]과 (당연히) 방아벌레에게 미움을 사고 있거든요. 방아벌레를 피스톤과 물탕이 미워하는 것처럼, 물탕은 방아벌레와 피스톤에게 미운 털이 박혔고…… 그런 식이에요. 이번에도 방아벌레들을 이기려고 필사적으로 싸우는 건 잘했는데, 적을 우리편으로 끌어들지는 못했습니다.

가장 힘이 약한 건 생 시르 사관학교 학생들인데, 전 그 학교 학생들이 말하는 걸 한 번도 본 적이 없어요. 가장 단결이 잘 되는 반은 우리고, 다음이 방아벌레, 마지막은 따로 따로 노는 피스톤입니다.

여기서 스위스 베르크에 사는 생 장 중학교 친구 녀석을 다시 만났어요. 오늘 면회실로 저를 보러 왔는데, 그렇게 만나게 되니 신기했습니다.

전 아주 잘 지냅니다. 일요일에는 성채배령을 받았어요.

파제스 선생님이 짧게 연설을 하셨는데, 이런 말씀을 하셨어요. "코로 선생님과 내가 지금 여러분에게 제시하려고 하는 수학의 한 부분에 집중하려면, 무엇보다 배짱이 두둑해야 합니다. 본인이 그렇지 않다고 생각하는 학생은 지금 교실을 나가는 것이 좋을 겁니다. 장담하는데, 수학을 좋아한다면 겁을 내서는 안 됩니다!" 우린 공부에 집중하고 있습니다. 꾸준히(잘 쫓아가고 있다는 의미에서) 공부하고 있는데, 내가 생각해도 대견스러워요. 잘될 테니까, 걱정하시지 마세요.

포근히 안아드릴게요.

엄마를 사랑하는 아들
앙투안

우리의 숙적은 피스톤들이에요. 게다가 우린 피스톤들을 대수롭지 않게 여기고 있는데, 이유는 '기술자'라는 직업이 그럴 만하기도 하고, (모노 누나의 관점에서 보면) 해군사관학교 입시생과 '정반대 학교 입시생들'이기 때문입니다.

추신.

트뤼프 초콜릿[6] 만들어주세요, 엄마. 초콜릿으로 만든 과자도 보내주세요, 많이요, 제 위에는 초콜릿만 한 게 없으니까요.

(보시 할머니의 고기만두는 싫습니다. 그런 유명한 요리사가 온갖 정성을 다해 만드실 필요 없답니다. 전 진짜 과자와 마카롱, 트뤼프 초콜릿(프랄린 초콜릿[7] 말고요!), 그리고 봉봉이 좋아요.

엄만 잘 아시죠.

앙투안이 말하면, 식구들은 준비를 합니다. 어서 어서 준비해서 제가 봉봉 먹고 힘이 불끈불끈 솟아나게 해주세요.

1. 프랑스의 대학과정은 대학(Universités)과 에콜(Ecoles), 그랑 제콜(Grandes Ecoles)로 나뉜다. 고등학교 졸업 후 대학입학 자격시험인 바칼로레아를 취득하면 대학과 에콜은 입학이 가능한 반면, 그랑 제콜은 준비반 과정에서 여러 번의 시험을 통과해야 한다. 일반적인 이론 공부를 위한 학교가 대학이라면, 그랑 제콜은 실무를 위한 전문학교로 소수정예 엘리트를 양성하는 대학 위의 대학이다. 파리(1916년)와 리옹(1917년)에서 바칼로레아를 취득한 후, 앙투안은 파리의 생 루이 고등학교에서 그랑 제콜의 하나인 해군사관학교 입학시험을 준비했다.

2. 앙투안의 누나 시몬의 애칭-원주.

3. 그랑 제콜 준비반 학생들 사이의 은어로 파리 이공과대학 입시준비생을 뜻한다. 악착같이 공부하는 이들의 모습이, 딱딱 소리를 내며 끊임없이 가슴과 배 부분을 접었다 펴는 방아벌레를 연상시킨다 해서 붙여진 별명이다.

4. 국립고등공예학교 입시준비생.

5. 바다에서 생활하기 때문에 물이 많다고 해서 부르는 학생 은어로 해군사관학교 입시준비생들을 말한다.

6. 버터를 섞은 초콜릿에 카카오 파우더를 묻혀 송로버섯 모양으로 만든 것.

7. 설탕에 졸인 아몬드가 든 초콜릿.

[1917년, 파리, 생 루이 고등학교]

사랑하는 엄마,

요즘은 매일 매일이 즐거워요. 계속해서 열심히, 죽어라 공부하고 있습니다. 오늘 아침에 시험을 봤습니다. 엄마, 매일 편지 써주세요. 엄마의 편지가 제게 얼마나 큰 기쁨을 안겨주고, 또 얼마나 엄마를 가깝게 느끼게 해주는지 엄마는 모르실 겁니다.

교목님을 만났어요. 생트 크루아 중학교[1] 시절 아버지와 같은 반이어서, 아버지를 알고 계셨습니다. 날씨가 정말 좋은데, 그래서 그런지 지금 우린 바짝 공부에 열을 올리고 있습니다. 우표만 아니면 아무것도 부족한 것이 없어요. 우표는 두 묶음 보내주세요.

사랑하는 엄마, 이만 줄일게요. 마음으로 안아드려요.

엄마를 존경하는 아들

앙투안

1. 르 망에 있는 노트르 담 드 생트 크루아 중학교. 앙투안의 아버지 장 드 생텍쥐페리가 다녔던 학교로, 앙투안도 1915년까지 이곳에서 수학했다-원주.

[1917년, 파리, 생 루이 고등학교]

내 사랑 엄마,

이제야 엄마에게 편지를 쓸 틈이 생겼어요. 조금 전에 수학 모의고사를 쳤는데, 10점을 받았습니다. 저로선 꽤 잘한 거예요…….

시네티 가족[1]이 파리에 왔어요. 일요일에 오라고 했지만 전 외출이 금지되어서요(밖으로 나가는 것만 금지되어 있고, 그것을 제외하면 시간은 자유롭게 쓸 수 있습니다). 공부할 게 너무 많기는 하지만 그렇다고 지긋지긋할 정도는 아닙니다.

생 루이 고등학교가 무척 마음에 들기도 하고, 12시간 외출금지도 다른 학교의 5분 쉬는 시간과 마찬가지라고 생각하고 받아들이면 신경 쓰일 건 없습니다.

매일 매일이 즐겁고, 아주 만족스럽고, 정말 어쩔 줄 모를 정도로 기분이 좋아서, 엄마까지 곁에 계시다면 하늘을 나는 것 같은 기분일 거예요. 자주 편지 좀 해주세요. 저한텐 엄마의 편지가 조금이나마 엄마를 대신해주는 것이니까요.

우린 자습실과 교실을 커다란 함선과 온갖 종류의 여객선이 그려진 판화로 꾸며놓았는데, 그건 우리에게 주어진 12시간 동안, 자습실에 몰래 숨어 들어가 비계 위에 올라서서 판화를 압정으로 고정시키고 있는 장면을 들키기 위해 일부러 계획한 일입니다(자습시간 이외에 자습실에 가는 것은 금지되어 있거든요). 도덕적인 관점에서 본 이 일에 대한 저의 정확한 소감을 말씀드릴까 해요.

첫째, 기숙사에 관해 들리는 모든 나쁜 소문들은 순전히 거짓된 이야기들이에요. 제가 이곳에 온 이후 한 달 동안 일어난 모든 일들은, 어느 모로 보나 잘못된 점이 없습니다.

둘째, 종교적 관점에서, 우리 학교가 종교학교[2]보다 신자가 많지 않은 것은 당연하다면 당연한 일인데, 이상하게도 다른 사람들에게 신경을 훨씬 더 많이 씁니다. 자습실 제 짝꿍은 그의 반대편 짝꿍이 그 일을 별로 대수롭게 여기지도 않을 뿐더러 그 친구를 비웃을 생각은 한 적이 없는데도, 가끔씩만 미사경본에 나오는 묵상편을 읽곤 해요. 그런데 전 내키기만 하면 남 눈치 같은 건 볼 것도 없이 살레스[3]의 성경을 꺼내 읽거든요. 확신이 없는 사람들이 전적으로, 그리고 정중하게 다른 사람들의 확신을 존중합니다. 우리 학교에선 다른 학교 학생들처럼 "넌 이 모든 터무니없는 말을 믿냐?"라고 말하지 않아요. 그저 "너 가톨릭 신자야?—응, 넌?—난, 아니야"라고 말할 뿐이에요. 아니라고 말하는 쪽에선 일말의 비웃음도 보이지 않습니다. 그런데, 그래서 근사합니다. 여기서는 종교가 없는 학생들이 종교를 갖고 있는 학생들을 오히려 존중하고 높이 평가하는 것 같아서요.

셋째는 바깥세상의 도덕관에 대한 이야기예요. 그건 당연히 도시에 사는 사람들 중에 흥청망청 방탕한 생활을 하는 사람이 있다는 말에 대한 건데요. 하지만 그들 역시 다른 사람에 대한 도리를 지키며, 오히려 자신들처럼 방탕한 생활을 하지 않는 사람들을 감탄의 눈길로 바라봅니다.

요약해서 말하면, 우리 학교에는 가톨릭 중학교에서보다 신자나 방탕한 생활을 하지 않는 친구들은 적을지 모르지만, 종교를 믿고 현명한 학생들이 있는, 대부분 관습과 가풍, 기타 등등에 따라 행동하는 여느 중학교보다 모두들 훨씬 더 건실한 사상을 갖고 있다는 것입니다. 한편 우리 반의 대다수는 신앙을 갖고 있어요.

수학은 따라가기 시작했어요. 앞으로도 잘 되면 좋겠어요.

제가 헌병 반장이 되었는데(제 밑에 12~15명이 있어요),

별도로 '왁스칠하기'를 관리하고 주관하는 책임을 맡고는 있지만, 아직 저한테 결정권은 없습니다. 회장이 "어디어디에 왁스칠해야 겠다"라고 지시를 내리면 반장이 날짜와 시간, 왁스칠의 현재 상태, 희생자를 찾는 방법, 기타 등등을 정하는 정도예요.

방아벌레 녀석들은 비열해서, 우린 도저히 그런 아이들과 함께 놀 수가 없습니다! 녀석들은 트집을 잘 잡고, 옹졸하고, 지면 화를 내고, 까다롭고 등등…… 해서, 더 이상 이러쿵저러쿵 말을 섞고 싶지도 않을 정도로 기분 나쁘고 지겨워요. 간단히 말하자면, 녀석들이 잡기 놀이에서 우리를 이겼다는 이야기입니다.

보병대뿐만 아니라 포병대 교육도 받게 되는데, 이 수업이 훨씬 더 흥미롭습니다. 뱅센 요새에서 대령들이나 그 외 사람들의 지도 아래 대포를 발사하는 포격기술 수업과 실과 교육을 받는 것으로, 매주 수업을 받으러 갑니다.

선도부장이 사퇴하는 대사건이 일어났어요. 그러자 학생들이 선격적으로 그를 회계로 임명, 졸지에 회계가 그를 대신해 선도부장이 되었습니다.

아무튼 수학공부를 계속하려면 이만 줄여야 해요. 마음의 키스를 보냅니다.

(새해 첫날에는 라 몰[4]에 가고 싶어요, 안 그러면 지금부터 부활절까지 엄마를 만나지 못할 테니까요.)

사랑하는 엄마, 다시 편지할게요.

마음의 키스를 보냅니다.

엄마의 효성 지극한 아들

함대[5]에게 박수갈채를!

두더지[6]에게 멧돼지 머리를!

피스톤에게 멧돼지 머리를!

우리가 붙여놓은 그림에 써놓은 글이에요(다른 반 자습실에도 쓰여 있긴 하지만 내용은 이와 반대지요).

이에 관련하여 우린 피스톤(국립고등공예학교) 수험 준비를 하고 있는 감시인을 한 사람 두었는데, 스물여덟 내지 서른 살은 되었을 것 같아요. 역시 피스톤이 우리 그림 속에서 제일 심하게 모욕을 당했군요. 그중에는 이런 글이 있어요.

"피스톤들 수준에 맞는 수학 문제는 세 개의 미지수를 가진 1차 방정식(이는 '젊은 구슬이 세 개 있는데, 그중 하나를 빼기면 남아 있는 구슬은 몇 개인가' 또는, '2×2는 몇인가'와 난이도가 똑같은 문제입니다)이다."

이게 제가 가진 마지막 우표예요.

1. 라 사르트 도(道)에 사는 생텍쥐페리가의 친구들-원주.

2. 앙투안이 이전에 다녔던 생트 크루아 중학교는 예수회, 빌라 생 장 중학교는 마리아회 학교였다.

3. Charles Sallès, 프리부르의 빌라 생 장 중학교 동창으로 앙투안의 절친한 친구이다-원주.

4. 봐르 지방의 라 몰 성을 말하는 것으로, 앙투안의 외가인 브와예 드 퐁스콜롱브가의 집이다-원주.

5. 학생 은어로 해군사관학교 입시준비반을 말한다.

6. 두더지가 땅을 파듯 결사적으로 책을 파고들다 눈을 혹사시켜 근시가 된다 해서 붙여진 학생 은어로 이공과대학 입시준비반을 말한다.

현재의 생 루이 고등학교.
맞은편에 소르본 대학이 있다.

[1917년 11월 25일, 파리]

사랑하는 엄마,

편지 고마워요.

오늘 멋진 하루를 보냈습니다. 모리스[1] 아저씨 댁에서 점심을 먹고, 그러고 나서 저와 약속했던 아나이스 고모가 막 도착하셔서 오후에는 함께 숲속을 거닐었어요. 지금 생 루이 학교에 돌아왔는데, 걷는 게 좋아서 지하철은 조금밖에 타지 않고 나머지 길은 걸어왔더니 좀 피곤합니다. (15킬로미터는 족히 걸었어요.)

마리 테레즈[2]는 목요일에 결혼합니다. 저도 그날 결혼식에 갈 수 있었으면 좋겠어요. 오데트 드 시네티로부터 아주 정다운 편지를 두 편 받았습니다. 그녀의 가족들이 언제 올지는 모르지만, 오데트를 다시 볼 거라는 사실에 마음이 설렙니다.

엄마는 잘 지내시는 건가요? 너무 과로하지 마세요. 사랑하는 엄마, 있잖아요, 제가 8월에 합격하면 2월에는 셰르부르나 덩케르크, 툴롱 사령부 소속 장교가 될 테니까, 그러면 작은 집 하나를 빌려서 엄마랑 저 둘이서 함께 살아요. 육지에서 사흘, 바다에서 나흘을 지내니까, 육지에 있는 사흘 동안 우린 함께 지내는 거예요. 처음으로 혼자 생활하는 거니까 저를 챙겨줄 엄마가 저한테는 절실합니다. 처음 얼마간은요! 저와 같이 지내면 정말 행복할 거예요, 두고보세요. 정말로 떠나게 되기까지는 4, 5개월은 있어야 하니까, 아들을 한동안 곁에 두고 보게 되어 엄마도 좋으실 거예요.

지금 안개가 무척 짙어요. 리옹보다 더 심한데, 이러리라고는 꿈에도 생각하지 못했어요.

다음에 적은 물건들을 보내주시겠어요(여기선 프리부르에서처럼 물건을 살 수 있도록 허락해주지 않아서요).

가장 먼저, 중산모 하나(더 정확히 말하자면 모자를 살 돈을 조르당 부인에게 보내주세요). 그런데 '보토' 치약도 다 떨어졌네요. 둘째, 구두 끈(잘 끊어지는 앙베리외에서 파는 것이 아니라 리옹에서 파는 것으로). 셋째, 우표. 아직 12장이 있긴 하지만요(급하지는 않습니다). 넷째, 해군 베레모.

이번 주 목요일에 단 한 번 외출하기 때문에, 그날이 중산모와 베레모를 잘 쓸 수 있는 날입니다(일요일에 이본[3]과 함께 외출할 때도 모자가 필요해요). 그러니까 목요일 전에 도착할 수 있도록, 오늘이나 내일(월요일) 조르당 부인에게 간단히 몇 자 적어 돈과 함께 보내주세요. 그래야 그날 제가 급히 필요한 중산모와 마찬가지로 급한(기초군사교육을 받을 때 써야 하는) 베레모를 살 수 있습니다.

이제 그 외엔 별다른 이야기가 없네요. 내일 첫 번째 프랑스어 시험이 있습니다. 편지로 성적을 알려드릴게요.

다시 편지드릴게요, 사랑하는 엄마. 마음의 키스를 보냅니다. 편지 보내주세요.

사랑하는 엄마 아들
앙투안

1. Maurice de Lestrange. 앙투안의 어머니의 사촌-원주.

2. Marie-Thérèse Jordan. 조르당 장군의 딸로 1917년 11월 29일 장 드니와 결혼했다-원주.

3. Yvonne de Lestrange. 어머니의 육촌동생으로 앙투안과 아주 가깝게 지내는 사이다.

[1917년, 파리, 생 루이 고등학교]

사랑하는 엄마,

분명 매일 편지한다고 약속하셨잖아요! 하지만 전 편지를 전혀 못 받은 지 이미 오래됐어요…….

오늘은 목요일인데, 사흘 후 일요일에는 망통 부인[1] 댁에 초대를 받아 점심을 먹기로 했습니다. 부인을 만나러 갔는데 아무도 없어서 명함만 두고 왔거든요. 얼마나 좋은지 모르겠어요.

우울하고 고약한 날씨에요. 지금처럼 저녁이면 상당히 음침해져서, 파리 시내 전체가 푸르스름하게 물듭니다……. 전차 조명도 푸르스름하고, 생 루이 고등학교의 복도 불빛도 푸르스름하고, 간단히 말하자면 기이한 인상을 풍깁니다……. 그런데 이런다고 독일 놈들의 발목을 잡을 것 같지는 않아요.[2] 하지만 사실입니다. 지금 높은 곳에서 창을 통해 바라본 파리는 거대한 잉크 얼룩 같습니다. 그림자 하나 없고, 빛 무리의 흔적이라곤 없는 무광(無光)지대가 경이로울 지경이에요! 길 쪽으로 향해 있는 창가에 불을 밝히는 사람은 벌금을 내야 하거든요. 거대한 커튼이 있어야겠어요!

좀 전에 성경을 조금 읽었습니다. 정말로 멋져요. 그 설득

력 있는 문체의 간결함이란. 그리고 곳곳에서 시적인 정취가 묻어나옵니다. 장장 25페이지에 달하는 계명들은 법률과 양식의 최고봉입니다. 도처에서 도덕률이 그 유익함과 아름다움으로 빛나고 있습니다. 정말 눈이 부셔요.

솔로몬의 〈잠언〉을 읽어보셨어요? 그리고 구약의 〈아가서〉는 또 얼마나 아름다운지요! 이 책에는, 모든 것이 담겨 있어서 때로는 억지로 멋을 부려 이런 형태의 작품을 썼던 작가들의 비관론보다도 훨씬 더 심오하고, 훨씬 더 사실적인 비관론이 느껴지기도 합니다. 〈전도서〉 읽어보셨어요?

이만 줄일게요. 전 잘 지냅니다, 말하자면 육체적으로도, 정신적으로도, 수학적으로도.

제가 마음으로 안아드릴게요.

사랑하는 엄마 아들
앙투안

1. 앙투안 어머니의 친구로 아이들끼리도 아주 막역한 사이다–원주.

2. 이때는 제1차 세계대전의 막바지로, 등화관제령이 내려져 있었다.

[1917년, 파리, 생 루이 고등학교]

사랑하는 엄마,

새로 산 편지지로 엄마한테 처음으로 편지를 쓰고 있습니다…….

제게 필요한 지도책을 좀 더 빨리 볼 수 있도록 오실 때 갖다주시면, 정말 감사하겠습니다.

엄마가 저를 위해 해주신 모든 것에 대해 천 번이고 만 번이고 고마울 따름입니다. 툭하면 심통을 부린다고 제가 배은망덕하다고 생각하시면 안 돼요. 제가 엄마를 얼마나 사랑하는지 아시잖아요, 엄마.

전 열심히 수학 공부를 하고 있습니다…… 언제나. 독일어도 공부할 생각입니다.

내일 다시 편지 쓸게요.

마음의 키스를 보냅니다.

엄마의 효자 아들

앙투안

[1917년, 파리, 생 루이 고등학교]

사랑하는 엄마,

얼마 전에 우리 반 내각에 위기가 있었습니다. 각료들이 총사퇴를 했어요. 우리 행정부의 구성은 다음과 같습니다.

A) 제드(대통령), Z라고 부릅니다.

B) V-Z(부통령),

C) P.D.M.(선도부 장관),

D) K.S. 혹은 회계원.

그런 중에 대통령('부처'로 불리는 각료의 수장)이 자신의 흔들리는 권력을 공고히 하려고 신임투표를 실시했는데, 내각의 공백기로 인해 그 신임투표가 반대로 불신임투표가 되어버린 사태가 발생하여 내각이 퇴진하게 된 것입니다. 빈 교실에서 한 시간 반 동안 이루어진 성대한 회합을 통한 길고 열띤 토론 끝에, 우리 마침내 다음의 내각을 구성하게 되었습니다.

대통령 혹은 Z: 뒤퓌이,
V-Z: 수르델,
P.D.M.: 드 생텍쥐페리.

K.S.에 대해서는 적임자를 찾지 못했어요. 음모와 반음모가 얽히고설킨 이유로 바로 사임을 했기 때문입니다(우리 의회의 모습과 똑같아요). 보기 드물게 활기가 넘치던 한나절 내내 교실 복도에서 협상을 벌인 결과, 우리는 내각에서 K.S.의 역할을 배제하고 각 부처와는 독립된 무기한의 임무를 맡게 하는 내각을 조직하게 되었습니다. 약간의 의사방해 시도와 불신임투표가 실패로 끝나면서, 우리들의 계획안이 승인되어 드디어 우리 정부가 확고히 수립되었습니다. 저는 이전에는 헌병 반장이었는데, 헌병 반장은 각료에 속하지 않고 다른 몇 개의 관직과 마찬가지로 그저 관리일 뿐입니다. S.O.는 신입생 신고식, C.D.O., 다시 말해 '지휘자'는 소동 등의 조직책이고, 관리는 우리가 임명하며 해임할 수 있어요. 그런데 지금 전 '각료' 중 한 사람으로서, 우리 물탕 입시준비반 신입생들에게 강철처럼 엄격한 규칙을 지

키도록 해야 합니다. 왜냐하면 학급은 정부에게 절대적으로 복종해야 하니까요. 가장 마음에 드는 건, 엄마한테 보여주려고 학급 자료실에서 기록 몇 개를 빼내올 시도를 해볼 수 있다는 점입니다. 보통 사람들은 보기 어려운 자료라서 그럴 만한 가치가 있어요.

그 외엔 새로운 사건은 없네요. 앙베리외에서 엄마와 만나게 될 텐데, 곧바로 남프랑스로 떠나는 거지요, 아닌가요? 어려운 물리 시험을 쳐서 14점을 받았는데, 그럭저럭 나쁜 성적은 아니에요.

시간이 없어 이만 줄여야겠습니다. 마음의 키스를 보냅니다.

엄마를 존경하는 아들
앙투안

1917년, 파리, 생루이 고등학교

사랑하는 엄마,

드디어 했어요 엄마, 제가 방동 공작부인…… 벨기에 국왕의 누님 댁에서 아침 식사를 했다구요! 너무 기쁜 나머지 아직도 마음이 들떠 있습니다. 무척 상냥하고 멋진 분들이에요. 방동 공 전하는 굉장히 생각이 깊고 아주 재미있는 분이세요. 전 실수도 하지 않았을 뿐 아니라 정신없이 행동하지도 않았습니다. 그래서 아나이스 고모가 아주 좋아하셨습니다. 고모가 엄마에게 오늘 일에 대해 무슨 말씀을 하실지, 편지가 오면 저한테 고모 편지를 좀 보내주실래요?

가장 기뻤던 건 그분(방동 공작부인)께서 언제 일요일에 함께 코메디 프랑세즈에 가자고 초대해주셨던 일입니다. 얼마나 영광스러운 일인지요!

저녁에는 아나이스 고모 덕분에 'P+Q한(조화수열에 있는 항의 개념과 마찬가지로 많다는 뜻!)' 곳들을 방문했습니다. 맛있는 점심 식사와 이에 못지않게 맛있는 다과 등을 대접받았는데, 정말 높이 평가할 만한 수준이었어요.

그날 하루의 마지막을 장식하기 위해 S씨 댁을 방문했습니다. S씨 내외분밖에 만나지 못했고, 나머지 식구들은 집에 없었어요. 일요일 아침 8시 조찬에 초대해주셨어요. 아침은 그 댁에서 하고, 저녁에는 라 몰행 특급열차를 탈 건데요…….

기차표와 좌석을 예약하려면 빨리 제 앞으로 전신환을 보내주셔야만 해요. 그러려면 시간이 별로 없어요.

앙베리외에는 비가 내릴 테지만, 라 몰에는 태양이 빛날 테고 디디[1]가 있겠지요! 게다가 13일 동안이라니, 충분히 그럴 만한 가치가 있는 일입니다.

제가 지난 일요일에 뒤베른 아저씨[2]를 찾아뵈었다는 말씀을 드렸는지 모르겠네요. 오후에는 조르당 씨 가족이 〈어린 여왕〉을 보러 저를 극장에 데려가주셨습니다. 파리 전역을 돌아다니며 공연하는 희곡이에요. 정말 대단했습니다.

마음의 키스를 보내며 이만 줄일게요. 엄마를 사랑합니다.

효성 지극한 엄마의 아들

앙투안

유의사항.

요약해서 말씀드리면 파리가 시골 벽촌보다 정신적으로 해롭지 않은 도시입니다. 고향 마을에서 대단히 방탕하게 지내던 제 동기들 중 몇 친구가, 여기 와서는 좀 조신해진 것을 제 눈으로 직접 보고 있거든요. 파리에서 흥청대다간 위험에 처하기도 하고 정신 건강에도 해롭다는 걸 알게 되면서 조금 얌전해졌기 때문이죠. 전 아주 잘 지내고 있습니다, 도덕적 관점에서 보면요. 그리고 전 언제까지라도 엄마가 이토록 사랑하는, 엄마 자신이기도 한 토니오[3]로 남아 있을 것 같아요.

1. 앙투안의 여동생 가브리엘의 애칭.

2. 외젠 뒤베른 백작은 앙투안 어머니의 사촌 프랑수아 드 퐁스콜롱브와 결혼했다-원주.

3. 앙투안의 애칭.

[1917년, 파리, 생루이 고등학교]

사랑하는 엄마,

수학 시험 석차가 나왔는데, 저번 시험보다 5등이 오른 것을 보고 무척 기뻤습니다. 물론 상위권까지는 아직 멀었지만, 이렇게 계속 잘해서 곧 도달하길 기대하고 있어요! 저한테 3년 동안 해야 할 수학을 3개월 만에 따라잡았기를 바라시면 안 됩니다. 왜냐하면 편지를 쓴 것 말고는 한 것이 전혀 없어서 다른 아이들보다 대략 3년이 뒤처져 있거든요.

그러니까 이번 학기 평균이 저로서는 상당히 잘한 거예요. 낙제하지 않았을 뿐만 아니라, 시험 석차에서 제 밑으로 3년 동안 열심히 이과 공부를 한 녀석들이 약 8명이나 있으니까요!

내일은 제가 진짜로 방돔 공작부인의 초대를 받아 함께 코메디 프랑세즈에 갑니다. 사람을 시켜 저에게 초대권을 보내주셨어요. 좌석이, 있잖아요, 1층 칸막이 특별석인데, 특별석은 40프랑이에요! 정말 볼 만하겠죠! 그리고 얼마나 영광인지요!

기욤 드 레스트랑쥬 아저씨[1]가 파리에 오셔서, 오늘 아침 저를 만나러 오셨어요. 내일 아저씨 댁으로 점심 식사 초대를 받았지만 안타깝게도 갈 수가 없어요. 대신 다음 주 일요일에 시네티 씨 댁에서 점심 식사를 하게 되었는데, 마음이 아주 설렙니다!

저번 주 일요일에 알릭스 고모[2]를 만났는데, 고모에 대한 제 신뢰도가 25미터에서 1백 미터로 급상승했다는 이야길 했는지 모르겠습니다. 그건 저에 대한 고모의 신뢰도도 마찬가지일 거예요. 고모를 만났을 때, 전 중산모에 세련된 레인코트로 아주 나무랄 데 없는 옷차림을 하고 있었거든요. 알릭스 고모와 아나이스 고모, 그리고 제가 전혀 모르는 분(모로코에 가신 적이 있으며 레지옹 도뇌르 훈장을 받았고 아나이스 고모가 무지 좋아하시는 분인데, 누구신지 엄마는 아세요?), 마지막으로 열렬하고 열성적인 왕당파인 또 다른 부인과 함께, 과자 종류가 정말 많은 제과점에서 다과를 즐겼는데, 저는 시간을 아껴가며 알차게 배를 채웠습니다.

엄마의 의젓한 아들이 가장 두드러진 인물 중 1인으로 몸담고 있는, 우리 물탕 신입생 해군사관학교 입시준비반의 새로운 '행정조직'이 오늘 우리 'A반과 B반' 전체 학생들이 모인 회의석상에서 자기소개를 했습니다. 준비반 학생들이 우리를 불러냈던 것인데, 우리를 모르는 녀석들이라 무척 감명 깊었던 회의였어요.

우리에게 질문을 하고 우리 반에서 겪었던 내각 공백기에 관한 자료 등등을 보여달라고 했으며, 그러고 나서 짧은 연설을 통해 학교에 명성이 자자한 학생들이 앞으로 나와 비장한 목소리로 해군사관학교 입시준비생들의 전통을 되새겨서 연설을 한 후, 우리를 신입생 해군사관학교 입시준비반 행정조직으로 기꺼이 받아들인다는 뜻을 알려주었습니다(신입생 준비반은 준비반에 종속되어 있거든요).

전 사무총장 일도 맡고 있어서 학급에 관한 모든 문서들을 갖고 있는데, 흥미롭기 그지없습니다. 그중에는 사소한 음모와 그 음모에 반대되는 증거 등이 많이 기록된 자료들이 있는데, 볼 만한 것들이니까 엄마한테 보여드릴 거예요.

이전 행정조직 일원들의 석연치 않은 음모들과 맞서 싸우기 위해, 제가 비밀경찰을 한 사람 붙여두었는데, 그가 조사해온 자료들도 보여드릴게요.

기분이 무척 좋아요(곧 엄마를 보게 될 테니까요)! 의욕도 마구 넘쳐나고 있는데, 전 제가 좀 진지해지면 좋겠어요. 제가 엄마를 사랑하는 만큼만 진지해져도 저로서는 대단한 일입니다. 곧 정말로 엄마를 안아드리길 기대하면서. 우선은 마음으로만 포근히 안아드릴게요. 얼마나 마음이 설레는지 모르겠어요!

효성 지극한 엄마의 아들
앙투안

중요하고 긴급한 사항입니다.

유의사항.

제가 출발할 수 있으려면 보내드리는 하얀 편지지에, 남프랑스로 떠나기 위해 앙베리외에 있는 엄마에게 오도록 하라는 말씀을 몇 자 적어서, 다음에 저한테 보내실 편지에 동봉해주셔야 합니다. 사감에게 제출해서 외출허가를 받아야 하거든요. 가능한 빨리 보내주실 수 있으세요?

1. 어머니의 친척으로, 전투기연대 중위이다.

2. 아나이스 고모의 언니로 루이 드 카쇠의 부인-원주.

[1918년, 파리, 생 루이 고등학교]

사랑하는 엄마,

저 지금 생 루이에 돌아왔는데, 다섯 시간이나 늦게 도착했습니다. 기분이 많이 울적하지만 곧 괜찮아지겠지요, 그랬으면 좋겠습니다. 일요일에 조르당 부인 댁에 갔다가, 저녁에는 시네티 씨 댁에서 차를 마시기로 했습니다. 로즈 아주머니 댁도 찾아뵙고 싶은데, 제게 아주머니 댁 주소를 알려주시지 않으셨죠? 아주머니 주소 좀 적어주시겠어요?

엄마는 남프랑스에 가 계셔서 정말 다행이에요. 그런데 전 도저히 갈 수가 없었습니다. 너무 연락이 뜸했지요?

날씨가 우중충하고 기분 나쁘고 지독하게 춥고 해서, 심하진 않지만 발에 동상이 걸렸어요……, 그리고 머리에도. 수학적 관점에서 보면 머리가 둔해졌기 때문인데, 말하자면 진절머리가 난다는 뜻입니다. 그렇지만 쌍곡포물면에 대한 토론을 하면서 갈피를 못 잡고 고전하며, 무한대 속에서 떠돌고, 허수라는 수에 대해 몇 시간이고 머리를 쥐어짜고 하는 것도 아주 재미있습니다. 왜냐면 존재하지 않는 수이니까요(특별한 경우들에서만 실수가 됩니다). 그리고 2차 미분한 것을 적분하는 것도, 그리고…… 그리고…… 이런, 제

기랄!

이렇게 효력이 강력한 감탄사가 조금이나마 진흙탕 속에서 헤매는 저를 꺼내주고, 생각을 다소 명료하게 만들어주거든요. 어떤 사람, 다시 말해 파제스 선생님과 이야기를 나누었습니다. 선생님에게 갈레트를 드렸어요. 엄마는 선생님에게 450프랑을 빚졌다고 생각하시겠지만, 선생님은 다음 학기 장부에 모자라는 금액을 함께 기재하실 거예요. 선생님이 저에게 희망이 보인다고 하셨는데, 제게 위안이 되는 건 수학 과목입니다.

제가 좀 우울해한다고 염려하지 마세요, 곧 괜찮아질 테니까요! 엄마가 예쁜 고향 마을에 가 계셔서 참 다행입니다! 여생[2]의 낙인 사랑스러운 디슈[3]와 함께 계시니까요!

'조르당 부인의 장르'[4]에 해당하는 작은 책자들을 기숙사로 가져와서 경악을 금치 못하며 읽고 있습니다. 상당히 도움이 될 것 같습니다. 내일 몇 권 더 빌려올 생각이에요. 도덕적 감화를 주는 아주 좋은 책도 있는데, 그건 (제 생각에 브리외[5]의 작품일 것 같은) 희곡 《매독 환자들》입니다.

이젠 할 말을 다한 것 같아 이만 줄일게요, 사랑하는 엄마. 마음의 키스를 보냅니다. 제발 매일 편지해주세요, 예전처럼요!

엄마를 사랑하는, 효성 지극한 아들

앙투안

1. Rose Gravier, 기욤 드 레스트랑쥬 백작부인-원주.

2. 이때 앙투안의 어머니는 43세로 이런 단어가 어울리는 나이는 아니지만, 전해에 남동생 프랑수아를 잃은 앙투안의 상실감이 드러난 표현으로 해석된다.

3. 앙투안의 여동생 가브리엘의 애칭-원주.

4. 어머니의 친구. 매주 앙투안을 집으로 초대해서 이 청년이 경험할 수도 있을 모든 종류의 악영향을 미연에 방지하기 위해, 그에게 도덕 분야의 책자들을 읽도록 했다-원주.

5. Eugène Brieux(1858~1932). 프랑스의 극작가. 교훈적인 작품들을 통해 당시의 사회악을 공격했다. 영국의 극작가 버나드 쇼는 그를 "몰리에르 이후 프랑스가 낳은 가장 위대한 작가"라고 평가했다.

[1918년, 파리, 생루이 고등학교]

사랑하는 엄마,

저 안 죽었어요…….

전 엄마한테 편지를 썼어요! 전쟁에 대해 상세하게 이야기했을 뿐인데, 검열이 있어서 전쟁에 대한 세부적인 이야기를 쓴 편지는 그 어떤 것도 파리를 벗어나지 못했어요. 신문에 모든 일이 보도되는 것은 아니라는 사실만 엄마한테 말씀드렸던 건데…….

독일 놈들은, 원 참, 잠자는 시간까지 쪼개 가며 유난을 떤다 싶었는데, 그 결과는 놀라웠습니다. 그 어떤 위대한 대승리보다도 놈들의 사기는 오히려 더 높아졌거든요.

이제 막 평화주의자가 되어 전쟁을 계속하는 것이 어리석은 일이라고 판단하기 시작했던 사람들이 돌변했습니다. 이젠 대포 소리와 기관총 소리, 폭탄 소리를 듣는 것보다 나은 것은 아무것도 없습니다. 그 소리들이 그나마 조금씩 조금씩 시민들을 엄습해오던 전쟁으로 인한 신경쇠약증을 치유해주기 때문입니다. 독일 놈들이 한 번 더 쳐들어오기라도 한다면, 파리엔 우국충정에 불타는 애국자 외엔 아무도 남아 있지 않을 거예요.

피해 상황과 사망자에 대한 상세한 이야기는 알려드릴 수가 없습니다. 어차피 그런 편지는 엄마한테 전해지지 않을 테니까요.

어제 퐁스콜롱브 외종조모[1] 댁에서 점심 식사를 했는데, 건강하셨습니다. 빌루트레 가족들도 다시 만나게 되어 반가웠어요.

지인들 중에는 아무도 다친 사람이 없습니다.

전 모든 것을 보았고, 모든 것을 들었습니다. 맹세컨대 분명히 격렬한 소리가 났어요. 대전쟁이 일어난 것 같았습니다. 하지만 신문에서는 모두 60명이 돌격해왔다고 보도하니까 그냥 마음 편하게 그렇게 믿고 있습니다. 정말 난리도 아니었거든요! 전 훤히 잘 보이는 곳에 자리를 잡고 미친 듯 흥분했어요, 정말 마음 같아서는 놈들이 대여섯 명 불타는 것이라도 봐야 될 것 같았습니다…….[2]

모든 신문 지상에서 보도하는 독일의 공보를 엄마가 보셨는지 모르겠어요. "……우린 파리 시내로 만 4천 킬로그램의 폭탄을 투하했다." 제가 말씀 드리고자 하는 것은 독일 놈들은, 유감천만이지만, 아무도 모르게 그냥 지나가는 법이 없다는 사실입니다……. 하지만 우리가 놈들의 나라로 잠시 산책하러 가는 날이 올 겁니다.

폭탄이 투하된 지점이나 거리, 대로 이름에 관한 세부 사항은 말씀드릴 수가 없기 때문에, 설령 생 미셸 대로에 세 발의 폭탄이 떨어졌다 하더라도 저는 말씀드릴 수가 없습니다. 잘도 감시하고 있는 검열 때문입니다. 사랑하는 엄마, 마음으로 키스를 보내며 이만 줄일게요.

주의사항

자크 외삼촌과 외숙모를 (외종조모 댁에 계셨던 건 아니고) 아니에르로 뵈러 갔어요.

엄마의 효성스러운 아들

앙투안

유의사항

제 편지를 받으셨다면 알려주세요. 검열은 편지를 개봉하지 않은 상태에서 암실에서 이루어지는 것 같습니다. 그래서 훨씬 더 시간이 오래 걸려서 엄마가 언제 제 편지를 받으실지 도저히 모르겠습니다.

폭격의 여파로 겁에 질린 학교 당국은 다음에는 우리를 지하실에 가둔다고 합니다. 이번에는 한 층만 내려왔거든요. 대단한 겁쟁이들이죠!

디슈 사진이 한 장도 없습니다! 로즈 아주머니는 디디가 보내주어서 한 장 갖고 계시던데요. 두 사람 다 서로에게 정말 끔찍하다니까요! 저한테 빨리 사진 한 장 보내주시면 좋을 것 같아요!

사진은 상자에 넣어서 보내주세요. 로즈 아주머니가 받은 사진은 완전히 구겨져서 금이 다 가 있거든요. 오늘 저녁에 보내주세요! 얼른요!

1. 외할아버지의 남동생 퐁스콜롱브 남작의 미망인. 1888년 남작 부부는 생 도미니크가 25번지에 한 저택을 사면서 파리에 정착했고, 앙투안을 자주 집으로 초대했다-원주.

2. 개전 이래 점점 위기의식을 느끼고 있던 독일은, 미국의 참전이 임박해지자 마지막 총력전을 펼쳤다. 1918년 3월 21일과 29일 독일군의 파리포가 파리의 생 제르베 생 포르테 교회를 폭격하자 시민들은 충격에 빠졌다. 독일 돌격대는 포격에 맞춰 전진해왔고, 파리포의 공격은 8월 9일까지 이어졌다.

1918년, 파리, 생 루이 고등학교

사랑하는 엄마,

편지 고맙습니다.

방학하면 우린 생 모리스[1]로 가는 거예요? 사실 엄마 형편에 도움이 된다면 정말 가야겠지만, 거긴 앙베리외보다 더 재미없어요. 거기서 저더러 혼자 무얼 하라는 말씀이세요?

루이 드 본비[2]가 올 수 있다면 모를까. 하지만 절대로 루이의 가족은 방학 동안 그 친구를 놓아주지 않을 거예요! 리옹에 가는 건, 아뇨, 싫습니다. 매번 왔다 갔다 하는 데만 하루를 허비한다고요! (전 계속해서 집에 있는 게 좋아요.)

실은 그건 그다지 중요하지 않습니다. 전 수학 공부를 할 것이고, 쉬는 동안에는 약간의 물리학과 화학 실험들을 할 생각입니다. 자전거도 타보고 싶은데, 틀림없이 르뒤 아저씨는 제가 자전거를 못 쓰게 하려고 할 수 있는 조치는 다 해놓으셨을 거예요! 자전거를 미쇼 씨 댁에 치워놓아도 될까요?

도보여행을 하면 기분이 무척 좋을 거예요, 그렇고말고요.

디디는 오나요? 그랬으면 좋겠는데! 스위스에는 가면 안 될까요? 아무튼 엄마 좋으실 대로 하세요, 전 아무래도 상관없으니까요. 결정되는 대로 빨리 편지만 해주시면 됩니다. 이번 주에 좌석을 잡아 놓으려구요.

수학 시험을 반반 나누어 쳤습니다.

1. 대수학.

2. 기하학.

대수학은 공부했는데 기하학은 한 줄도 못 했어요(시험을 제대로 못 쳤습니다). 그래서 전체 석차가 형편없어요. 하지만 파제스 선생님이 대수학에서는 제가 20점 만점에 14점으로(총점은 안타깝게도 20점 만점에 7점밖에 못 받았습니다), (40명 중) 5등이나 6등이라고 말씀하셨는데, 이건 아주 잘 했고 희망적인 점수예요.

고타 폭격기[3]들이 와서 또 피해를 입히고 갔습니다. 7층 건물이 조약돌 하나 남지 않고 사라졌어요. 모든 가족들이 길거리로 나앉았습니다. 게다가 머지않아 다른 곳에서 폭격기가 다시 올 겁니다.

마음의 키스를 보내며, 이만 줄일게요.

엄마의 효성스러운 아들

앙투안

고타 폭격기들이 다시 왔어요. 악랄한 독일 놈들! 도무지 잠을 잘 수가 없어요! 놈들이 이번에는 그저께보다 열 배는 더 끔찍해서 차마 눈뜨고는 볼 수 없는 아수라장을 만들어 놓았습니다. 이대로 가다간 온 국민이 다 도망가버릴 것 같아요. 희생자도 대거 속출하고 있고, 붕괴된 건물도 셀 수가 없을 지경입니다. 뤽상부르에 있는 생 루이 고등학교 근처도 피해가 막심합니다. (아예 폭탄이 우릴 에워싸버렸으니까요.)

유의사항.

전 살아 있습니다. 생 제르맹 대로에 일곱 발의 폭탄이 떨어졌는데, 그중 세 발은 외종조모 댁 맞은편 생 도미니크 가 가까이에 있는 육군성으로 떨어졌습니다.

1. 앙베리외에서 차로 10분 거리에 있는 생 모리스 드 레망 성으로, 앙투안이 어린 시절 방학 내내 지내던 대저택을 말한다. 외외종이모인 트리코 백작이 그의 어머니에게 물려준 성이다.

2. Louis de Bonnevie de Pogniat(1900~1927). 빌라 생 장 중학교 동기로 앙투안의 절친한 친구. 명석한 포병장교로 모로코에서 티푸스에 감염되어 사망했다. 앙투안이 《비행사》(1926)를 집필하기 시작하던 때부터 그의 첫 번째 독자였다.

3. 제1차 세계대전 당시 독일군의 3인승 폭격기.

[1918년, 부트 라 렌, 라카날 고등학교[1]]

사랑하는 엄마,

전 잘 지냅니다. 어제 엄마 편지를 받았어요.

여기서 지내보니 꽤 괜찮습니다. 생 루이 고등학교가 우리를 이곳으로 인솔하는 데 학교에서 가장 지독한 사감을 배정해주긴 했지만요.

물론 공원도 있지만 들어가는 것은 금지되어 있습니다. 다행히 나무와 꽃들이 심어져 있는 교정들이 곳곳에 있고 아주 넓어요.

코로[2] 선생님은 상상할 수 없을 정도로 대단한 분이세요. 그래서 희망을 걸고 있습니다. 엄마는 제가 합격할 것 같으세요?

조르당 부인이 토요일 저녁 저를 데리러 와서 자고 오기로 했습니다. 저로서는 무척 즐거운 일이에요. (바빠서 글씨가 엉망입니다.)

요즘은 그다지 우울하지 않습니다. 이 어마어마하게 넓은 고등학교 속에 묻혀 있는 이곳이 파리보다 훨씬 더 고립되어 있긴 하지만요.

제 방이 하나 생길 것 같은 방법이 있는데요. 아무튼 다음에 저한테 보내실 편지에 이 말만 써주세요. "허락해줄 테니까 방 하나를 달라고 하렴." 만약의 경우에 엄마의 편지를 이용할 생각인데요, 방의 수는 한정되어 있기 때문에 확실하게 제 방을 가질 수 있으려면, 우리한테 방이 배정되는 날에 선두로 도착해야 하고, 또 엄마의 편지를 비상용으로 갖고 있는 편이 유리하기 때문입니다. 그러지 않아도 곧 그날이 다가오고 있습니다.

날씨가 을씨년스러워서 전혀 더운 줄 모르겠어요. 아닌 게 아니라, 제가 보기에 전 정말이지 제게 필요한 모든 내의와 옷들을 다 갖고 있습니다. 다만 넥타이 하나가 필요할지도 몰라 일요일에 살까 해요.

엄마는 별일 없으세요? 야전병원 일로 너무 과로하지 않았으면 좋겠어요. 사진 갖고 있으세요? 저한테 좀 보내주세요, 혹시 확대된 사진이 있으면 그걸로 보내주세요. 쉐퍼[3] 씨를 만나러 갔었는데, 너무 깜깜하게 나오긴 했어도 훌륭한 음화사진을 보여주셨습니다(인화되면 더 밝게 나올 거예요). 토요일에 다시 가기로 했습니다.

로즈 아주머니는 언제 봐도 감미로우신데, 아주머니한테

서 가장 감미로운 점을 꼽으라면, 그분 인품을 제외하면, 바로 티타임입니다. 일요일에 아주머니 댁에서 차를 마시면, 맹세하는데 제 배 속엔 일주일 내내 버터가 들어 있을 겁니다……. 신선하고 입에서 살살 녹는 맛이 정말 일품이죠!

바로 이런 음식이, 잘 먹고 잘 자고 공부 잘하는 엄마 아들의 몸에서 피가 되고 살이 되는 것입니다.

앙투안

1. 생 루이 고등학교 학생 대다수는 부르 라 렌에 있는 라카날 고등학교로 피난했다. 그렇게 이주해야 했던 이유 중 하나는 학생들이 평소에 폭격 현장을 구경하려고 지붕 위로 올라가곤 했기 때문이었다-원주.

2. 수학 선생으로 해군사관학교 준비반 강사-원주.

3. 남동생 프랑수아의 임종 시 앙투안이 만든 사진건판으로 사진집을 발행한 출판인-원주.

라카날 고등학교.
파리에서 아주 가까운 이 학교는 프레지당 프랭클린 루즈벨트가(街) 전체를 다 차지하고 있으며, 외벽을 따라 걸으면 1시간도 넘게 걸릴 정도로 넓고 깊은 숲에 둘러싸여 있다.

[1918년 6월, 라카날 고등학교]

사랑하는 엄마,

전 엄마가 편히 지내시길 바라지만, 엄마한테서 편지를 좀 더 받을 수 있으면 좋겠습니다. 제가 엄마를 얼마나 보고 싶어하는지 아시게 되면 절 만나러 오실까요?

저는 일요일인 내일, 외출해요. 외출금지령이 풀리거든요. (외출하는 사람은 20명 중 4명 밖에 없어요.) 이번 주까지 208시간이 외출금지로 정해져 있었어요!

오늘 저녁엔 날씨가 좋습니다. 따라서 어김없는 제 예측은 이렇습니다: 고타 폭격기, 잠에서 깬다, 지하실. 엄마도 한 번 단막사격[1] 소리를 들으러 이곳으로 오세요. 정말로 폭풍우나 격심한 풍랑이 이는 바다 한가운데에 있다는 생각이 드실 겁니다. 굉장해요. 단 밖에 계시면 안 됩니다. 사방에 떨어지는 파편들에 죽을 수 있거든요. 우린 공원에서도 파편들을 찾아냈어요.

이제부턴 모노 누나에 대한 이야기입니다:

금요일 저녁에 누나를 보내주세요. 그럼 토요일 아침에 도착할 테고, 전 토요일 저녁에는 외출할 수 있어요. 조르당 부인 댁에서 누나를 만나서 함께 저녁 식사를 하고, 둘이서

야간 극장에 갔다가, 일요일인 다음 날 아침에 함께 르 망으로 출발하면 됩니다.

토요일 밤 누나가 지낼 곳은 로즈 아주머니에게 말씀드릴까 합니다. 좋은 방법이 있을 거예요. 단 극장 좌석(많이 비싸지 않은 좌석으로)을 예약하려면, 엄마가 될 수 있는 대로 빨리 저한테 답장을 해주셔야 해요. 그러니까 거기에 맞추어 저한테 편지로 다음의 글을 써서 보내주실래요(로르 숙모도 르 망으로 오라고 성화세요). "코로 선생님께 르 망에서 결혼하는 사촌 여동생[2] 결혼식에 갈 수 있도록 부디 허락해주십사고 부탁드리렴, 난 네가 누나와 함께 르 망에 갔으면 정말 좋겠구나."

사람들은 독일 놈들이 조만간에 파리를 점령하는 것이 아닐까 잔뜩 겁을 먹고 있습니다. 신문들도 모두 그렇게 보도하고 있고요. 혹시라도 놈들이 파리로 들어오는 지경에 이르면, 전 걸어서 피난 갈 생각입니다(기차를 타려고 해봤자 소용없을 테니까요). 그러나 그런 일이 일어날 가능성은 극히 희박합니다.

라카날에서 지내는 우리 생활은 별로 따분하지 않습니다.

우린 지금……

〔편지의 끝 부분은 사라지고 없다.〕

1. 적의 침투 공격에 대비하여 폭탄이나 탄알을 한꺼번에 퍼부어 이를 가로막는 포화의 방벽.

2. 작은 아버지의 첫째 딸 앙투아네트가 1918년 6월 18일 르 망에서 장 드 그랑메종과 결혼했다-원주.

Il vient d'arriver une chose très triste ; le général Vidal est mis à la retraite ayant déjà dépassé la limite d'âge. Il partira le 18 septembre de Besançon. Quoique cela soit fatalement arrivé tout le monde le regrette quand même.

Madame Vidal, elle, tout le monde en a dit que cela leur ferait grand plaisir de vous voir ici avant leur départ.

Merci de votre lettre. Avez-vous mes papiers urgents. Il est grand temps ! Envoyez-les moi immédiatement pressé.

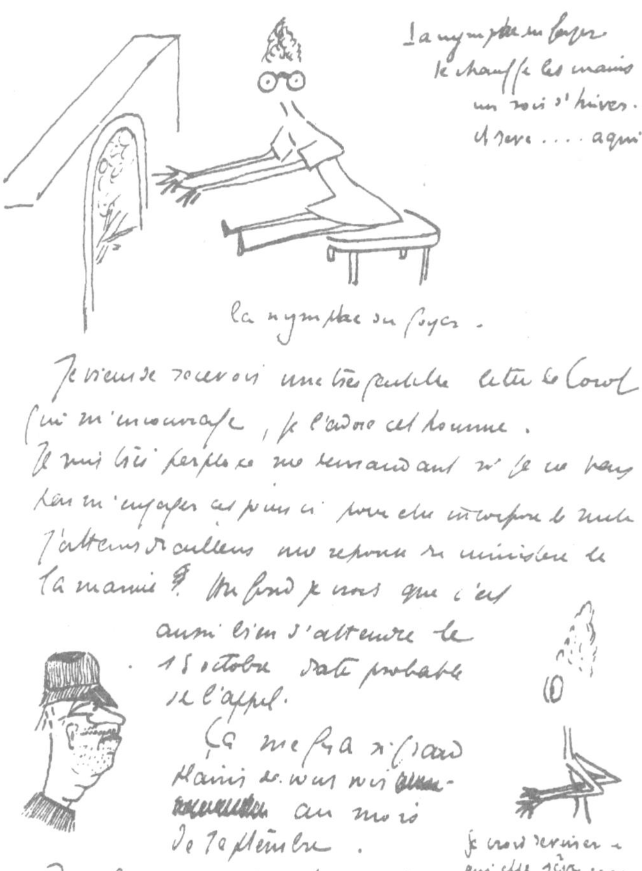

La nymphe du foyer
se chauffe les mains
un soir d'hiver..
et rêve.... à qui

la nymphe du foyer.

Je viens de recevoir une très gentille lettre de Carol qui m'encourage, je l'adore cet homme.
Je suis très perplexe me demandant si je ne vais pas m'engager ces jours-ci pour être incorporé de suite. J'attends d'ailleurs une réponse du ministère de la marine ? Au fond je crois que c'est aussi bien d'attendre le 15 octobre date probable de l'appel.

Ça me fera si tard
Mais de vous voir au mois de septembre.

Pour le moment je travaille

Je crois deviner à qui elle rêve...

19
[1918년, 브장송]

사랑하는 엄마,

매우 슬픈 일이 생겼어요. 비달 장군님께서 퇴임하셨습니다. 정년은 이미 지나셨지만요. 9월 15일에 브장송을 떠나실 겁니다. 어차피 그렇게 될 일이었지만, 모두들 그래도 장군님이 떠나는 걸 아쉬워하고 있어요. 비달 사모님도, 다른 사람들도, 모두 그분들이 떠나시기 전에 엄마가 이곳으로 오실 수 있으면 너무 기쁠 거라고 말씀하세요.

편지 고마워요, 엄마. 제가 긴급하게 보낸 서류 보셨어요? 이젠 제출해야 돼요! 빨리 보내주시면 고맙겠습니다. 정말 급해요.

어느 겨울 날 저녁 벽난로 요정이 난로에 손을 녹이면서 꿈을 꾸는데…… 누구 꿈을 꾸는 걸까요?

벽난로 요정

방금 코로 선생님한테서 아주 친절한 편지를 받았는데, 많은 힘이 됩니다. 전 그분이 너무 좋습니다.

저한테 요즘 군에 즉시 편입 지원을 할 수 없는지 물어보셔서 무척 난감해하고 있습니다. 아닌 게 아니라 저도 한편으론 해군성으로부터 답변을 기다리고 있습니다. 사실 전 소집 가능일인 10월 15일을 기다리는 것도 좋을 것 같아요.

9월에 엄마를 만날 생각을 하니 정말 너무 좋습니다.

누구 꿈을 꾸는지 알아맞힐 수 있을 것 같은데요…….

지금 당장은 계속해서 놈들의 독일어와 수학도 공부하고 있습니다. 나머지 시간엔 엄마도 이곳에서 틀림없이 본 적이 있을 조각가 게노 씨와 예술에 대한 이야기를 나누고, 시도 짓고 하는데, 그다지 시간이 나질 않습니다.

우리 제브리외로 산책하러 가요…….

제브리외로 간다니: 배신자!

아무도 없는 텅 빈 제브리외[1]에서, 권태로움은 다 어디로 가버린 것인가!

라신, 《앙드로마크》에서

아리안, 나의 언니, 얼마나 사랑의 상처가 깊었으면
버림받은 그 바닷가에서 죽어갔단 말인가!

라신, 《페드라》에서

일요일에 비달 부인과 전 제가 알지 못하는 어떤 분과 함께 도보여행을 하기로 했어요. 엄마는 제가 어떻게 지내는지 제 생활에 대해 상세한 이야기를 해달라고 하시는데, 전 줄곧 공부하고 있으며, 그 점은 거의 변함이 없습니다…….

대수학 공부를 하려면 이만 줄여야겠습니다. 마음의 키스를 보냅니다.

엄마의 효성지극한 아들

앙투안

1. 프랑스의 극작가 라신의 운문 비극에서 인용한 것으로, 원문은 "아무도 없는 텅 빈 동양에서"이다.

[1918년, 브장송]

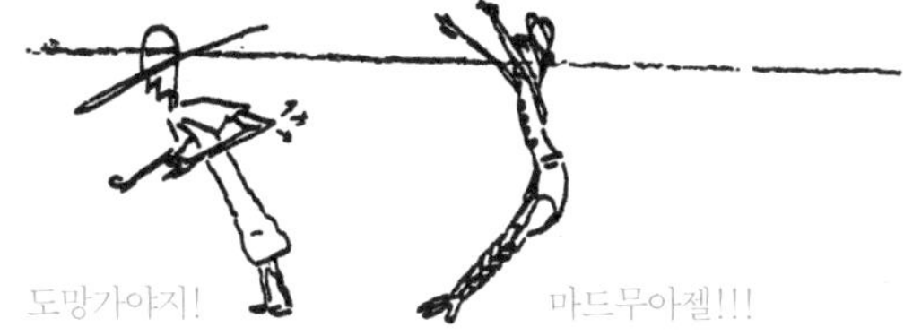

사랑하는 엄마,

드디어 그날이 왔습니다. 내일 징병검사를 받습니다. 고등사범학교 지원자의 자격으로 포병대에 편입되어서, 10월 15일에 출발할 예정이에요.

우리 부대장으로부터 학업을 계속해도 된다는 허가증을 받으면 생 루이 고등학교에서 수학할 수 있게 됩니다(그런데 우리 부대장은 저한테 허가증을 주고 싶어 하지 않았습니다). 제가 해군사관학교에 합격하면 모든 것이 잘 해결될 텐데요. 만약 떨어지면 전투기 편대로 옮겨달라고 부탁드릴 거예요. 장군님 말씀에 의하면 그럴 경우 전투기편대가 쉽게 대대를 선택할 수 있는 만큼 훨씬 더 수월하다고 합니다. 실패하게 되면 친구들이 모두 같은 전투기 대대에 지원하기로 했는데, 저도 같은 생각이에요. 허락해줄 것 같아 보이면, 일단 전방에 가서 공군 신청을 해볼 생각입니다. 아무튼 10월 15일부터, 혹은 30일부터 전 군인이 되는 겁니다.

[……]

확실히 놈들의 독일어에서 장족의 발전을 거두었습니다. 그러나 제가 무지하다 보니, 해야 할 공부가 산더미예요. 지금은 대충 낙제 점수는 받지 않을 정도라고만 확신하고 있는 단계지만, 그것만 해도 대단한 거예요.

물리에서는 전 '광학'은 훤히 꿰뚫고 있습니다. 되짚어볼 부분은 '자기학'밖에 없어요. 이 모든 것이 과연 어떻게 될까요, 그걸 모르겠습니다. 지금 우린 거대한 미지의 세계에 발을 내딛고 있는 것입니다…….

내 누이들의 뒷모습

엄마가 잘 지내시고 너무 과로하시지 않았으면 좋겠어요. 밈마[1] 누나는 잘 지내나요? 아픈 건 좀 나아지고 있어요?

마음의 키스를 보냅니다.

엄마의 효성스러운 아들

앙투안

방금 징병검사를 받았는데, 여러 각도에서 면밀한 검사를 받았습니다. 한 서른 명 남짓 되는 녀석들이 벌거벗은 아담과 같은 복장을 하고 단상 위에 있는 심사위원 앞에 서 있었습니다. 물론 전 적합판정을 받았죠, 칭찬도 들었습니다.

1. 마리 마들렌의 애칭-원주.

car si les riverains l'entendaient chanter
ils en redevenaient fous (comme à Paris).
Réflexion faite, j'ai beaucoup d'esprit.

Une de nos plus
belles étoiles
de notre maison
que je viens de croquer
sur le vif commencera-
t-elle — ?

3 premiers hommes.

Je vous prie
mes dessins sont
trop affreux et
je suis trop mal
pour écrire.
Je vous embrasse
de tout mon cœur
votre respectueux

[signature]

[1918년, 브장송]

사랑하는 엄마,

제 서류 갖고 계세요? 아주 급합니다.

별일 없으신가요? 전 엄마 건강이 좋아지고, 그래서 조만간 브장송행 기차를 타시게 되면 좋겠는데요…….

독일어 실력이 제법 좋아졌습니다. 오늘은 제 트렁크들도 손보기 시작했고, 그런 모든 일 이외에도 시도 몇 편 쓰고 있습니다.

제 글씨가 엉망진창 지그재그로 삐뚤삐뚤한 이유는 무릎 위에 올려놓고 쓰다 보니, 자세가 불안정하기 때문이에요.

모노 누나가 편지로 라 푸아세트 기사의 숭고하고 관대한 사랑이 어떻게 결말이 나는지 이야기해주었습니다. 정말 놀라운 사람이에요! 어쨌든 훌륭합니다…….

본비한테서 편지를 받았는데요, 그 친구도 군에 지원하고 싶었지만 못했답니다. 제가 떨어지면 우린 같은 군대에 들어가도록 애써볼 작정입니다. 그 친구가 5포병대에 들어올 수 없다면 저도 그곳에 남고 싶은 생각이 없어요. 포병대 자체가 썩 마음에 내키지 않기도 하고요. 아마 합격한다 해도, 그래서 브레스트(요새 사령부 당직……)로 가고 있을지도…….

비달 내외분은 언제 뵈도 저한테 잘해주십니다. 일요일에 댁으로 점심 식사 초대를 해주셨는데, 비달 부인은, 제가 모르는 어떤 부인과 함께 저를 데리고 근처로 소풍을 갔습니다. 가져온 도시락도 정말 별미였어요.

생 모리스에서는 무슨 새로운 소식 없나요? 여전히 꼬마 아가씨는 수시로 서글픈 노래를 부르고, 가로등까지도 쫓아올 정도로 조신함과 우아함이 물씬 풍기는 그런 우스꽝스러운 옷차림을 하고 다니는지요. 그건 오르페우스보다 더 나쁜 행동입니다. (단, 제가 탓하는 것은 그 애의 노래가 아니라, 그 애가 부르는 노래를 가로등이 듣는다면 소스라치게 놀라 파랗게 질려버릴 것이기 때문입니다, 파리의 가로등처럼요.)

오랫동안 많은 생각을 했더니, 순간순간 기지가 마구 마구 넘쳐나고 있습니다.

이 집에서 보이는 가장 아름다운 별들 중 하나를 방금 제가 산 채로 와작와작 먹어버렸거든요. 어떻게 그럴 수 있느냐고요?

인간 표본

이만 줄일게요. 그림이 너무 엉망이고 글자도 너무 형편없네요.

마음으로 키스를 보냅니다.

엄마의 효성스러운 아들

앙투안

C'est assez cocasse !

Je ne sais plus trop

quoi vous dire.

Je ne sais pas dessiner… Zut!
Alors je vous quitte car je n'ai de lien

[1919년 6월 30일, 파리]

사랑하는 엄마,

파리로 돌아와서 엄마 편지를 받았습니다. 말씀하신 그분께는 전보로 답신을 보내겠습니다.[1] [……] 다시 만나 단둘이 조금은 단출하게 있게 되면 전 너무 기쁠 거예요. 엄마가 아프다고 하니 제가 어찌할 바를 모르겠습니다. 열은 내렸어요?

엄마와 둘이 산 정상에 있으면 정말 근사할 거예요. (스위스에서 하는 말로) "어느 산 정상이 좋을까요?" 알프스? 몽블랑? 엄마는 스케치와 수채화를 그리시겠지요. 그러고 나면 함께 유명한 희곡작품…… 그리고…… 그리고…… 많은 것들을 함께할 계획을 세울 거예요. 그러면 분명 엄마는 건강을 되찾게 되실 겁니다!

만일 제가 도착하기 전에 높은 산에 오르시게 되면, 어디로 가실 건지, 저와 합류할 곳이 어딘지 편지로 알려주세요.

어제 루이 드 본비와 함께 지방 풍습에 근거한 으스스한 연극 그랑 기뇰[2]을 보러 갔습니다. 어김없이 할복자살하는 멋신 장면으로 끝납니다(연기를 굉장히 잘했어요).

엄마는 모노 누나가 저한테 편지를 보낼 거라는 말씀만

하셔 놓고는, 정작 엄마 편지는 한 장도 동봉되어 있지 않네요…….

기욤 아저씨가 생 모리스에 계실 것 같은데, 뵈러 가시지 않으세요?

요즈음은 덥지가 않습니다. 전 차라리 푹푹 찌고, 후끈거리고, 타는 듯이 더운 날씨면 좋겠는데. 전 엄마가 엄마 건강에 더 좋은 곳에 계신지 정말 알고 싶어요! 계속해서 그렇게 오한이 나세요?

제 생일을 맞이하여(어제부로 전 열아홉 살이 되었어요) 망통 씨의 둘째 따님으로부터 장장 4페이지에 달하는 긴 편지를 받았는데, 사진들과 그림 등등이 들어 있습니다. 그렇습니다, 열아홉 살이 되어 처음으로 맞는 평화의 날입니다……. 기분이 너무 이상해요!

무슨 이야기를 더 해야 할지 모르겠어요.

어떻게 그려야 할지 모르겠어요…… 이런!
그럼 이만 줄일게요. 더 해드릴 이야기가 정말 없어요.

엄마의 효성스러운 아들
앙투안

마음으로 아주 포근히 안아드릴게요.

1. 편지가 생략되어 있어 정확한 상황을 추측하기 어려운 부분이다. 다만 앙투안의 어머니는 1907년 에비앙에 있을 때 조각가 조셉 베르나르(Joseph Bernard)를 알게 되었지만 자신의 아이들을 위해 그의 청혼을 거절한 일이 있다. 1차 세계대전 중 앙베리외의 의무실에서 "전방으로 떠나오, 아주 오래전부터 나에게 잠들어 있는 모든 추억들을 마음에 담아 가겠소"라고 쓰인 그의 마지막 전갈을 읽고 있던 그녀는, 역장이 들어와 부상병들을 실은 기차가 들어온다는 말에 급히 뺨 위로 흐르는 눈물을 숨겨야 했다. 훗날 60년의 시간이 흐른 후 그녀는 그를 위한 시를 바쳤다: "친구여, 이제 난 무척 지쳐 많은 것을 잊어야만 해요. 그대의 듬직한 손 위에 이마를 기대고 싶은 난 후회할 일도 없으며 모든 것을 초월해버린 것을. 그저 잠시 그대의 거친 손 위에 내 이마를 기대게 해줘요. 친구여, 아무런 힘도 없는 내 이마에 그대의 손을 대어줘요. 그리고 12월의 나의 이 밤을 축복해주길." (《내 나무가 부르는 노래 소리가 들립니다》 중에서)

2. 19세기 말 프랑스 파리에서 유행한, 살인이나 폭동 따위를 강조한 전율적인 연극.

23

[1919년, 파리]

사랑하는 엄마,

아무한테서도 편지를 받지 못한 지 이제 2주가 됐어요. 그러다 보니, 참 이상하죠, 요즘 같은 때는 모두들 짠 것처럼 느껴지니. 서로 알지도 못하는데 말이에요…….

전 잘 지냅니다. 요즘 들어서는 그다지 우울하지 않지만, 해야 할 공부는 수월찮습니다. 처칠 고모[1] 댁에는 매일 가다시피 했는데, 정말이지 너무 좋습니다. 목요일 저녁에는 조르당 씨 댁에서 저녁 식사를 했고, 내일은 본비 가족과 같이 점심 식사를 하게 되고, 목요일엔 아니에르에서, 일요일에는 8시에 방금 만나고 온 비달 씨 댁의 초대를 받았습니다. 시를 몇 편 지어봤는데, 그중에는 가치[?]가 있을 것 같은 꽤 긴 시도 있으며 소네트 한두 편은 그럭저럭 괜찮지만, 다른 할 일이 있으니 엄마가 옛날에 주신 글씨 쓸 때 사용하는 받침 밑에 밀어 넣어둘게요!

바이올린 실력은 계속 나아지고 있어, 이젠 쇼팽의 야상곡들을 차례대로 연주하기 시작했습니다. 그중 한 곡이 아주 어려운데, 제 연수도 제법입니다. 제13번은 정말 명곡입니다.

고모의 건강이 호전되었으면 좋겠네요. 장난꾸러기 사탄이 엄마와 저의 편지들을 엇갈리게 하니까, 오늘 저녁에는 엄마의 편지가 도착할 것 같습니다. 어쩌면 엄마는 남프랑스로 되돌아가셨을 테죠?

그러니까 내일은 본비 씨 댁에서 점심 식사를 할 거예요. 마음씨 좋은 그분들이 저를 극장에 데리고 가신답니다. 〈아름다운 엘렌〉[2] 이길 바라는데, 아직은 몰라요.

모노 누나는 어떻게 지내나요? 다른 식구들 소식만 들었지 누나의 소식은 들은 적이 없습니다. 제가 몽유병에 걸려서 잠이 든 상태에서 편지를 썼다면 모를까, 누나가 저한테 질렸을 리가 없는데 말이에요.

엄마가 주신 작은 보들레르의 책이 저의 오랜 친구가 되었습니다. 그렇다고는 해도 너덜너덜해진 제 헌 책도 나름 진가를 발휘합니다. 제가 보고 싶은 부분을 알아서 펼쳐주거든요. 길이 든 위력을 떨치는 순간이지요. 불로뉴 숲 속에서 억수같이 쏟아지는 비를 만나도 수상록 표지가 들뜰까봐 걱정하지 않았건만, 보들레르의 재치 있고 세련된 발상에 걸맞은 보석 상자에 담겨 있는, 엄마가 주신 그 작은 보석에 마음을 뺏겨 차츰 제 책을 잊어가고 있습니다……. 멋진 문장이란 바로 이런 것이죠……! 젠체하는 것 같은가요?

요즘 전 꽤 만족스럽게 지내고 있습니다. 우선, 우울한 생각이 들지 않습니다. 다음은, 공부를 하니까 마음이 편안하며, 마지막으로 지금까지 느껴보지 못했던 황홀감에 빠져들게 하는 것들을 거의 도처에서 찾아내고 있습니다. 쇼팽의 음표, 사맹[3]의 시, 플라마리옹 출판사의 장정본, 라 페 거리[4]의 나이아몬드 등등……. 울적했던 제 마음이 누릇누릇 빛 바래고 나니 사맹의 이 시가 생각납니다.

"마치 우주처럼 젊고 순결한 네 자신을 발견하게 되다니!"[5]

그와 마찬가지로, 수학 수업을 듣는 방식 속에서도 전 제 예술적 감성의 가능성을 발견합니다. 책에 나오는 내용을 분석하고 정리한 공책이 있는데, 한번 보여드릴게요. 조화가 잘 되어 있는 제목들과 재치가 번득이고 세련된 멋을 풍기는 도형들이 그려져 있어서, 기묘한 아라베스크 문양으로 꾸며진 화보를 생각나게 하지요. 그리고 보잘것없는 4차곡

선에 불과했던 쌍극곡선이 장식문양의 모티프라는 세련된 역할로 신분이 상승되어 있습니다.

낡은 제 화보—솔방울로 꾸민 진품—가 제법 인기가 많습니다. 다들 제가 도안을 아주 잘 그린다고 생각해요. 말씀드린 대로 저의 시 〈미(美)의 순례자들〉도 멋지다고 해서, 일요일 8시에 비달 씨 가족들 앞에서 암송하기로 했습니다.

요즘 제 생활은 매력적인 나날의 연속입니다. 마음에 드는 좋은 친구들도 생겼습니다. 재기 발랄한 그들의 '사브랑'[6]식 참신한 발상에 도취되기까지 합니다. 우린 머릿카락 속 이를 쫓아버리는 방법과 같은 시시한 문제를 놓고 의논을 합니다. "아주 간단해, 우리들 중 한 사람을 학자인 체하고 다니는 사람처럼 근엄하게 보이도록 만드는 거야. 수염과 머리카락을 층지게 계단 모양으로 깎아놓고 나서 난간을 없애버려, 그러면 고놈의 이들이 근엄…… 은 고사하고 땅바닥에 털썩하고 떨어져 나가는 거지." 유쾌합니다……. 전혀 세련되지 않아도 즐겁고 유쾌해요.

비슈 누나는 어떻게 지내는지요……? 옛날 리옹에 있을 때는 투덜대며 불평을 늘어놓았지만, 사실 전 누나와 단둘이 외출하는 것이 엄청 기분 좋았답니다……. 그리고 정말로 누나가 자랑스러웠습니다. 누나의 망토는 제법 멋있었거든요……. 누나는 못생기지, 못생기지, 못생기지 않았다고요……. 엄마가 저를 대신해 누나를 안아주실래요.

매일 반 시간씩 바이올린 연습을 하기 시작했습니다. 그래서 약간이라도 향상…… 아, 제대로 켤 줄이나 알게 되었으면 좋겠는데……. 실은 제가 신비롭고 애잔하며 침울한…… 아주 마음에 드는 소곡 한 편을 작곡했어요. 단 혼자 있을 때가 아니면 전 바이올린을 켜지 않습니다. 다른 사람들을 기절초풍시키는 위험한 일을 하면 안 되니까요. 요즘처럼 기면성 뇌염이 유행하는 날씨에는 치명적인 결과를 초래할 수 있거든요. 예술적 감동이 너무 큰 나머지, 아니면 너무 무서운 나머지 기절하는 사람이 생길지 어떨지는 두고 봐야겠습니다.

사브랑한테 편지를 써서 항공편으로 보냈습니다……. 모로코 직항편이에요. 엄마가 편지를 써서 저녁에 우체국에 부치면 그다음 날 저녁 리바트[7]에 도착하는 거예요!

또 편지 드릴게요, 사랑하는 엄마. 글씨가 엉망이라도 봐주세요, 그 어느 때보다도 빨리 쓴 편지거든요…….

사랑하는 엄마를 마음으로 안아드릴게요.

엄마의 효자

앙투안

1. Amicie de Saint Exupéry. 앙투안의 다섯 명의 고모 중 큰 고모로 시드니 처칠의 부인-원주.

2. 3막으로 구성된 오펜바흐의 희가극.

3. Albert Samain(1858~1900). 프랑스의 상징주의 시인.

4. 세계적인 명품과 보석상들이 즐비한 파리의 유행이 시작되는 거리.

5. 1894년 출간된 사맹의 유고시집《황금수레》중〈가을〉.

6. Marc Sabran. 앙투안의 리옹 친구로 보쉐 학원 친구-원주. 1919년 1월 앙투안은 해군사관학교 입학준비를 위해 파리의 보쉐 기숙학원에 들어왔다.

7. 모로코의 수도.

[1919년~1920년, 파리]

사랑하는 엄마,

전 지금 조르당 부인 댁에서 이 편지를 쓰고 있습니다. 오늘 저녁에는 트레비즈 씨 댁에서 저녁 식사를 하기로 되어 있어요. 다음 주 일요일 점심때엔 생 장 중학교 동창회가 있습니다.

어떻게 지내시는 거예요, 엄마는? 모노 누나 소식 좀 자주 알려주시면 안 될까요? 가여운 누나…… 누나는 어떻게 지내나요?

공부는 제법 괜찮게 합니다. 최근 시험 성적은 12점, 14점, 14점이며, 수학 공부도 잘 됩니다.

친구들과 함께 〈자르댕 데 쟁데팡당〉전[1]에 다시 가봤습니다. 볼거리가 전혀 없는 건 아니지만 하나같이 끔찍한 것들뿐입니다. 특히 흉측했던 건 아카데미의 근대화들입니다. 마치 정육점 진열창 앞에 와 있는 기분이에요. 그 어떤 예술도, 그 어떤 선의 리듬감도 없는, 그저 거대한 고깃덩어리일 뿐이지요. [……]

새로 시 한 편을 지었어요. 〈진실의 순례자들〉인데, 친구들이 난리가 났습니다. 하지만 전 이 귀여운 친구들보다 시를 더 잘 알아보는 사람들에게 제 시를 보여줄 날이 오길 기다리고 있습니다. 계속해서 친구들에게 제 시를 베껴 써주겠다는 약속을 하면서도, 정작 제가 갖고 있을 시는 옮겨 쓸 시간이 없네요……. 방학 동안에 하려고 벼르고 있는 중입니다. 최근에 지은 시들을 보면 제 실력이 일취월장한 것 같아 흐뭇해요.

전 제가 사맹의 수제자가 될 것 같기도 해요. 보다 정확히 말하면 그가 한 장르만 파고드는 점은 정말 싫은 부분이라 수제자는 못 되겠지만, 그러나 전 분명 《황금 수레》에서 〔……〕 점점 더 사맹에 열광하고 있습니다.

지난 일요일에는 위베르 아저씨 댁에서 점심 식사를 했습니다. 그러고 나서 앙리 바타유의 〈미친 처녀〉를 초대를 받아 보러 갔는데, 정말 가슴이 에는 듯 비통하고 — 고통스럽기까지 했던 — 훌륭한 작품이었습니다. 앙리 바타유는 연극에 정말 대단한 재능을 타고났어요. 제가 보기에 베른슈타인과 그는 주목할 만한 작가들입니다. 전 꼭 연극을 해볼 생각입니다. 애착도 가고 감정에서 우러나오는 힘을 그 골자만 피력할 수 있다는 점에서 매우 훌륭한 문학 장르예요. 이러한 구성에 적합하게 하려면 당연히 보편성을 띠어야 하는 사고의 복잡성까지 표현해내기엔 어려움이 따르겠지만요.

어떤 잡지에서인가 읽었던 글입니다. "정말로 난 칸트나 부트루 씨[2]가 연극의 개념들을 만들어내고 있다고 보지 않는다." 제 견해로는 오히려 베른스타인이나 바타유와 같은 작가들이, 요약하자면 관객들을 '객관적인 사실'이나 '상황' 같은 개념에 직면하게 만드는 것 같습니다.

"사람은 결코 서로를 알지 못한다, 서로 사랑한다고 생각하는 순간에조차도. 그래서 인간은 줄곧 자신에게로 돌아가 머물러 있는 것이다." 베른슈타인의 《비밀》에 나오는 말입니다.

"살다 보면 이미 기정사실로 받아들인 생각을 혼란하게 만드는 풀리지 않는 상황이 생기게 마련이다." 바타유의 《미친 처녀》에 나오는 대사입니다.

소위 말하는 천재성과 광기의 연관성에 대해 깊이 생각해 보았더니 그에 대한 제 생각을 편지로 말하고 싶어졌어요. 저한테는 그것이 광기라는 단어에 대한 말장난으로 보이기 때문입니다.

만일 광기가 사고에 일관성이 없으며 하나의 정신적 총체를 다스릴 능력이 없음을 뜻하는 것이라면, 일관성 있는 정신체계를 구상하고 정신적 총체를 구축할 능력이 있는 천재성과는 상당히 거리가 먼 개념일 것입니다.

다만, 그 정신체계가 너무 막연하고, 직관력 있는 천재성이 매개 역할을 하는 생각들을 정립하길 등한시한다면, 그의 정신적 총체는 일관성이 없어 보일 수가 있습니다. 그런데 광기를 띤다는 표현을 한다면, 그때 광기는 더 이상 모순의 연속이 아니라 전적으로 사고의 순서가 다른 것일 뿐이므로, 말의 뜻이 달라져야만 하는 것입니다. 그런데 제 이론을 다 펼칠 시간이 없기도 하지만, 아닌 게 아니라 지금 이 순간 제 머리에 떠오르는 생각도 분명하지 않네요.

엄마를 즐겁게 해드릴 이야기를 하고 싶은데, 사실 전 우스운 이야기라고는 아는 게 없어요.

조금 전 앙리 드 레니에의 소네트 한 편을 읽었는데, 아주 좋습니다. 한 해의 열두 달에 대해 묘사하고 있습니다. 열한 달은 실망과 슬픔 외엔 다른 아무것도 그에게 갖다주지 않은 채 흘러가 버렸지만, 이젠 12월이 온 것입니다.

> ……(나의) 밤이 오면 내게 무얼 가져다주려오?
>
> 거짓말 잘 하는 그대의 형제들은 이젠 그림자에 지나지 않는다오.
>
> 하지만 그대 12월이여! 오늘 내가 해가 뜨는 걸 보러 갔더라면
>
> 그대의 어두운 두 눈동자 깊은 곳에서 반짝이는 행복의 별을 보았을 것을!

루이와는 정말 자주 만납니다. 조만간 사브랑 가족을 만나러 갈 거예요. 마르크[3]가 모로코에 가다니 정말 유감입니다. 얼마나 좋은 친구였는데요!

파리에 오시는 건지요. 이 모든 삶의 근심과 복잡함의 한가운데에서 엄마가 겪고 계신 혼란스러움을 전 이해합니다. 하지만 제 걱정만은 하시 마세요. 전 잘 지내며, 우울하지도 않고 공부 잘하고 있으니까요.

이만 줄일까 해요. 내 사랑 엄마, 사랑하는 엄마에게 마음의 키스를 보냅니다.

가여운 시몬 누나에게도 마음의 키스를 보내요.

엄마의 효성스러운 아들
앙투안

화요일에 외출할 수 있도록 오늘 전신환을 보내줄 수 있으세요?

구두—레인코트—용돈.

1. 보수적인 아카데미의 살롱전에 반발하여 독립예술가들이 만든 앵데팡당전(Salon des Indépendants)의 일환인 듯하다.

2. Étienne Émile Marie Bouttoux(1845~1921). 프랑스의 철학자, 철학사학자.

3. 마르크 사브랑.

[1919년, 파리]

사랑하는 모노 누나,

한 달인가 두 달 전에 보내준 편지 고마워, 이제야 부랴부랴 누나한테 답장을 보내게 됐어. 누나가 나한테 물어본 말이 있었는지 생각이 잘 안 나. 그래서 서론은 빼고 본론부터 이야기해줄게.

먼저, 그래, 맞아, 난 국립고등공예학교 시험 준비를 하고 있어.[1] 그런데 사실 내가 이 시험에 대비한다는 건 거의 불가능한 일이야. 난 전혀

기계 설계도,

건축 설계도,

마찬가지로 어려운 화학 개론(굉장히 복잡한 화학 교과목)도 공부한 적이 없거든.

두 번째, 이런 시험과목을 공부하지 않았기 때문에 난 해군사관학교에는 원서를 낼 수 없을 거야. 말하자면, 결국 운명론자가 되어야만 해.

목요일에는 내가 알고 있는 사람들 중 가장 매력적이고, 개성 있고, 섬세하며, 영리하고, 모든 점에서 탁월한, 게다가 친절까지 겸비한 이본 드 트레비즈[2]와 함께 30킬로미터나

되는 거리를 산책했어. 우린 함께 많은 곳을 돌아다녔고, 아마 금요일 저녁엔 그녀의 극장 칸막이 좌석으로 나를 데려가 줄지도 몰라……. 그럼 내 수학 반[3]은 바뀌겠지만……. N 씨 댁에는 연달아 두 번 갔었는데, 점심 식사하고 음악 듣고 시를 낭송한 후에 극장에 갔어. 모두들 나를 상냥하고 너무 기분 좋게 배려해주고 내 마음에 쏙 드는 대접을 받았어. 그런데…… 그런데 (누나만 알고 있어) 난 내가 어떻게 15일 만에 완전히 홀딱 반할 수 있었는지, 도무지 이해가 안 돼. 아무리 짧아도 어떻게, 그것도 잔에게 말이야. 생각해보면, 그녀는 나로 하여금 조금이나마 남의 환심을 사기 위해 노력하게 만든 첫 번째 여자아이였는데(마들렌 드 트리코 아주머니는 나의 이런 모습에 익숙하지 않아 어리둥절해 하시고), 그 사실이 약한 나의 마음을 뒤흔들었던 것 같아.

이미 내 마음은, 약한 나의 마음은,
등등

뮈세

그런데 이젠 나 자신에 대한 신뢰를 떨어뜨리는, 잠시 머물다 갈 일시적인 감정에 내가 이렇게 열중한다는 사실에 절망하고 있는 거야. 그녀는 내가 좋아하는 타입과 정반대야.

그래, 난 그녀를 그저 그렇다고 생각할 뿐이야. 이를 테면 난 덩치가 큰 여자들은 그다지 좋아하지 않는데, 과장하지 않고 말해 그녀는 내가 보기에 몸무게가 좀 너무 많이 나갈 것 같아. 미소도 내가 생각하던 이상적인 미소가 아니고. 간단히 말해 난 지금, 어떻게 보면 그리 오래 가지 않았던 첫인상으로부터 깨어나버린 거야. 아주 조금이지만 그녀가 귀찮기까지도 하고. 또 그에 대한 반작용인지 별난 부분을 제외하면 아주 상냥하고 사랑스럽고 매력적인 편이라는 생각도 들어. 하지만 그녀의 가족들 중에서 내가 더 좋아하는 사람은 여전히 N…… 부인이야. 그녀는 기품이 있고, 이지적이며, 마음 씀씀이가 너그럽고, 훌륭한 사교계의 여인이 될 다른 장점들도 고루 갖추고 있어.

요즘 난 조르당 가족에 끼어 무용 교습을 받고 있어. 개신교 집안으로 부유하고 사람들이 좋아서 나와 잘 지내고 있는데, 예쁜 여자아이들은 한 명도 보지 못했어. 리옹의 M…… 씨 가족(내가 괄호를 한 건 누나가 나를 대신해서 안부 전해달라는 뜻이야. 당장 해줄 거지? 난 그분들이 남처럼 느껴지지 않아)과는 전혀 달라. 좋은 가문 출신도 있기는 해도 가만히 보면 기품이 없어. 어떻게 보면 너무 영국 사람들 같아 보인다고 할까…….

비교적 싱거운 보스톤[4]을 제외하곤 모든 최신 무용은 나한테는 끔찍해…… 탱고는 그나마 좀 덜할지도 모르지만, 아니, 마찬가지지! 하지만 비밀이야! ……굳이 말하자면, 걸상 두 개가 함께 춤추는 것 같다고나 할까. 보기에 심히 아름답지 못한 그림이지.

내가 엔지니어나 작가가 되어 돈도 많이 벌고, 자동차도 세 대 정도 갖게 되면, 우린 함께 자동차를 타고 콘스탄티노플로 여행을 갈 거야, 정말 좋겠지. 이 말을 끝으로 이만 난 그 아름다운 희망을 향해 떠날게. 편지해줘, 누나.

누나의 우애 깊은 동생

앙투안

1. 해군사관학교 입학에 실패(이과과목, 특히 수학은 응시자 중 최고의 성적을 받았지만 문과과목의 구술시험에서 낙제)한 후 앙투안은 파리 국립고등미술학교의 건축학과의 청강생이 된다.

2. Yvonne de Lestrange(1892~1977). 트레비즈 공작부인. 어머니의 육촌동생. 앙투안은 그녀의 문학 살롱과 파리 6구에 위치한 센 강의 말라케 부두에서 근처에 있던 출판사 갈리마르의 전신 NRF(La Nouvelle Revue Française)의 사람들, 앙드레 지드와 같은 많은 문학계 사람들을 만나게 된다-원주.

3. 수학 반에는 대입자격시험 준비반, 그랑 제콜 준비반, 이공계 그랑 제콜 준비반이 있었다.

4. 유럽에 보급된 미국의 사교춤으로 느린 템포의 왈츠.

말라케 부두 정경.

갈리마르 출판사.

[1919년, 파리]

사랑하는 엄마.

편지 고마워요. 엄마의 편지가 저한테 너무 큰 기쁨을 안겨다 주었습니다. (펜촉을 새로 샀는데 아직 손에 익지가 않아 글씨를 어떻게 써야할지 모르겠습니다. 전에 쓰던 것이 부러졌거든요.) 글씨가 너무 깨알 같아서 죄송해요.

전 잘 지냅니다. 다만 너무 지쳐서 르 망에 가서 8일 동안 쉬고 올 생각입니다.

국립고등공예학교 구술시험이 2주, 혹은 좀 더 후에 있습니다. 하지만 제가 그 학교 시험을 보는 이유는 그저 호기심일 뿐, 조금이라도 헛된 기대를 갖고 있어서가 아닙니다. 모두들 구술시험을 보니까요. 필기시험에서는 평균 2점은 받아야만 됩니다.

저보다 성적이 잘 나온 루이는 구술시험을 볼 필요가 없다고 생각해서 이제 시험 걱정은 하지도 않습니다.

생각 같아선 되는 데까지는 공부하고 싶지만, 이도저도 못하게 된 시험을 보려고 공부하는 건 아닙니다.

지금 이본 집에서 편지를 쓰고 있는데, 르 망으로 출발하기 전에 오늘 밤 여기서 묵을 생각입니다. 본비 가족은 제법 자주 만나는데, [……] 루이에 관해 말하자면, 그는 상당히 매력적인 친구입니다. [……]

어제 오페라가에서 대규모의 시위가 있었습니다. 우리를 지나가지 못하게 가로막는 차만 해도, 세어보니 마흔 다섯 대나 되었어요! 마흔 다섯 대! 거기서 우린 기막힌 요령 하나를 터득했습니다. 가는 끈이 1킬로미터쯤 되는 시위 행렬의 처음부터 끝까지 놓여 있었는데 어떤 차량도 그 끈을 끊지 못하는 것입니다……. 정말 우스꽝스러운 일이었어요.

돌리 드 망통과 편지를 주고받으며 지내는데, 그 집안 분들은 제게 정말로 잘해주십니다.

잔 생각을 하다 보니, 저도 디디가 부르는 리토르넬로처럼 말하게 되네요. "너 결혼한다더라……." 비 오듯 통한의 눈물을 쏟으면서, 그리고 여차하면 질레트 면도날로 단칼에 자살이라도 할 것처럼…… 아니에요…… 전 강합니다. 이런 가슴을 에는 듯한 아픔에도 끄떡없습니다. 저런, 그러고 보니 그녀의 결혼 축하시를 지어주어야겠군요. 전에 약속했거든요. 르 망에 가면 해야겠습니다.

정말 완벽한 날씨예요. 그런데 너무 파란 하늘에 너무 하얀 작은 구름들이 점점이 있군요. 바로 19세기 판화에 '늘 나오는' 하늘입니다. 제 심정이 어떤지 이젠 아시겠어요?

정말 완벽한 날씨입니다. 오늘은 상쾌해요! 그래요, 상쾌해요! 한 시간 동안 치과 치료를 받는 일만 없었어도 저의 오늘 오후는 근사했을 텐데요.

두 군데 제과점에서 아이스크림을 하나씩 먹었어요. 아이스크림과 낙타(노래 가사에 나오듯), 정말 이 두 가지는 조물주의 창조물 중에서 가장 아름다운 것들입니다.

좀 전에 트레비즈의 사촌에게 시를 낭송해주었더니, 이 멋진 친구가 참신하고 독특한 만큼 유익하기도 한 조언을 많이 해주었습니다. 못하는 게 없는 사람인데, 알고 계세요?

유감스럽게도 아직도 목이 아프다는 사실을 부인할 수 없습니다. 요놈의 열이 내리지 않으니까요. 아이스크림을 두 개나 먹지 말았어야 했나 봅니다.

조금이나마 엄마의 걱정을 덜어드리려고 편지를 길게 쓰고 있습니다. 그리고 아플 땐 사랑하는 사람들한테서 긴 편지를 받으면 정말 좋을 것 같다는 생각이 들어서요. 그래도 엄마가 아프시다니까 너무 우울합니다…….

엄마를 좀 웃게 해드리고 싶지만 요즘 제 생활은 폭소를 터뜨리게 할 이야깃거리라곤 아무것도 없는 낮과 밤의 연속일 뿐입니다.

〔……〕

주변을 둘러보니 전 나폴레옹의 잡동사니를 넣어두는 다락방—아주 훌륭한 방—안에 와 있습니다. 방에 있는 끝이 보이지 않을 정도로 많은 장식품은 각양각색의 자세로 하나같이 그 위대한 사람의 모습을 하고 있으며, 아무리 작은 것이라 해도 가구 하나하나마다 50개도 넘는 장식품들이 놓여 있습니다.

전 그중에서 친절한 듯 거만한 시선으로 저를 바라보고 있는, 내 앞에 놓인 도자기 장식인형 하나를 집어 올렸습니다. 위대한 사람치고는 좀 너무 살이 쪘어요. 본디 위대한 사람은 살이 찔 리가 없는데, 그건 그들의 내면에 불꽃이 타오르고 있기 때문이지요. 좀 더 오른쪽에는 말을 타고 있는 것도 하나 있네요. 그가 타고 있는 말은 뒷발로 일어서 있는데, 적게 잡아도 통상 인형 하나에 질 좋은 포도주 네 병은 되는 프랑스 국고 낭비라는 전통을 잇고 있는 다른 인형들처럼, 이 나폴레옹 인형도 활기찬 모습을 하고 있습니다. 하지만 정작 나폴레옹 자신은, 이렇게 만족스럽게 웃고 있는 모습과는 도저히 맞아떨어질 것 같지 않는 영광과 맑은 물만 먹고 살았습니다. 이 조각 인형이 역사적 사실에 대한 제 생각을 송두리째 흔들어놓고 있습니다.

저 천 명의 나폴레옹들로 인해 오늘 밤 전 분명 환각에 시달릴 거예요. 저와 눈이 마주친, 왼쪽의 마르고 수척한 나폴레옹은 세 버리카락이 쭈뼛 설 때까지 더 수척해질 것 같습니다. 빈정대는 나폴레옹 인형은 날카로운 표정으로 다가와 제 귀를 잡아당기고는 적당히 체념 섞인 어조로 온갖 너스레를 떨 것입니다. 만일 그런 꿈을 꾸지 않는다면, 그건 제 신경이 튼튼하다는 이야기겠지요.

오늘 저녁 이본은 한층 아름다워 보였습니다. 저를 위해 제가 좋아하는 쇼팽의 소곡 한 곡을 연주해주었습니다. 쇼팽은 정말로 천재예요! 그리고 제가 시를 암송했습니다(하지만 이미 했던 이야기네요).

언젠가 엄마가 전쟁의 기억에 대해 쓰신 글을 읽게 되면 정말 기쁠 겁니다. 열심히 써보세요, 사랑하는 엄마. 그런데 엄마는 그림이라는 예술 활동을 하고 계시면서도 그림을 그리는 대신, 저한테는 수학과목보다도 훨씬 더 난해한 것만 같은 기호들에 그토록 엄청난 노력을 다하시는군요. 특별한 이유가 있으신가요?

모노 누나는 풀밭이 무성한 생 모리스에 와서 살이 좀 쪘어요? 그리고 디슈는요? 가여운 천사 같은 내 동생, 식구들과 함께 있는 것이 좋아서, 그 암탉이며 개, 토끼, 우둔한 돼지에 그리고 모노 누나의 이탈리아 녀석들까지 다 찾아다니고 있는 것이겠지요.

물론 이탈리아 국민들은 예술의 표현양식이라는 관점에서 보면 월등합니다만, 조상이 남긴 유산으로 살고 있을 뿐 새로운 것을 창조해낼 능력은 없는 것 같습니다. 예술적, 혹은 과학적인 관점에서 내세울 것이 아무것도 없습니다.

지금 새삼스레 보니 제 침대 시트가 연분홍색인데요, 그러니까 제과점 테이블보 생각이 나서 절로 군침이 돕니다. 연분홍색 침대 시트가 있어서 전 지금 너무 기뻐요.

저를 보고 기분 좋게 미소를 짓는 나폴레옹 4세[2] 그림입니다.

앞모습

황제왕3

조금 전 하녀가 더운 세숫물을 갖다 주었습니다. 정말 대단한 호사지요!

더 무슨 말을 해야 할지 모르겠어요. 아닌 게 아니라, 정직하게 말씀드리자면 전 5분 전부터 횡설수설하고 있습니다.

이만 줄이며, 사랑하는 엄마에게 키스를 보냅니다.

엄마의 효심 지극한 아들

앙투안

깜짝 놀랄 만한 발견!

지금 다시 보니 제가 그려놓은 앞모습의 나폴레옹이 바보 같아 보이네요. 등지느러미 모양의 손잡이까지 있어요. 얼간이가 돼버리다니, 음, 그의 체면이 말이 아닙니다!

황제 바보왕

뒷장을 봐주세요.

저 지금 누웠어요. 제 눈 앞에는 나폴레옹의 무덤 앞에서 슬픔에 잠긴 황금빛 금속으로 된 깜찍한 큐피드가 있어요.

이젠 졸음이 밀려옵니다. 금빛 큐피드의 예술적인 이미지를 떠올리며 이만 줄일게요!

1. 원래 17세기 오페라 간주곡을 말하지만, 여기서는 한 절로 이루어져 반복되는 노래를 의미한다.

2. 나폴레옹 3세의 장남으로 프랑스의 마지막 황태자. 1856년 황태자에 책봉되었으나 1870년 부황의 퇴위로 황태자 직을 박탈당했다.

3. Imperator Rex. 황제이자 왕, 혹은 왕들의 황제를 의미. 로마 공화국이 제국으로 바뀌었을 때 아우구스투스는 자신을 왕(Rex) 대신 황제(Imperator)로 부르도록 했다. 나폴레옹은 자신이 부패한 부르봉 왕조를 계승하는 군주가 아니라, 위대한 로마 제국의 후손임을 만천하에 과시하면서 스스로 프랑스 제국의 초대 황제인 나폴레옹 1세가 되었다.

[1921년, 스트라스부르[1]]

사랑하는 엄마,

어제 우체국 유치우편[2]으로 엄마 편지를 받았습니다. 편지는 병영으로 보내주세요. 제가 봐서 매일 나와도 괜찮겠다는 확신이 들면 그 이후엔 시내 제 주소로 편지하시면 됩니다.

스트라스부르는 세련된 도시예요. 모든 대도시의 특색을 다 갖추고 있으며, 리옹보다 훨씬 크지요. 여기서 멋진 방 하나를 구했습니다. 욕실과 아파트에 가설된 전화도 제 마음대로 쓸 수 있습니다. 스트라스부르에서 가장 근사한 거리에 살고 있는 한 부부의 집인데, 프랑스어는 단 한 마디도 모르지만 마음씨가 무척 좋으신 분들입니다. 고급스러운 방에 중앙난방으로 더운 물이 나오고 두 개의 전등이 켜지며, 옷장이 둘, 건물 내에 엘리베이터가 있고 한 달에 120프랑입니다.

펠리공드 소령을 만났는데, 인상이 좋으셨습니다. 제가 조종업무를 맡을 수 있도록 도와주시기로 했어요. 그런데 워낙 많은 제한 공문이 내려와서 쉽지 않을 것 같습니다. 아무튼 두 달 안에는 아무런 변화도 없을 거예요.

지금 병영(구내식당)에서 편지를 쓰고 있습니다. 오늘은 아침부터 얼굴이 토실토실하고 사람 좋은 한 병장의 감독하에, 군용 식기와 구두들을 새 것으로 교체하기 위해 이 가게 저 가게를 돌아다녔습니다.

비행장은 아주 활기찹니다. 전투기인 스파드기와 뉴포트기들이 서로 묘기를 겨루고 있습니다.

지난번 공사 때 2주일, 혹은 1주일에 한 번 꼴로 키에페를 만났는데, 건축가와 다른 것들에 관해 물어봐야겠습니다.

비행장까지는 스트라스부르에서 한참을 가야 됩니다. 공부할 시간이 필요하게 되면 오토바이가 있어야 할 것 같아요. 그 이야기는 나중에 다시 말씀드리겠습니다. 오토바이가 있으면 알자스 지방도 더러 다녀올 수 있을 거예요.

뮐루즈와 알트키르슈, 콜마르를 철도로 가로질러 먼발치에서 아르만스빌레르코프(옛 비에유 아르망)를 바라보았습니다. 그곳 산꼭대기에 난 좁은 길에는 6만 4천 명의 사람들이 묻혀 있습니다.

스트라스부르의 자원은 뛰어난 오페라단인가 봅니다. 펠리공드 소령으로부터 들은 말이에요.

군인으로서의 직무에 대한 제 소견은, 전적으로 할 일이 없다는 것입니다. 최소한 공군 내에서는 그렇습니다. 경례

하는 법과 축구를 배우고 나면, 몇 시간이고 손을 호주머니에 넣은 채 불 꺼진 담배만 입에 물고 따분해하거든요.

동료들은 싫지 않습니다. 그러지 않아도 너무 지루하면 보려고 심심풀이용으로 호주머니에 책도 한가득 넣고 다닙니다. 제가 직접 비행기를 조종할 날이 빨리 오면 정말 행복할 텐데요.

군복은 언제 입게 될지 모르겠습니다. 아직 준다는 언질이 없습니다. 우린 사복 차림으로 돌아다니는데, 상당히 꺼벙해 보입니다. 지금부터 두 시간은 할 일이 없습니다. 더구나 두 시간 후에도 A위치에 있는 자와 B위치에 있는 자가 서로 위치를 바꾸고, B위치에 있는 자가 A위치에 있는 자와 위치를 바꾸는 것만 아니면 여전히 할 일이 없습니다. 그러고 나서는 또 다시 아까와 반대로 교대를 하는데, 그러면 처음 상황으로 돌아가 다시 시작할 수 있게 되는 것입니다.

다시 편지 드릴게요, 엄마. 전 이 생활에 꽤 만족하고 있습니다. 사랑하는 엄마, 마음으로 안아드릴게요.

엄마의 효성스런 아들

앙투안

1. 해군사관학교 입학시험에 실패하고 1920년~1921년 사이에 파리 국립고등미술학교(건축학과) 수험준비를 하던 앙투안은 본인의 요청에 따라 1921년 4월 2일 스트라스부르의 제2비행연대에 배속되었지만, 단 '지상근무원'으로서였다. 이후 승무원으로 인정되어 근무하게 된다-원주.

2. 본인이 직접 우체국에 출두하여 받는 우편물.

[1921년 5월, 스트라스부르]

사랑하는 엄마,

제가 학생조종사[1]가 되기 전까지 교관이…… 됩니다. 정말이에요. 5월 26일부로 내연기관과 공기역학에 관한 이론 수업을 맡게 되었습니다. 교실도 생기겠죠? 칠판과 많은 학생들도요. 그러고 나면 전 확실하게 학생조종사가 되는 겁니다.

지금으로선—다른 사람들이 말하는 말도 안 되는 소문과는 반대로—전 군대에 친근감이 듭니다.

우선, 여기선 운동 외엔 아무 일도 안 합니다. 우리 연대는 간단히 말해 하나의 거대한 축구 학원입니다. 중학교 때 하던 시시한 놀이도 합니다(사냥꾼 놀이[2], 말 타기). 이곳이 학교와 다른 점이라면, 그런 훈련들이 명령에 의해 움직인다는 점과 놀이를 잘 못한다는 점, 그리고 지하 감방 눅눅한 짚더미 위에서 잔다는 점이라고나 할까요……. 고등학교와 비슷한 점도 있습니다. "신병 아무개, 내 말을 백 번 복창한다, 실시. 집합할 땐 사령관 왼쪽으로 이동한다. 실시."

오늘 서넉엔 티푸스 예방주사를 맞았습니다.

같은 내무반에 마음에 드는 동료들이 생겼습니다. 우린

기다란 베개로 대교전을 벌입니다. 동료들은 저한테 호감을 갖고 잘 대해주는데, 저로서는 그것만으로도 고마운 일이라 베개 치기만큼은 제가 받는 것보다 더 많이 돌려줍니다.

교관직 이야기로 다시 돌아오겠습니다……. 좀 웃깁니다! 엄만 제가 교관 같아 보이시나요!

함께 구내식당에서 점심과 저녁 식사를 하는 동료들 중 멋진 친구가 한두 명 있어요. 저녁이 되면 6시에 나와 집에서 목욕을 하고 차를 끓입니다.

수업에 쓸 아주 비싼 책들을 제법 많이 사야 합니다. 제 편지를 받는 대로 저한테 돈을 좀 보내주실 수 있으신가요?

그리고 다른 얘긴데, 한 달에 5백 프랑씩 보내주실 수 있으세요? 제가 쓰는 돈을 대충 줄잡아 어림한 거예요.

우리 중대장은 드 비유이 중대장입니다. 혹시 아시는 분이신지요? 그렇다면 제 말씀 좀 해주시겠어요.

지금 파리에 계신가요? 돌아오실 땐 꼭 세련된 도시 스트라스부르를 거쳐야 될 것 같은데요. 아니면 나중에라도요. 전 이제 교관이니까, 휴가도 자주 받게 될 거예요…….

그럼 이만 줄일게요.

사랑하는 엄마, 마음으로 안아드릴게요.

엄마의 효심 지극한 아들
앙투안

돈은 계속해서 병영으로 보내주시면 됩니다(편지는 시내든 병영이든 상관없어요).

바 랭 도(道) 스트라스부르 중앙역 제2비행연대 S.O.A.

1. 비행교육과정 중에 조종훈련에 들어간 경우의 호칭.

2. 10~30명으로 구성되며, 정해진 한 명의 사냥꾼이 던진 공을 나머지 사냥감들 중에 맞은 사람이 사냥개가 되며, 한 명의 사냥감도 남지 않으면 게임은 끝난다.

[1921년, 스트라스부르]

사랑하는 디디,

보내준 편지 정말 고마웠어. 네가 사랑하는 개가 잘 지낸다는 소식에 너무 기뻐서 어젯밤엔 꿈까지 꿨단다.

앞으로는 마이어 씨 댁으로 편지해줘.

스트라스부르 (바 랭) 르 뱅 되 노방브르가 12번지.

지금은 아침 6시 반이야. 오빠가 아침 이 시간에 편지 쓰는 것을 보기가 흔한 일이니? 하지만 요즘 난 6시면 일어난다. 7시까지는 자유시간이고, 11시까지 훈련받고 나면, 점심 먹고, 1시 반까지 자유시간이야. 다시 5시까지 훈련받고 9시까지 다시 자유시간이지.

훈련은 힘들어. 체조랄 건 없고, 햇볕이 내리쬐는 곳에서 운동과 기타 등등을 하는 거야. 우스꽝스러울 때도 있다.

"이런 동작을 할 줄 아는 녀석들은 앞으로 나온다! 동작 봐라, 그것밖에 안 되겠나…… 어서! 어이 거기…… 이틀간 외출금지다."

5분 후. "노래 부를 줄 아는 녀석들은 앞으로 나온다……. 좋다, 〈마들롱〉 부를 줄 아는가? 동료들을 위해 그 노래를 불러 본다……. 더 크게, N. 드 D…… 귀관은 이틀 외출금지다. 더 크게 못 부르겠나?

좋다, 이제 시작한다. 네 박자 구령에 맞춰 전원 노래 부른다, 실시. 좋다. D. 드 봉 D. 저기 입 다물지 못하겠나?

우향우, 좌향좌! 앞으로 갓! 하낫, 두훌! 하낫, 두훌! 전원 노래 실시. 하낫! 두훌! 셋! 넷!" 당연히 2백 가지 장단의 〈마들롱〉이 시작된다. 시작 음을 제시해주지 않았으니까 말야…….

꼬박 몇 시간이고 포복도 시키고, 정말 대수롭지도 않은 다른 것들도 시킨단다…….

그러고 보면 오히려 고등학교가 더 지겨웠던 것 같다.

이런! 사이렌이 울려……. 다시 편지할게! 저쪽에서 집합이다…….

마음의 키스를 보낸다.

앙투안

뒷장을 봐줘.

모두들 공황상태였다. 사이렌은 한 시간 동안이나 울려댔고, 2천 명의 병사들이 사이렌 소리에 신속히 달려왔지. 와서 보니 제철공 오두막집에서 걸레 하나에 불이 붙어 있더군. 2천 명의 병사들 중 2명이 걸레에 침을 뱉자 불이 꺼졌어. 그리고 2명이(나도 포함해서) 모자라는 2천 명의 병사들은 모두 되돌아갔다.

힘이 빠져서 거의 더 이상 서 있을 수가 없다. 불을 껐기 때문이 아니라 그 빌어먹을 훈련 때문이지. 그렇지만 그다지 지긋지긋하지는 않아. 그저 금속성 굉음을 내며 지면으로 곤두박질하다가 산산조각 나버린 비행기나, 특무상사가 큰소리로 고함을 지르고 나서 넋을 빼고 있는 것 같다고 할까.

아, 참, 우리 중대장은 드 비유이 중대장이야(이름을 이렇게 쓰는 게 맞는지는 모르겠다). 혹시 네가 아는 리옹 출신 사람이 있으면, 친척 중에 스트라스부르의 제2비행연대 S.O.A. 대대를 지휘하는 사람이 있는지 물어보고, 그렇다면 내 얘기 좀 해주겠니.

상황부터 알아보고 오빠한테 편지해줄래?

시내에 있는 내 방은 정말 좋아. 병영에서 돌아오면 매일 저녁 목욕을 하는데, 욕조로 다시 들어가기 전에 한 잔의 차를 끓인단다.

중대장이 오늘 아침 학생조종사 신청과 관련해서 나를 부르기로 되어 있다. 일이 잘 되었으면 좋겠다. 그렇게 되면 4, 5개월 안에는 생 모리스 드 레망 상공을 선회하게 될 거야.

오빠한테 잘해주고 싶으면 가끔씩 시내 오빠 방으로 선물꾸러미나 다른 것들도 부쳐주고 그러는 거야. 선물을 받는다는 건 언제나 기분 좋은 일이거든.

어제는 거의 본 적이 없는 굉장한 폭풍우가 휘몰아치는 걸 무릅쓰고 비행기들이 비행을 감행하는 모습을 보았다. 당연한 이야기겠지만 자신이 타는 비행기에 대해선 놀랍도록 숙련된 기술을 익혀야만 한다.

속보.

오빠가 교관이 된다고 상상해보렴……. 칠판이 걸려 있는 교실, 많은 학생들 앞에서 공기역학과 내연기관에 대해 가르치게 된다. 그러고 나면 (한두 달 후) 난 확실히 학생조종사가 되는 거야.

사랑하는 너에게 마음의 키스를 보낸다.

너를 사랑하는 오빠

앙투안

[1921년 토요일, 스트라스부르]

사랑하는 엄마,

새로운 소식은 없어요. 물론 병영 생활은 파란만장합니다. 조금씩 조금씩 우울이 찾아오고 있습니다. 대략 한 달 후면 제가 조종을 할 수 있을지 알게 됩니다. 다른 부수적인 것도 포함해서 신청은 마쳤습니다.

저를 마치 완전히 무식한 사람처럼 정신 나가게 만든 이 보기 흉한 주사 자국이 낫는 데까지 시간이 오래 걸렸어요.

지금은 제 방입니다. 방금 목욕을 했어요. 유일한 휴식 시간인데 너무 짧군요. 왔다 갔다 하는 데 시간을 온통 다 써버리니까요.

편지 좀 자주 보내주세요. 그게 제 마음을 얼마나 편안하게 해주는지 엄마가 아셔야 할 텐데! 매일 생 모리스에서 오는 편지를 받을 수만 있다면! 식구들끼리 서로 교대로라도 보내주시면 어때요.

파리에는 갈 수가 없었습니다. 책을 구하러가야 했는데, 다른 방법으로 구했습니다. 어쩔 수 없네요.

엄마가 보내주신 우편환은 아직도 도착하지 않았습니다. 잃어버린 걸까요, 아니면 아직 보내지 않으신 건가요? 지난 수요일에 보내신다고 하셨는데, 나흘이 지났어요. 이젠 돈이 한 푼도 남지 않았습니다.

알코올 풍로를 앞에 놓고도 성냥이 없어 차를 끓이지 못하니 참 처량합니다.

모로코에 파병할 지원자 신청을 받고 있는데요, 신청하면 한 달이나 3주 후에 승인될 겁니다. 혹시 조종을 못하게 되면 신청할 생각입니다. 그렇게 되면 적어도 사브랑과는 함께 있을 테니까요.

시간이 별로 없지만 26일부터 시작되는 다음 수업 준비는 계속하고 있습니다. [……]

10분 후에는 집에서 나가야 해요. 지각하면 안 되는데…… 영창감이거든요.

성신강림절에는 파리행으로 48시간 휴가증을 받게 되길 기대하고 있습니다. 파리라고 한 건, 비행기로 파리까지 갈 수 있으면 좋겠지만, 생 모리스까지는 왔다 갔다 하는 데만 해도 벌써 30시간이 걸리기 때문입니다. 2시 30분입니다. 그 시간에 비슈 누나 대신 엄마가 나오실 건가요?

파리에는 가시는 건가요?

이만 줄이며, 사랑하는 엄마에게 마음의 키스를 보냅니다.

엄마의 효성스러운 아들
앙투안

디디가 저한테 선물을 보내준다고 약속했나요(그 안에 갈레트도 넣어서……)? 오늘 아침에는 잊지 말고 전신환 보내주세요(병영 우편함으로).

[1921년 5월, 스트라스부르]

사랑하는 엄마,

조금 전에 드 비유이 중대장을 만났는데 저한테 아주 친절하게 대해주셨습니다. 위험한 상황에 대비하여 이곳에서 해놓아야 할 모든 준비들로 눈코 뜰 새 없이 바쁜 중대장님을 대신해서, 저더러 엄마에게 회신을 보내라고 하셨어요.

민간 조종사 자격증에 대한 제 구상이 좋다고 생각하시지만, 그 전에 우선되어야 하는 것이 있다고 하십니다.

1. 내일 신체검사와 재검사를 통과할 것.

2. 민간 항공회사와 기타 사항에 대한 정보에 관해 소령과 의논할 것.

이 모든 일은 성공할 가능성이 충분합니다. 좋은 결과가 나오면 알려드릴게요.

스파드-에르브몽기에서 완전히 거꾸로 뒤집힌 채 내려왔습니다. 하늘 위로 올라가니 공간과 거리, 방향에 대한 저의 모든 기초지식들이 완전히 앞뒤가 맞지 않는 모순 속으로 빠져버리는 것이었습니다. 지면을 찾아낸 순간에 아래를 쳐다보다가 다시 바로 위를 보고, 다시 오른쪽도 보다가 왼쪽도 보았습니다. 제가 아주 높은 상공에 있는 줄 알았는데, 느닷없이 지면을 향해 수직강하하고 있었습니다. 또 아주 낮게 비행하는 줄 알았다가 5백 마력의 발동기로 2분 만에 천 미터 상공의 공기를 들이마시고 있었습니다. 비행기는 춤을 추다가, 요동을 치다가, 마구 뒹굴기도 했습니다……. 아야! 이런 아이쿠!

내일은 오늘과 같은 조종사와 함께 탑승해서 구름바다 위, 5천 미터의 고도까지 올라가게 됩니다. 다른 친구가 조종하는 비행기와 공중전을 벌이는 겁니다. 선회강하하고 공중회전, 급격한 방향 전환을 하다 보면, 한 해 동안 제가 먹은 모든 점심들이 제 배에서 빠져나오려고 발버둥을 치겠지요.

아직 제가 기관총사수가 아닌 이유는 제가 노력해서 얻은 지식보다는 몸으로 부딪혀 저절로 터득하게 된 지식 덕분이에요. 어제는 폭풍이 휘몰아쳤고, 시속 280에서 3백 킬로미터로 세차게 얼굴을 내리치는 장대비가 내렸습니다.

민간 조종사 자격증과는 별도로, 9일에 기관총사수 수습을 시작할까 합니다.

어제는 초대형 전투기 사열식이 있었습니다.

1인승 스파드기는 아주 작고 광이 반들반들 납니다. 후

방에 아직 사용한 적이 없는 작고 예쁜 새 기관총을 장착한 채, 격납고를 따라서 죽 정렬되어 있습니다. 장착한 지 사흘밖에 되지 않는 기관총이에요. 그리고 배가 불룩하고 번개처럼 빠른 앙리오기가 있습니다. 실제적 1인자 스파드-에르브몽기 옆에는 단 한 대의 비행기도 없는데, 그 이유는 앞에서 보면 양 날개의 모양이 갈매기 형상으로, 마치 잔뜩 눈살을 찌푸린 모습처럼 심술궂어 보이기 때문이에요…….

엄마는 험상궂고 잔인하게 생긴 스파드-에르브몽기에 대해 상상조차 하실 수 없을 겁니다. 무시무시한 전투기예요. 하지만 그것이 바로 제가 열렬히 조종해보고 싶은 전투기입니다. 공중에서 마치 물속의 상어처럼 아주 빠르고 오래 버티는 것이, 정말 상어와 닮았어요! 신기하게도 비행기의 동체까지도 상어처럼 매끈매끈합니다. 연속동작도 유연하며 날렵하고, 게다가 이륙도 날개로 수직으로 합니다.

요약해서 말씀드리자면 요즘 제 생활은 열의가 넘쳐납니다. 하지만 내일 신체검사에서 떨어지면 쓰라린 실망감만이 저를 기다리고 있겠지요.

극도로 절제해서 그린 이 간결한 예술 작품은 내일 제가 치를 공중전을 표현한 것입니다.

이처럼 비행기가 정렬되어 있는 모습을 보거나, 비행기를 조종할 때 발동기들이 내는 귀를 멍멍하게 만드는 소리를 듣거나, 휘발유에서 나는 좋은 냄새를 맡으면 전 혼자서 말합니다. "독일 놈들 다 죽었어."

또 편지 드릴게요, 사랑하는 엄마, 마음의 키스를 보냅니다.

엄마의 효성 지극한 아들

앙투안

1921년, 스트라스부르

내 사랑 엄마,

어제 엄마 전보를 받았습니다. 편지로 말씀드렸다시피 중대장님이 모든 것을 정식으로 해결해주셨습니다.

조금 전 두 번째 신체검사를 받았는데, 조종사로서의 군복무에 적합하다는 판정을 받았습니다.

군의 허가증을 기다리고 있는데 바로 나올 겁니다. 천 5백 프랑 중 천 프랑은 은행에 예치하고, 나머지 돈은 제게 갖다 주시려면 목요일이 아니라 내일 저녁에 출발하셔야 할 것 같은데요.

엄마, 일이 순조롭게 잘 풀리면 잘 풀릴수록, 제 힘으로도 어찌할 수 없을 정도로 비행기를 조종하고 싶어지는 이 욕구를 엄마가 이해해주실 수는 없을까요. 해낼 수 없다면 정말 괴롭겠지요. 하지만 전 해낼 겁니다.

세 가지 해결책

1. 1년 혹은 그 이상의 군복무에 지원하는 것도 포함한다,

2. 모로코,

3. 민간 조종사 자격증.

이젠 증명서가 생겼으니까 셋 중 하나를 채택하면 되겠지

만, 전 비행기 조종을 할 겁니다.

다만 앞의 두 가지 방법에는 어려움이 따르기 때문에, 중대장님과 의논한 결과 세 번째 방법이 좋겠다는 결론을 내렸습니다. 민간 조종사 자격증을 소지하게 되면 전, 군지원 계약을 맺지 않아도 합법적으로 군조종사 자격증 시험을 볼 수 있게 됩니다.

엄마의 전보를 받고 마음이 뒤숭숭합니다. 이 마지막 방법은 민간 자격증 취득 비용 때문에 전적으로 엄마한테 달려 있는 문제이기 때문입니다. 제가 돈을 빌리지 않는 한은요. 하지만 그러고 싶지는 않습니다. 제가 보기에 엄마는 좀 더 저울질해보고 싶어 하시는 것 같습니다! 엄마, 제 부탁 들어주시지 않으실 건가요? 모든 일이 다 잘 되었고, 소령님에게도 소청이 제기된 일입니다. 엄마의 편지로 중대장님이 이번 일을 얼토당토않은 일이었다고 생각하실까요? 네, 엄마?

만일 이 일이 이루어지지 않으면 전 군지원 계약을 맺을 겁니다. 2년 동안 이렇게 녹초가 되어 지내느니 3년 동안 군복무를 하는 게 더 나으니까요.

하지만 이렇게 코앞에 해결책이 있는 이상 그건 합리적인 선택이 아닐 겁니다.

엄마, 제발 오늘 전신환을 보내주세요, 아니면 금요일 대신 내일 저녁에 오시든지요.

더구나 엄마를 만나는 건 너무 기쁜 일이니까요. 다만, 저를 너무 가슴 아프게 하려고 오시는 건 안 돼요. 아시다시피 시간이 촉박합니다. 그리고 전 이미 많은 시간을 허비해버렸어요.

엄마의 전보에도 불구하고 전 확신합니다, 그런 거죠?

마음의 키스를 보냅니다.

엄마의 효성스러운 아들

앙투안

[1921년 5월, 스트라스부르]

사랑하는 엄마,

어제는 본부에서 보초를 서느라 엄마가 보내신 전보를 받지 못했습니다.

통칙에 따라 중대한 사유가 없으면 엄마한테 어렵사리 전보를 치는 것 외엔 달리 방법이 없는데(그건 우편 담당 하사관에게 도움을 청해야 해서요), 병영도 스트라스부르에 있지 않고 대체로 우린 너무 늦은 시간이 나오거든요.

엄마가 보내신 편지는 받았는데, 전신환은 도착 기록을 하는 과정에서 제 이름을 잘못 쓰는 바람에 병영에서 주인 없이 떠돌고 있었어요. 디디가 보낸 소포가 없었더라면 전 아직도 전신환을 받지 못했을 겁니다(소포 덕분에 제 이름을 수정할 수 있었거든요).

전 오랫동안 깊이 생각했고, 문의도 해보고, 의논도 했습니다. 제게 주어진 2년 동안 무엇인가 하고 싶다면 저한테는 이 방법밖에 없습니다. 결국 저한테 남아 있는 거라곤 저녁 시간에 비는 30분이 전부입니다. 훈련으로 녹초가 된 제가 어떻게 공부를 할 수가 있겠어요. 하다못해 그저 평범한 인생 설계라도 말입니다. 동부 트랜스 항공회사(민간)와 모든 사항을 협의하고 서명 등을 했습니다. 이 모든 것은 정식 절차에 따른 것입니다. 수요일에 첫 실습 훈련에 들어갑니다. 3주나 한 달 정도 걸릴 거예요. 그때쯤이면 엄마를 파리에서 다시 보겠네요. [……]

백 회 비행이라는 실습 기준만 봐도 대단한 겁니다(비행 횟수야 어떻든 간에 2천 프랑으로 그게 어디에요).

수요일이면 시작합니다. 전 단단히 마음을 먹고 있습니다. 언제나 비행기에 다른 조종사와 함께 타야만 하는 기관총사수가 된다는 것이 마음이 내키지 않기도 하지만, 다른 한편으론 제가 무언가를 할 수 있게 되길 바라고 있습니다.

내일 일요일에 (병영으로) 천5백 프랑을 보내주실 수 있으신지요. 그중 천 프랑은 보증금인데 자격증을 따고 나면 제가 돌려받거나, 아니면 엄마가 직접 돌려받으시면 됩니다. 그리고 5백 프랑은 총 납입금의 4분의 1입니다.

수업은 엄청 느린 파르망기로 받습니다. 그 비행기엔 2인 조종 장치가 장착되어 있는데, 이는 두 사람이 조종하는 소쓰기(고속 비행기)로 제가 조종사로서의 첫발을 내딛는 위험한 일이 없도록 하기 위함입니다.

맹세하는데 전 어떤 불안감도 없습니다. 오늘부터 3주 동안 전 2인 조종장치와 한순간도 떨어지지 않을 겁니다. 그러지 않아도 거의 매일 군용기를 조종하고 있기 때문에—이를테면 오늘도 그렇습니다—그 점에서 보면 변한 건 없습니다.

편지에서 엄마는 심사숙고하기 전에는 결정을 내리지 말라고 하셨는데, 분명히 말씀드리지만 이번 결정도 그렇게 해서 내린 결론입니다. 1분 1초도 허비할 시간이 없어서, 그래서 서두르는 것입니다.

아무튼 저는 수요일에 시작합니다. 그렇기는 해도 화요일에는 돈을 받았으면 합니다. 거북하고 난처한 상황에 처하고 싶지는 않으니까요. 그러니까 제 말은 회사에 대한 제 입장을 말하는 겁니다.

부탁인데, 이 일에 대해서는 아무한테도 말씀하지 말아주세요. 그리고 꼭 좀 부탁드립니다. 돈을 좀 보내주세요, 엄마. 원하시면 제 군인 봉급으로 조금씩 갚아 나가겠습니다. 더구나 군조종사가 되면 사관생도 시험에도 상당한 편익을 얻게 됩니다. 그러니 만큼 오늘 보내주세요. 그렇게 해주시면 고마운 마음 잊지 않을게요. 네, 엄마?

저녁이 되면 간혹 우울해질 때가 있습니다. 아무래도 엄마가 한번 스트라스부르에 들르셔야 할 것 같습니다. 이런 환경이 전 좀 숨이 막힙니다. 비전이 보이지 않습니다. 제 마음에 드는 일을 갖고 싶어요. 술집이나 전전할까 두렵습니다.

그러니까 한번 오세요. 여비는 80프랑 정도 들 것이고, 제 방에서 주무시면 됩니다.

편지 보내주세요. 편지는 그토록[1] 〔……〕 시간이 없어 그리니 글씨가 읽게 힘들게 쓰였다면 양해해주세요!

감기 걱정은 하지 마세요, 스트라스부르에는 유행하고 있지 않으니까요.

사랑하는 엄마에게 마음의 키스를 보냅니다.

엄마의 효성스러운 아들

앙투안

오늘 아침에 마르샹 씨에게 편지해서 저한테 긴급히 천 5백 프랑을 보내라고 말씀해주시겠어요. 모든 계약을 마쳤거든요.

1. 원문대로이다—원주.

[1921년 6월, 스트라스부르]

사랑스러운 엄마,

그런데 전 정말 거의 10페이지나 되는 편지를 썼거든요!

그러니까 그 편지를 못 받으신 겁니까? 보초 서는 날 밤 실개천 가까이에서 달이 휘영청 밝을 때 쓴 편지였어요. (그 편지를 쓰느라 군법회의에 회부될 위험도 무릅썼는데……, 편지 쓴다고 보초 서는 동안 밤새 앉아 있었거든요.)

전 소식을 들은 게 아무것도 없어요. 모노 누나가 파리에 갔다는 사실도 모르고 있었는걸요. 파리에서 누나가 무엇을 했는지도 모릅니다, 전혀. 그 정도로 전 여기서 고독함에 어쩔 줄 몰라 하고 있어요.

아무리 그래도 디디가 아프다는 것도 모르다니. 너무 소식을 모르고 살았군요. 정말 이 모든 게 그저 서글플 따름입니다.

아니, 엄마, 모노 누나는 파리에서 무얼 하는 겁니까, 지내는 곳은 또 어디고요……. 전 정말 아무것도 몰라요.

엄마, 지금 전 엄마의 편지를 다시 읽고 있습니다. 너무 슬프고, 너무 시치셨나 봅니다. 그런데 엄마는 제가 연락하지 않았다고 나무라시는데요, 그게 아니라 저 편지 썼다니까요! 엄마가 슬퍼하시는 것 같으니까 저도 따라 우울해집니다.

전 잘 지냅니다. 별다른 일은 없습니다. 군대가 아니, 회사라고 해야겠죠, 어처구니없게도 절반이 폭동을 일으켜서, 그 바람에 휴가 승인이 일시 중지되었습니다. 승인을 받게 되면 바로 엄마한테 갈게요. 그런데 그게 언제가 될까요.

마치 제 주위에 낀 자욱한 안개 같은 엄마의 편지로 마음이 너무 무겁습니다. 그 외의 다른 모든 일은 대충 잘되는 편입니다. 조금 전 회전계를 하나 고안해냈는데, 시계의 명인인 한 하사관이 조립해서 저한테 주기로 했습니다. 실제로 쓸 수 있게 만들어질지 두고 봐야겠어요.

마지막 셈을 치렀습니다.

엄마, 다시 편지 드릴게요. 마음으로 안아드려요. 사랑스런 우리 엄마. 다음엔 조금 덜 슬픈 편지를 기대하고 있을게요.

마음의 키스를 보냅니다.

엄마의 효자

앙투안

오늘 제 하숙비 좀 보내주실 수 있으세요? 지난 편지에서 말씀드렸던 얘긴데, 돈이 한 푼도 안 남은 지 일주일이 되었습니다.

리옹에서 다음의 책을 보내게 해달라는 말씀도 드렸습니다.

1. 정비기사를 위한 공기역학 각론(한 권 혹은 여러 권으로 된 것).

2. 내연기관 각론.

가능한 한 빨리요, 그 책들이 없으니까 벌써부터 불편합니다. 귀찮게 해드리는 건 아니지요, 네, 사랑하는 엄마?

앙투안

(샤리테 가에도 큰 서점이 한군데 있긴 한데, 제게 필요한 건 이공계 서적입니다.)

[1921년, 스트라스부르]

사랑하는 엄마,

편지 정말 고마워요. 잘 받았다는 답신을 드리긴 했지만, 그 편지는 파리로 보낸 편지였어요. 그러니까 바로 '그날' 리옹 호텔로 말입니다. 호텔에 엄마 주소를 남겨 놓으셨어요?

마침내 그 모든 사람들을 다 만나셨군요…… 그런 것이 모성본능이겠지요!

민간 조종사 수업과 병행해서, 앙리오기에 탑승하는 기관총사수 군강의도 듣고 있습니다. 기관총사수 사격관측요원 자격증을 따게 되면 하사가 되는 거예요.

하마터면 콘스탄티노플로 떠날 뻔했습니다. 내일까지 지원병을 모집하고 있거든요. 하지만 정비사라는 일이 꿈처럼 매혹적인 것만은 아닐 것 같아, 그냥 한 번에 두 가지 자격증을 따는 쪽을 기대하기로 했습니다……. 콘스탄티노플에, 그것도 공짜로 가는 기회였는데! 생에 단 한 번밖에 없는 기회인데 말입니다. 또 한 가지 제가 콘스탄티노플행을 단념한 데에는, 어쩌면 우리 연대가 리옹으로 이전될 수도 있다는 사실을 알게 된 영향도 있었습니다. 그러면 전 생 모리스까지 비행기로 10분이면 갈 수 있으니까요.

> 신부님 구두를 닦아주세요
>
> 비행기에 타시려면요.[2]

그렇게 되면 신부님은 춤을 추실 준비를 하고 계셔도 좋습니다. 모두들 흥겨워하시겠죠! 또 일이 그렇게 되지 않더라도 전 해볼 겁니다. 나라에서 내주는 돈으로 한 편의 시처럼 아름다운 여행을 하는 것이니까요.

요즘 전 지하 감방의 축축한 짚더미 위에서 잡니다. 영창이 지하실에 있거든요. 희끄무레한 달빛 아래 창백한 안색의 연락병이 채광 환기창에서 불침번을 서고 있습니다. 몇 주 전에 구금된 이상한 녀석들이 변두리나 공장 같은 곳에서 쓰는 말투로 묘한 노래를 부르고 있습니다. 너무 곡이 애잔해서 마치 뱃고동 소리를 듣고 있는 것 같은 착각이 듭니다. 불을 밝히자 촛불은 아주 작은 소리에도 깜짝 깜짝 놀랍니다.

별일은 아니고, 전 밤과 휴식시간에만 감방에서 지냅니

다. 그래서 전혀 성가실 것 없으며, 감자 껍질 벗기는 사역에 잠시 차출되지 않아도 되는 꽤 가벼운 벌이에요.

훈련이 끝나면서 특무상사, 중사, 하사가 바뀌었습니다. 현재의 상관들은 볼 장 다 본 무식한 사람들이라 덕분에 전역겨운 시간들을 보내고 있습니다. 그들의 취미는 쉬지 않고 고래고래 소리 지르기랍니다.

2주 후면 스트라스부르와 프랑스, 제 방, 그리고 가게들의 진열장을 다시 보게 되겠군요. 편지 좀 자주 해주세요! 밈마 누나와 생 모리스, 모두들 어떻게 지내고 있습니까? 엄마가 쉬두르 신부[3]님을 만나셨다니, 결론부터 말씀드리면 아주 반가운 소식입니다. 신부님에게 보낼 수 있도록 엄마가 제 신원증명서를 발급받아주시면 좋겠습니다(들랑브르가 22번지). 진심으로 감사드려요, 엄마.

피에르 다게[4]가 제가 만나야 할 어떤 사람의 주소를 보내주었군요. 영창에서 나가면 지시대로 하겠습니다.

엄마의 전보에 전보로 회신하는 건 불가능합니다. 그게 아니어도 제가 나올 때는 다 늦은 저녁이라 관공소들은 이미 문을 닫고 난 후이기도 하고요.

다시 편지할게요, 엄마. 이만 줄이며, 사랑하는 엄마에게 마음의 키스를 보냅니다.

엄마의 효성스러운 아들
앙투안

1. 앙투안은 1921년 6월 17일 모로코의 라바트에 있는 제37비행연대에 배속되었다. 그곳에서 이스트르의 학생조종사로 임명되는 1922년 2월까지 지내게 된다-원주.

2. 어릴 적 앙투안과 그의 누이들이 생 모리스의 마을 신부님을 맞이할 때 즐겨 불렀던 노래 후렴구를 개사한 것이다.
신부님 구두를 닦아주세요,
우리 결혼식에 오시려면요.
우리 집엔 사랑이 여기저기 돌아다니고 있답니다,
마치 곳간의 생쥐들처럼 말이에요-원주.

3. 보쉐 학원 원장이자 앙투안의 절친한 친구-원주.

4. 앙투안의 여동생 가브리엘의 배우자될 인물-원주.

[1921년 6월, 스트라스부르]

사랑스러운 엄마,

전 엄마가 월요일에 오면 좋겠는데요. 제가 자격증을 딴 후에는 거의 시간이 없지 않을까 걱정도 되고, 마르세유로 출발해야 하는 곳이 스트라스부르인 만큼 더욱 그렇습니다.

만일 하루나 이틀 계시게 되면 비행기로 파리에 가서 모노 누나도 만나실 수 있을 거예요.[1] 여유 시간이 많으니 그동안 함께 알자스에 다녀오셔도 좋고요.

내일, 아니면 모레는 꼭 첫 단독비행을 하고 싶습니다. 그러고 나면 자격증이 빨리 나올 테니까요.

보내주신 돈과 책은 잘 받았습니다. 정말 고마워요, 엄마. 사복으로 갈아입었습니다. 붙잡히고 싶지 않아서요. 그러면서도 갇혀 지내던 제 방에서 담배를 피우고 차를 마시고 있습니다. 엄마가 많이 그립기도 하고, 제가 아이였을 때 보았던 엄마에 대한 수많은 것들도 기억납니다. 그랬더니 너무 많이 엄마를 힘들게 했다는 생각이 들어 가슴이 너무 아프네요.

저한테 엄마는 너무 상냥한 분이신데, 엄마, 엄마는 아실까요, 제가 아는 이 세상의 모든 '어머니' 중에서 엄마가 가장 섬세하다는 사실을요. 엄마는 충분히 행복할 자격이 있으며, 아침부터 저녁까지 투덜대거나 아니면 불같이 화만 내는 치사한 다 큰 아들이 있어서도 안 되는 분이십니다. 그렇지요, 엄마?

저녁시간 내내 이렇게 오로지 엄마를 위한 편지를 쓸 생각이었는데, 더워도 너무 더워 정신을 못 차리겠습니다. 아무리 늦은 시간이라지만 창문으로 바람 한 점 들어오지 않습니다. 이건 고통입니다. 여기서도 이런데 모로코에 가면 전 과연 어떻게 될까요?

우리 내무반에, 키가 크고 빼빼 마르고 아이처럼 천진난만한 빌라르 레 동브 출신의 여자가 있어, 향수에 젖은 그녀가 기분이 내키면 〈파우스트〉나 〈나비 부인〉에 나오는 노래를 부르곤 한다면 어떨까요……. 그런데 빌라르 레 동브에 오페라 극장이 있나요?

전 왕의 그 대사가 좋았어요. "부인, 강풍이 휘몰아치오, 난 늑대 여섯 마리를 죽였소."[2] 오늘 아침에도 강풍이 휘몰아쳤습니다. 그래도 전 바람이 좋고, 비행기에서 폭풍과 결투를 벌이는 것도 좋습니다. 하지만 전 아직 그들의 좋은 적수가 못 됩니다. 전 온화하고 상쾌한 아침에 비행해서 이슬에 젖어 착륙하며, 목가적인 제 교관은 '그녀'에게 줄 데이지만 꺾고 있기 때문이에요. 그러고 나면 그는 바퀴 굴대 위에 걸터앉아 음미하듯 고요한 광경의 세상을 바라봅니다.

이곳에서 한 허우대가 당당한 친구를 알게 되었습니다. 영락없는 프랑수아 1세 내지는 돈 키호테였습니다. 그의 본명을 캐물을 용기는 안 났지만, 전 그를 높이 평가하고 있었습니다. 자꾸 제 자신이 작게만 느껴졌습니다…….

영광스럽게도 그는 제 방에 와서 차를 마셔주었습니다. 부르봉 왕가의 매부리코를 찗어지고 철학을 논했습니다. 음악이며, 대단히 아름다운 진실의 시를 토로했습니다. 그는 사흘 동안 세 번 저를 찾아왔으며, 제 차가 향기롭고 제 담배가 맛있다고 생각해주는 너그러움까지 갖추었습니다. 그래서 전 생각했습니다. '귀족인 걸까? (그의 몸짓은 느긋하며 확신에 차 있습니다), 아니면 레지옹 도뇌르 훈장 수훈자일까? (그의 눈빛은 아주 올곧고 위엄이 넘칩니다.) 그럼 결론은, 프랑수아 1세 아니면 돈 키호테?'

전 궁금했습니다, 아니, 진작 알려고 했어야 했던 것입니다. 그러나 저는 그에게 압도되고 말았습니다. 의자에 걸터앉은 그의 모습이 너무나도 위엄 있었거든요.

그리고 어느 날 돈 키호테가 와서 장황하게 자신의 계획—멋지기는 하지만 돈이 많이 드는 계획—에 대해 설명을 늘어놓았습니다. 따라온 프랑수아 1세가 저한테서 1백 수[3]를 빌려갔습니다…….

그리고 그들은 두 번 다시 돌아오지 않았습니다…….

아나톨 프랑스가 말했습니다, "신들의 황혼"이라고!

엄마, 이젠 밤이 다 됐습니다, 그런데도 더워요…….

사랑하는 엄마에게 마음의 키스를 보냅니다.

엄마의 효성스러운 아들

앙투안

전신환 둘 다 받았습니다, 고마워요. 그리고 책도.

1. 모로코로 떠나기 전 앙투안은 휴가를 받아 7월 5일부터 3일간 파리에서 지냈다.

2. 빅토르 위고의 낭만적인 생동감이 넘치는 희곡 《뤼 블라(Ruy Blas)》(1838)의 2막 3장 중, 왕이 사냥터에서 여왕에게 보낸 짧은 쪽지에 적힌 대사이다.

3. 1수는 5상팀에 해당하는 동전으로, 100수는 5프랑에 해당한다.

[1921년 6월, 스트라스부르]

내 사랑 엄마,

장관의 통지문입니다.

"생텍쥐페리 병사가 자격증을 취득할 수 있도록 그의 탑승을 2주 연기하는 조치를 취해 놓았음을 통보한다."

시간이 남으면 생 모리스 방향으로 항로를 잡을 생각인데, 엄마한테 함부로 약속드릴 엄두가 나지 않습니다. 프로펠러 분당 회전수를 2천으로 낮추려면 상당한 경험이 있어야 하거든요. 지붕 위에 착륙하는 건 언제나 기분이 씁쓸하니까요…….

몽탕동 가족들[1]은 저한테 잘해주십니다. 사돈어른께선 저를 굉장히 좋게 생각해주시는데, 저도 그런 분을 참 좋아합니다. 낚시에도 일가견이 있으셔서…… 하마터면 저도 따라서 낚시여행을 갈 뻔했습니다. 그분만 아니었어도 엄마가 보내주신 수표는 아직 손도 대지 않았을 거예요. [……]

보렐 가족들[2]도 저를 남이라 생각하지 않고 따뜻하게 맞아주어서—저나 저의 가족을 직접적으로 알지 못하면서도(아는 사람이라곤 마드 이모[3]뿐이니까요)—마음 깊이 고마운 생각이 듭니다.

부인과 따님 '아가씨'들은 안타깝게도 여행 중이어서 집에 없었습니다. 남프랑스(툴루즈)에서 적당히 기분 좋게 더운 날씨를 즐기고 있을 거예요.

새로운 일은 없습니다. 켈레르만 부둣가를 산책하곤 하는데, 녹색 빛이 돌던 강물이 갈수록 푸르스름하게 납빛으로 보일 정도로 더운 날씨입니다.

에르브몽기로 선회강하하고 공중회전을 하고 나면 멀미가 나는 건 어쩔 수가 없습니다(그렇긴 해도 이 힘든 곡예에 익숙해지기 시작했어요). 조종술 중에는 파르망기로 조종하는 "가장(家長)"이라는 것이 있는데, 그건 나뭇잎 하나도 움직이지 않을 정도로 바람이 자고 발동기도 잘 돌아줄 때 하는 비행입니다. 선회는 진중하고 위풍당당하게, 착륙은 선회도 회전도 없이 한없이 부드럽고 자연스럽습니다. 정말입니다, 기대하세요, 제가 비행기를, 에르브몽기를 조종해 보이겠습니다, 영원한 탑승자로 있는 대신에 말이예요……. 오! 정말 너무 멋진 비행기라고요!

파르망기는 이젠 거의 전속력을 낼 정도로 저한테 맞게 길이 잘 들었습니다.

체스도 조금씩 두고 맥주도 마십니다. 볼록 나온 부르주아들 배가 되어버려, 집에 돌아갈 때쯤이면 전 뚱보 알자스 사람이 되어 있을 거예요. 벌써 사투리도 쓰는걸요. 그런데 제가 사투리를 배우는 이유는 다 엄마를 즐겁게 해드리기 위해서랍니다.

박물관에서 예술적 감동을 찾아본들 무슨 소용이 있겠어요? 어느새 저는 은근히 끈덕지게 열의 관점에서 사물들을 판단하는 고집을 부리고 있습니다. 18세기의 핑크빛이나 그와 비슷한 색을 보면 머리가 지끈거립니다……. 이렇게 혼잣말을 하지요. "참 덥게도 보이는군." 빙해나 빙하를 그린 석판화만이 그나마 감동적입니다. 그리고 러시아의 들판 풍경을 그린 그림도.

아, 모로코…….

그러지 않아도 전, 지금도 엄청 답답합니다. 제 체스 친구가 더위를 먹더니 머리가 둔해져서, 제가 파놓은 함정을 그만 알아차리는 실수를 저지르고 말았거든요. 기분이 심히 상합니다.

이만 줄일게요, 엄마, 이럴 때는 목욕만큼 좋은 것이 없으니까요.

방금 보내주신 전신환을 받았습니다. 그래도 여기서 18일 동안 지낼 거니까, 이번 달 방세는 내야 해요. 떠나든 여기 있든 상관없이 말입니다. 빨래감도 조금 있습니다.

조종사로서 라바트로 가는 것에 대해 전 만족합니다. 비행기에서 내려다보는 사막은 정말 감탄이 절로 나오겠죠.

이만 줄일게요. 엄마와 로르 숙모[4] 사촌여동생들, 우리 누이들에게 마음의 키스를 보냅니다.

엄마의 효자

앙투안

1. 생텍쥐페리 가의 사돈 집안-원주.

2. 피에르 다게의 친구들-원주.

3. Madeleine de Fonscolombe. 앙투안의 어머니의 언니로 평생 독신으로 지냈다.

4. 앙투안의 아버지의 남동생의 미망인으로 로제 드 생텍쥐페리 자작부인-원주.

[1921년, 카사블랑카]

사랑하는 엄마,

엄마가 우편으로 보내신 1일 자 편지와 항공편으로 보낸 7일 자 편지를 한꺼번에 받았습니다. 저한테 이렇게 늘 편지하시는 것이 너무 귀찮은 일은 아닌지요?

그러니까 엄마는 지금 생 모리스에 계신 거군요. 언제쯤 제가 그 그리운 오래된 집 건물을 보게 될는지는 하느님만이 아시겠죠. 전 카사블랑카가 지긋지긋합니다. 열세 개의 조약돌과 열 개의 풀숲을 보고 지내면서, 제가 생각을 살찌울 거라고 생각하는 건 아니시죠? 어디까지나 소설 속에서나 멋진 일이지요. 실상은 우둔해질 뿐입니다. 한 두세 시간 머리를 쓰는 일을 하고 나면 깊은 생각은 거의 할 수가 없게 됩니다. "얼마 안 있어서 식사 시간을 알리는 나팔소리가 울리겠지?" (두 시간 동안 정적이 흐릅니다.) 그러고 나서 "오늘 아침에 난, 급강하하는 비행기를 막으려다가 그 비행기 면전에 대고 마치 짐승처럼 총을 쏠 수밖에 없었다고." 아니면 이런 말도 합니다. "지겨워." (그러자 이번엔 돌이킬 수 없는 정적이 감돌아 마음은 더욱 무거워집니다.)

제 동료 조종사들은 다 고만고만하고 평범한 친구들입니

다. 그들이 저한테 기분 좋게 대해줄 때는 저녁 식사할 때뿐입니다. 아무것도 없이 텅 빈 거대한 바라크는 우리의 구내 식당이 되고, 초라한 작은 촛불이 혈색 좋은 대지에 반사되어 다갈빛을 띠고 우악스럽게 된 얼굴의 정복자, 내지는 소굴에 사는 산적과 같은 형상들을 간신히 비춰주고 있습니다. 호오, 이건 흡사 램브란트의 그림이에요!

낮 시간에는 눈치 없는 햇빛이 비집고 들어오니까, 아무런 입체감도 없어 볼 만한 광경이 펼쳐지지 않습니다. 그저 우둔하다는 느낌만 들뿐입니다. 우둔함에서 오는 평온함 같은 〔……〕 전 우리 가족 모두에 대해 생각합니다. 디슈, 전 그 상냥한 아이가 정말 좋습니다. 디슈가 저한테 자주 편지 해줬으면 좋겠어요.

아마 전, 겨울 아니면 봄쯤에 군사 작전을 위해 저와 함께 훈련을 계속하고 있는, 한 하사와 함께 편대로 떠나게 될 것입니다. 모노 누나 친구의 오빠인 로베르 드 퀴렐에게 처음으로 붕대를 감아주었던 사람입니다. 한편 그는 벌써 비행기 한 대를 망가뜨렸지만, 전 한 대도 망가뜨리지 않았어요.

제가 이곳에서 좋아하는 것이 딱 하나 있는데, 그건 바로 해 뜨는 광경입니다. 해가 연극의 한 장면처럼 눈앞에서 자라나는 것이 보입니다. 맨 먼저, 밤으로부터 나온 보랏빛과 어두운 구름들로 이루어진 거대한 무대가 지평선 위로 점점 또렷하게 자리를 잡아갑니다. 그러면 캄캄한 무대 조명장치 뒤에서, 전체가 아주 투명한 배경을 뒤로 한 채 빛이 모습을 드러냅니다. 그러고 나면 해가 솟아오릅니다, 한 번도 본 적이 없는 붉은색의 태양입니다. 태양은 완전히 떠오르고 몇 분이 지났다 싶으면, 혼돈된 구름층 뒤로 사라집니다. 마치 동굴에 스며들어버린 것처럼 보입니다.

여기서 우연히 〈귀환〉을 보게 되었는데, 계속해서 배꼽을 잡고 웃다가 예전에 엄마랑 아테네 극장에서 보았던 밤 공연이 떠올랐습니다. 사랑스러운 엄마, 참 옛날 일이죠. 엄마도 극장표를 사셔야 하실 거예요, 그가 상상으로 조수 역을 하는 장면을 보면 혼자서 큰소리로 웃게 되실 테니까요.

엄마, 혹시 통신학교에서 수업을 받는 걸 허락하신다면 제가 직접 편지를 보낼 생각입니다, 상세하게 하고 싶은 이야기가 너무 많기 때문입니다. 과목은 '항공기사'가 될 거예요. 여기서는 건축학 공부도, 데생도 할 수도 없습니다. 엄마가 4권을 보내주신 브라우치의 《공기역학 강의》 3권도 보내주실 수 있을까요?

요즘은 비행을 많이 시킵니다. 아침나절에 평균 6회 착륙합니다. 아침 8시부터 너무 야단법석들이니까 짜증이 납니다. 그러다 보니 항상 아침 일찍, 지평선이 희끄무레해지자마자 비행하게 됩니다.

사랑하는 엄마에게 마음의 키스를 보내며 이만 줄일게요.

편지 자주 해주세요. 그리고 지금 생 모리스에는 누가 지내고 있는지, 상냥한 밈마 누나는 잘 있는지, 그리고 무아지 할머니께서 추던 최신 무용은 잘 되어가고 있는지요. 백만 번의 키스를 보냅니다.

엄마의 효성스러운 아들

앙투안

모로코, 카사블랑카
제37비행연대 소속 조종사

카사블랑카는 한 마디의 단어예요, 엄마!

전 밈마 누나에게 보내줄 풍경사진을 찍을 만한 곳을 찾아보러 가겠습니다.

1. 7월 초 앙투안은 제37전투기연대에 배속되어 카사블랑카로 가는 비행기에 탑승했다.

2. 앙투안의 가정교사였던 노부인의 애칭으로, '마드무아젤 마르그리트'를 줄여 부른 것이다. 《인간의 대지》에서는 '털실 잣는 할머니'로 묘사되어 있다-원주.

[1921년, 카사블랑카]

사랑스러운 엄마,

온갖 종류의 보물—편지와 우유—잘 받았으며, 이 모든 것들을 보는 순간 제 마음이 환해졌습니다.

지난 일요일에 동료의 사진기로 몇 장의 사진을 찍었습니다. 바다와 주변에 있는 유일한 나무 사진 몇 장을 보내드립니다. 슬퍼 보이는 쭉 뻗은 선인장이에요. 제 몸의 실루엣이 바위 위에 비쳐 보입니다. 마음에 드세요? 디디가 여기 있다면 좋아할 거예요. 개들이 많거든요. 누르스름하고 불결해 보이기는 하지만요. 우둔하고 사나운 개들이 일렬종대로 막사 사이 버려진 일대를 떠돌아다닙니다.

녀석들만 아니면, 밀짚과 진흙을 섞어서 다 허물진 초라한 벽에 끼얹어 만든 집들이 모여 있는 '아라비아 부락'[1] 근처로 가보는 모험을 시도했을 겁니다. 저녁이 되면 그곳에선 화려하게 꾸민 노인들과 허약한 키 작은 여자들이 모습을 드러냅니다. 태양이 이글거리는 붉은 하늘과 대조적인 검정색으로 또렷이 보이는 그들은 자신들의 벽과 마찬가지로 태양 아래서 천천히 타닥타닥 구워져 갑니다. 누르스름한 개들이 짖습니다. 신념이 확고부동한 낙타들은 자갈 풀을 뜯

어먹고 있고, 아주 작은 당나귀들은 꿈속에 잠겼습니다. 사진을 찍었으면 예쁜 사진이 될 테지만, 건초와 파란 풀들을 실은 손수레와 암소들이 지천으로 널려 있는 앵 도(道)의 붉은 작은 촌락들[2]보다도 볼 건 없습니다.

처음으로 비가 내렸습니다. 낮잠을 자면 코 위로 작은 시냇물이 흘러내립니다. 밖을 보니 하늘이 구름 조각들을 이리저리 굴리고 있습니다. 바람이 잘 통하는 바라크는 불어오는 바람에 배의 탄식소리를 내고 있는데, 마치 자신이 비가 된 것처럼 주변에 거대한 호수를 만들어 놓았습니다. 흡사 노아의 방주 같습니다.

바라크 안에는 가뜩이나 말없는 사람들이 곤히 잠들어 있습니다. 저마다, 여학생 기숙사에 와 있는 것 같은 착각이 들게 하는 그런 하얀 모기장 속에서 그래요. 다들 소심하고 상냥해져 간다는 느낌에 익숙해져 있습니다. 누군가가 심한 욕을 해서 잠을 깨울 때도 말입니다. 똑같이 쩌렁쩌렁한 목소리로 대꾸라도 하면 작고 하얀 모기장들은 질겁해서 바들바들 떱니다.

통신학교에 편지를 보냈습니다. 허락해주셔서 고마워요.

첫 하숙비 내주시는 거 잊지 않고 계신 거죠? 페스로 휴가를 갈 생각입니다. 기분 전환이 될 거예요.

다시 편지드릴게요. 사랑하는 엄마에게 마음의 키스를 보냅니다.

엄마의 효성스러운 아들

앙투안

1. 북아프리카 프랑스 점령지의 농촌지역 행정구역.

2. 앵 도에 속한 자갈과 모래와 점토로 이루어진 라 동브 고원, 혹은 그 고원에 있는 촌락(Le hameau des Pouilleux, 가난한 사람들의 촌락이라는 뜻을 지닌 마을)을 가리키는 듯하다.

[1921년, 카사블랑카]

사랑스러운 엄마,

보내주신 양말 상자와 부드러운 스웨터 잘 받았습니다. 아침에 산들바람이 불 때는 기분 좋고, 2천 미터의 고도에서는 포근한 스웨터예요. 마치 옷에서 모성애가 발산되는 것처럼 제 몸을 따뜻하게 덥혀줍니다.

무엇에 이끌렸는지 모르겠지만, 온종일 그림을 그렸더니 시간이 짧게 느껴집니다.

이제야 제가 그랬던 이유를 알았습니다. 그건 목탄 심이 든 콩테 연필 때문이었습니다. 스케치북을 사서, 미흡하지만 하루 중 있었던 일들과 동작, 제 동료들의 미소를 그려보거나 아니면 제가 도대체 무엇을 그리고 있는지 구경하려고 뒷발로 서 있는 블랙의 무례한 행동들을 묘사해봅니다.

사랑하는 블랙, 가만히 좀 있지그래.

첫 번째 스케치북을 다 채우면 엄마한테 보내드릴게요. 단 조건이 있습니다. 정말, 엄마, 저한테 꼭 다시 보내주셔야 해요…….

비가 왔습니다. 아! 그런데, 본격적으로 쏟아지는 비였습니다. 억수같이 쏟아 붓는 빗소리가 들렸습니다. 아니나 다를까 빗물이 지붕에 난 작은 틈새에서 자신이 백 년 동안 지나다녔던 길을 찾아내어, 물이 새어 들어오지 못하도록 공무원들이 지성으로 지켜온 판자 사이로 교묘히 들어오는 바람에, 우리들의 잠은 아주 멋진 단꿈으로 가득 차게 되었습니다. 빗물이 마치 지상낙원의 포도주라도 되는 양 자고 있는 우리 입 속으로 흘러들어왔기 때문입니다. 정말로 엄마가 보내주신 스웨터는 기가 막히게 따뜻합니다. 덕분에 행복감에 젖어 쾌활하고 제법 건방져 보이는 제 인상이, 볼수록 즐겁습니다.

어제는 카사블랑카에 갔습니다. 우선 아랍인의 거리들부터 걸으며 고독을 달랬습니다. 한 사람밖에 지나다닐 수 없는 길이어서 고독의 무게가 덜 느껴지거든요.

하얀 수염을 기른 유대인들과 그들이 내놓은 귀중한 물건들을 놓고 값을 흥정했습니다. 그들은 금박을 입힌 가죽신발과 은으로 된 허리띠에 둘러싸여, 가부좌를 하고 앉아 다양한 피부 빛의 손님들에게 과할 정도로 정중한 인사를 받으며 늙어갑니다. 이보다 더 감탄스러운 인생이 있을까요!

한 살인자를 이 골목에서 저 골목으로 끌고 다니는 현장을 목격했습니다. 사람들은 그에게 뭇매를 때리고, 근엄한 유대인 상인들과 베일로 얼굴을 가린 키 작은 아랍 여인들에게 자신의 죄를 큰 소리로 외치도록 했습니다. 어깨뼈가 탈구되고 머리엔 구멍이 났습니다. 상당히 시사하는 바가 많고 교훈적이었습니다. 남자는 피투성이가 되었습니다. 그를 둘러싼 사형집행인들이 아우성을 쳤습니다. 그들이 몸에 두른 각양각색의 천들이 일제히 제 색을 드러내며 파도처럼 펄럭였습니다. 야만적인 일이었지만, 어쨌든 장관이었습니다. 그래도 작은 금박 가죽신들은 동요되지 않았으며, 은으로 된 허리띠 또한 동요되지 않았습니다. 그중에는 하도 작아서 자신의 신데렐라가 나타날 때까지 너무 오래 기다려야 할 것 같은 신발도 있었습니다. 너무 화려해서 요정밖에는 어울리지 않을 것 같은 신발이었지요……. 저런, 요정이 작고 예쁜 발을 갖고 있어야 할 텐데요. 작은 가죽신이 저에게 자신이 간직한 꿈에 대해 이야기하고 있는 그때, "저, 모자이크 계단 같은 금박 가죽신이 필요한데요." 베일을 두른 한 낯선 여자가 흥정을 하는 듯싶더니 신발을 그만 빼앗아 가버리는 것이었습니다. 전 여자의 아주 큰 두 눈밖에 보지 못했습니다……. 오, 금박 가죽신이여, 바라건대, 그 여자가 공주님 중에 가장 아름다운 공주님이어서 매혹적인 분수로 가득한 정원에서 살고 있기를.

그래도 전 두려웠습니다. 매혹적인 소녀들이 인색한 삼촌들의 잘못으로 하마터면 어리석고 못생기고 소름끼치는 남자와 결혼할 뻔했던 일들이 상상되어서.

블랙, 착하지, 얌전히 있어, 넌 들어도 모르는 이야기야.

엄마, 꽃이 핀 사과나무 아래에 앉아보세요. 프랑스에는 꽃이 피어 있다고 하니까요. 그리고 저를 대신해서 주변을 잘 살펴보세요. 분명 초록빛의 사랑스러운 풀들이 자라나고 있을 테니까요……. 초록빛이 전 그립습니다. 초록은 마음의 양식이자, 품행에는 부드러움을, 영혼에는 평온함을 품게 하는 색입니다. 삶에서 이 색을 없애버리면, 금세 메마르고 살기 고단해질 것이 분명합니다. 맹수들의 성질이 괴팍하기만 한 이유는, 그들이 클로버 풀밭에 엎드려 살지 않기 때문입니다. 전 아주 작은 나무라도 만나게 되면 잎 몇 개를 따서 주머니 속에 넣어둡니다. 그리고 나서 내무반에 돌아와 나뭇잎들을 사랑스럽게 바라보다가 살포시 뒤집어보지요. 마음이 편안해집니다. 엄마의 고향으로 다시 가고 싶어요. 그곳엔 온통 초록으로 무성할 테지요.

엄마, 엄마는 그저 아무렇지도 않은 풀밭이 얼마나 큰 감동을 주는지 모르실 거예요. 하지만 그것도 폐부를 찌르는 감동을 주는 전축에는 미치지 못합니다.

그렇습니다, 지금 이 순간에도 전축이 돌고 있는데, 세월이 지난 저 가곡들을 들으니 정말로 가슴이 아려옵니다. 너무 감미롭고 너무 부드러워요. 우리가 그곳에서 참 많이도 들었던 곡인데, 마치 무엇에 홀린 것처럼 다시 기억 속에 피어오릅니다. 즐거운 노래 속에 잔인한 풍자가 들어 있어요. 음악의 그런 단편들이 마음을 흔듭니다. 눈을 감습니다, 저도 모르게. 인기 있는 춤곡에 낡은 브레스 지방의 여행용 궤짝과 왁스칠 한 마루가 떠오릅니다……. 아니면 마농…….
참 이상해요, 이런 노래들을 들을 때면 마치 부자들이 지나가는 것을 바라보는 부랑자의 마음처럼 증오심이 입니다. 이 모든 음악들이 이처럼 행복을 상기시키고 있는 것입니다.

그리고 또 마음을 달래주는 곡들도 있습니다…….

오, 나의 블랙, 그만 좀 짖어라. 이젠 조용하네요.

엄마, 엄마는 무슨 말인지 모르시겠죠?

저의 모든 애정을 담아 엄마에게 키스를 보냅니다. 사랑스러운 엄마, 빨리, 그리고 자주 편지해주세요.

엄마의 효자

앙투안

[1921년, 카사블랑카]

사랑스러운 엄마,

오래전부터 엄마에게서 편지가 오지 않는군요. 제발 저한테 편지 좀 해주세요!

엄마, 그곳에서 어떻게 지내세요? 전 자주 엄마 생각을 합니다. 새로 그리신 파스텔화가 마음에 들 것 같아요, 틀림없습니다. 엄마가 저녁에 산책하는 모습을 상상하면서 제가 함께 갔으면 좋았을 거라는 생각을 합니다.

엄마가 보내주신 주간지에 좋은 내용이 있어서 다시 보내드립니다. 〈딸과 나〉라는 글인데, 엄마도 좋아하실 거예요.

엄마, 전 그 기사를 읽고 마음이 몹시 아팠습니다. 엄마는 우리들을 위해 모든 것을 해주셨지만, 전 그걸 너무 모를 때가 많았습니다. 전 이기주의자였고 미숙아였습니다. 결코 엄마에게 필요했던 버팀목이 되어주지 못했습니다. 전 하루하루 조금씩 엄마를 더 이해하고 더 많이 사랑하는 법을 알게 되는 것 같습니다. 언제나 변하지 않는 진실은, '어머니'란 가엾은 사람들의 유일하고 진정한 피난처라는 사실입니다. 그런데 왜 이젠 저한테 편지를 안 보내주세요? 이토록 애타게 배를 기다리면서 아무 편지도 받지 못하는 건 불공

평합니다.

오늘 아침에 6회 착륙을 했는데, 걸작이었던 것 같습니다……. 원칙대로라면 정해진 거리를 비행해야 하지만, 매번 위험을 무릅쓰고 좀 더 멀리 가다 보니 수업을 빼먹는 일이 생깁니다.

아침에 해가 뜰 때면 분홍색으로 변하는 두 동의 별장을 짓는 현장을 지켜볼 생각입니다. 불과 백 미터 위에서 말이지요. 아주 파란 집과 정원, 우물 위에서 능숙하게 선회도 합니다. 우물은 작은 오아시스 같습니다. 전 맑은 초록색 물을 길러 올 천일야화에 나오는 터키 군주의 왕비들을 기다리고 있지만, 하지만 이 시각이면 모두 잠들어 있을 테지요…….

그때 꿈 하나가 떠올라, 저는 혼자 있기 위해 상승합니다. 제 눈앞에서 바다는 긴 배를 흔들어 잠재우더니 안개 자욱한 수평선에 섞여버립니다. 카사블랑카로 선회하면 붉은 땅 위를 가득 채운 작고 하얀 조약돌들이 보입니다. 이 도시는 꼭 작은 장난감 같습니다. 다시 선회합니다. 비행장과 바라크가 깨알처럼 작고 멋지게 보입니다. 지름길로 질러서 급강하합니다. 오래 하강하다 보면 꼬리날개와 보조날개의 강철 케이블 연결봉이 윙윙거리게 되지요……. 착륙했습니다. 끔찍한 감옥 같은 일터는 가혹한 실망만을 안겨줍니다. 5분간의 휴식 후, 저는 저의 사랑하는 발동기를 '전속력으로' 가속시켜 다시 출발합니다.

〔……〕 건강 상태는 아주 좋습니다. 그저 엄마 편지나 자주 받을 수 있으면 좋겠어요! 항공편으로는 닷새 아니면 엿새도 안 걸립니다. 그러니까 예전처럼 계속해서 편지 보내주세요. "툴루즈발, 항공우편"이라 쓰고 1프랑짜리 우표 한 장 붙이는 데 오랜 시간이 걸리지는 건 아니잖아요!

우리 식구 모두와 무아지 할머니에게 차례차례 키스를 보냅니다.

사진도 보내주시고, 편지도 보내주시고, 무엇이든 보내주세요, 하지만 좋은 것이어야 해요!

마음의 키스를 보냅니다.

엄마의 효성 지극한 아들

앙투안

[1921년, 카사블랑카]

사랑스러운 엄마,

어떻게 아무런 소식도 알려주지 않고 이토록 오랫동안 저를 내버려두실 수 있나요. 그것이 저한테 얼마나 가혹한 고문인지 누구보다도 잘 아시는 엄마가 말이에요.

한 통의 편지도 받지 못한 지 2주일이나 지났어요. 전 울적한 일들만 생각하면서 불행하게 지냅니다. 엄마, 편지는 제 전부예요! 디디도, 그 누구도 편지를 보내지 않습니다. 여기서는 엄마 생각할 시간이 많아져서 이렇게 더 외로움을 타나 봅니다.

돈이 한 푼도 없습니다. 일주일 동안 라바트에서 예비역 사관후보생 시험을 치긴 했습니다. 하지만 꼭 합격하고 싶은 마음은 없습니다. 전투비행중대 생활은 만족스럽습니다. 전 1년 내내 군사이론을 가르치는 지독한 학교에서 정신적으로 지치고 싶지 않습니다. 제겐 특무상사의 근성이 없어요. 전 그런 기계적이고 무미건조한 일을 잘 이해하지 못합니다. 그저 카사블랑카가 저를 황폐하게 만들 거라는 사실을 몰랐을 뿐이며, 모로코에 오는 것이 아니었던 것 같습니다. 합격한다 해도 포기할 생각입니다. 건축학과 다른 공부를 처음부터 다시 시작할 것이며, 이제 학교 공부는 그만하겠습니다.

다만 당장은 한 달간 휴가를 받도록 하겠습니다. 엄마와 모든 식구들이 너무 보고 싶으니까요. 오죽하면 이럴까요!

최근 라바트에서 보낸 일주일은 황홀했습니다. 당연히, 거기서 사브랑과 생 루이 동창들을 만났기 때문이지요. 그래서 예비역 사관후보생 시험을 치르러 온 괜찮은 청년 두 명도 알게 되었습니다. 둘 다 아버지가 의사로, 교양 있고 대단히 예의가 바른 친구들입니다. 그중 한 친구의 아버지는 대위로 예전에 리옹에 살았는데, 사브랑과 생 루이의 반 친구, 다른 두 명의 청년들과 저, 다섯 명이 모두 저녁 식사 초대를 받았던 적도 있습니다. 정말 최고로 멋진 친구예요. 진정한 친구이자, 게다가 음악가에 예술가이기도 하지요……. 라바트에 있는 하얀 집들 중엔 그의 작고 하얀 집도 있습니다. 아랍의 도시 중 이 마을을 감싸는 달빛이 유독 휘영청 눈부셔서 남극의 눈 덮인 설국에서 산책하는 느낌이 들 정도랍니다. 얼마나 그윽한 정취로 가득한 저녁이었는지!

그때의 라바트는 이 세상에서 가장 그윽한 곳이었습니다. 그곳에서 전 비로소 모로코를 이해하기 시작했어요. 불빛이 넘쳐나는 번화가를 끝도 없이 거닐었습니다. 아, 제가 수채화를 그릴 줄 알았더라면. 그 넘실대던 색채들, 볼 수만 있다면 정말 요정의 세계가 따로 없습니다. 호화로운 거리를 끝없이 걷다 보면 신비로운 육중한 대문밖에 보이지 않는 좁다란 샛길이 나옵니다. 창문이라곤 없습니다, 이따금씩 보이는 분수전에서 물을 마시고 있는 작은 당나귀들 외에는…….

다시 돌아와서부터는 지루한 줄도 모르고 지내고 있습니다. 처녀비행 여행을 하고 있거든요. 오늘 아침에는 베레쉬드-라바트-카사블랑카까지 3백 킬로미터를 비행했습니다. 그래서 사랑하는 나의 도시를 상공에서 다시 보았습니다……. 도시는 완벽하게 하얗고 평화롭습니다. 베레쉬드는 카사블랑카에서 약간 남쪽에 위치한 촌락으로 몹시 살벌합니다.

내일 아침에도 다시 3백 킬로미터 여행을 할 거예요. 그러다 보면 오후에는 지쳐서 내내 잠만 잡니다.

모레는 남쪽으로 대장정을 나섭니다. 목적지는 카스바-타들라입니다. 거기까지 가려면 거의 세 시간을 조종해야 하는데(단위는 킬로미터로 나타냅니다), 돌아올 때도 당연히 마찬가지의 시간이 걸립니다. 얼마나 고독한 여행이 될지…… 사뭇 큰 기대를 안고 손꼽아 기다리고 있습니다.

오늘 저녁에는 평온한 램프 불빛 아래서 나침반으로 방향을 잡는 방법을 익혔습니다. 책상에 펼쳐놓은 지도를 가리키며 브왈로 하사가 설명합니다. "……이 지점에 도착해서 (그러면 학구열로 불타는 우리들의 이마는 일제히 복잡하게 얽히고설킨 선들이 그려져 있는 아래로 향합니다) 기수를 서쪽으로 45도 방향으로 돌리십시오……. 거기서 마을을 왼쪽으로 끼고, 이때 잊지 말고 움직이는 나침반의 바늘 지침을 보면서 바람으로 인한 방향타의 균형을 맞추십시오……." 저는 공상에 빠집니다……. 그런 저를 그가 깨웁니다. "자, 특히 조심하십시오……. 이쪽으로 질러가고 싶은 것이 아니라면 이젠 서쪽으로 180도 방향입니다……. 하지만 지표가 많지 않기 때문에, 보십시오, 저 항로가 눈에 잘 들어옵니다……."

브왈로 하사가 제게 차를 내밉니다. 저는 홀짝홀짝 차를 마십니다. 방향을 잃게 되면 불귀순 지역에 착륙할 거라는 상상을 하고 있습니다. 그런 이야기를 얼마나 많이 들었는지 모릅니다. "비행기에서 뛰어내릴 때 한 여자를 만나게 되면, 그녀를 안아주게. 그러면 자넨 대단한 존재가 되고 그녀는 자네의 어머니가 되지. 그녀가 자네에게 소 여러 마리와 낙타 한 마리를 주고 결혼을 시킬 거야. 그것만이 목숨을 건지는 유일한 방법이네."

저의 여행은 그런 뜻밖의 일을 기대하기엔 아직 너무 단순합니다. 그렇다 해도 오늘 저녁 전 몽상에 잠겨봅니다. 저도 사막에서 장거리 작전 임무를 맡고 싶어서…….

엄마를 비행기로 모셔다 드리고 싶은 것과 마찬가지로.

이만 줄일게요, 사랑하는 엄마, 부탁드리는데, 편지 좀 해주세요. 이번 달엔 5백 프랑도 보내주실 수 있으세요? 가능하다면 전신환으로요. 다른 게 아니라 이전 때문입니다. 마지막 남은 돈으로 우표를 사고 나면 남는 것이 없습니다. 내일과 모레 쓸 돈은 빌릴 사람이 있으면 몇 푼 빌리겠습니다. 제가 작은 초록색 의자를 질질 끌고 다니던 보잘것없는 어린아이였을 때와 똑같이 포근하게 엄마를 안아드릴게요, 엄마!

속보예요. 방금 카스바-타들라 여행에서 돌아왔습니다. 발동기 이상도 없었고, 사고도 없었습니다. 황홀했습니다. 다음에 자세한 이야기를 해드릴게요.

앙투안

[1921년, 라바트]

사랑스러운 엄마,

전 지금 무어 풍으로 근사하게 꾸며진 작은 응접실에서 한 잔의 차를 앞에 두고, 입에는 담배를 물고서, 커다란 쿠션에 파묻혀 엄마에게 편지를 쓰고 있습니다. 사브랑은 피아노를 치고 있고―드뷔시 혹은 라벨―다른 친구들은 카드로 브리지 게임을 하고 있습니다.

우리가 이렇게 있을 수 있는 것은 그지없이 매력적인 라바트의 프리우 대위를 알게 된 덕분입니다. 거의 모두가 재역하사관인 예전 동료들에게 혐오감을 느꼈던 그는 사브랑과 저, 그리고 함께 해군사관학교 입시준비를 할 예전 생 루이 동창과 다른 두 명의 청년들과 같은 매력적인 친구들을 자신의 주변으로 모여들게 할 줄 알았던 것입니다. 지금 있는 여섯 사람 중 사브랑과 대위와 '파니에' 세 사람이 뛰어난 음악가들로, 지금 그들은 연주 삼매경에 빠져 있습니다. 저는 연주하지 않고 듣고만 있는데, 그런 이유로 쿠션에 푹 파묻혀 있습니다.

대단히 친절하게도, 그가 우리에게 자신의 집을 개방해주었고, 우린 그것을 남용하여 과도하게 들락거리고 있지요.

사브랑과 저는 카사블랑카에서 48시간 동안 머물 예정으로 왔습니다. 저녁 식사 시간은 몹시 즐겁습니다. 왜냐하면, 이건 정말인데요, 우린 모두 재치 덩어리거든요(그렇고말고요). 새벽 3시나 4시라는 터무니없는 시간에 잠자리에 들 정도로, 매일 밤 포커와 음악이 갈수록 점입가경입니다. 황당한 판돈이 걸린 도박도 하는데, 하룻밤에 16수까지 잃기도 합니다. 모두 너무 낙천적인 성격들이라 루이 금화를 걸고 내기하는 것만큼 즐거워하며, 거금 20수를 따고 자리를 뜨는 사람은 그에 걸맞은 거만을 떨어댑니다.

사브랑이 카사블랑카에 있고, 토요일마다 함께 라바트로 가서 월요일 저녁에 돌아오는 지금, 이렇게 꽃이 만발한 고장에서 보내는 제 삶은 그지없이 태평스럽고 안락합니다. 고약한 오지였던 모로코가 처음엔 아주 파릇파릇하고 빛이 나는 끝없는 초원으로 옷을 갈아입더니, 지금은 빨갛고 노란 꽃의 꿈을 꾸는 저 평원의 안색이 새록새록 밝아지고 있거든요.

변함없이 푹푹 찌지만 더없이 마음을 평안하게 해주는 날씨예요. 사랑하는 나의 도시 라바트가 오늘은 고요 속에 잠겨 있습니다.

아랍의 집들이 복잡하게 얽힌 하얀 미로 속에 묻혀 있는 대위의 집은 우다이아 사원을 등지고 있습니다. 노천 안뜰에는 첨탑이 우뚝 솟아올라 있어서, 저녁에 거실에서 식당으로 가면서 별을 보려고 얼굴을 들 때면 뮈에쟁[2]의 노래하는 듯한 소리가 첨탑에서 들려와서, 바라보면 마치 우리가 우물 속 깊은 곳에 있는 것 같은 느낌이 듭니다.

다시 편지 드릴게요, 사랑하는 엄마. 한 달 안에 꼭 엄마에게 진짜 키스를 해드릴겁니다. 그때까지는 제가 엄마를 사랑하는 만큼 이렇게 마음으로 안아드릴게요.

제가 저번 주에 보낸 긴 편지는 받으셨는지요?

오늘 제 하숙비 좀 보내주세요.

효성스러운 엄마의 아들

앙투안

1. 16수는 80상팀, 20수는 1프랑이다.

2. 이슬람교 사원의 첨탑에서 기도 시간을 소리쳐서 알리는 승려.

[1921년], 카사블랑카

내 사랑 엄마,

머나먼 디본에서는 잘 지내고 계시는지요? 전 그런대로 잘 지냅니다. 요즘은 비행을 많이 하는데, 하루에 평균 거의 한 시간 정도는 비행합니다.

엄마의 편지만이 제가 한가한 시간이 나길 기다리는 유일한 이유입니다. 거의 아무것도 할 용기가 나지 않습니다. 언제나 이렇게 무엇을 목표로 해야 할지 몰라 불안하며, 건축학은 시간이 너무, 너무 오래 걸려서 자신이 없어요.

말이 나왔으니까 말씀드릴게요. 시나 데생, 그런 것은 모두 제 트렁크 깊은 곳에서 잠자고 있는데, 그때는 무슨 가치가 있었던 것인지, 지금은 대수롭지도 않습니다. 전 자신이 없어요.

이곳은 불행의 땅. 단 한 명의 친구도 없습니다. 이야기를 나눌 사람 하나 없습니다. 제가 즐겨하던 이야기도 몇 마디 나눠본 적이 없고, 게다가 사브랑과 갔던 칵테일파티도 라바트에서가 처음이자 마지막이었어요. [……]

브로 내외[1]가 와 있을 때부터 정말 페스에 가고 싶었습니다. 하지만 지금 생각해보면 무모한 일일 겁니다.

삼각 비행에 대해 말하자면 별다른 의미는 없습니다. 10분이면 베레쉬드나 라바트, 다른 곳에 착륙해서 서류에 사인받는 시간에 잠시 한숨 돌리고 주유를 받으면 되니까요. 그러고 나서 난기류들과 씨름하기 위해 혼자서 비행기에 다시 오르는 겁니다.

전 곧 출발합니다.

사랑스러운 엄마, 아침에 에스키모인처럼 온몸을 꽁꽁 싸매서 코끼리처럼 육중해진 저를 보시게 되면, 엄만 웃음부터 나실 거예요…….

눈 밖에 안 보이는 방한모(복면 스타일)를 뒤집어쓰고, 게다가 눈만 나와 있는 와중에 안경까지 썼습니다…….

목에는 커다란 머플러(작은 아버지 머플러)에, 엄마의 하얀 저지 블라우스를 입고, 그 위에 모피로 안을 댄 비행복을 입고 있습니다. 엄청나게 큰 장갑에, 신발이 넉넉해서 양말도 두 켤레나 겹쳐 신었습니다.

1. 큰고모의 딸 잔 처칠과 그녀의 배우자 브로 장군-원주.

vorrée. — Des gants énormes
et deux paires de chaussettes
dans mes vastes chaussures

côté
figure →

[1921년, 카사블랑카]

사랑스러운 엄마,

엄마는 정말 귀여우세요. 소포를 열어보면서 아이마냥 기뻤습니다. 제가 소포에서 꺼낸 건 바로 보물들이었습니다…….

다만 신문에서 그곳 날씨가 춥다고 하니 걱정이에요! 어떻게 지내고 계세요? 이곳 날씨는 온화합니다. 비도 내리지 않고, 해도 기분 좋게 반짝입니다.

크리스마스 선물로 제 사진 몇 장과 크로키 몇 점을 보냈는데, 거기에 대한 이야기는 전혀 없으시군요. 모두 잃어버린 거예요? 부탁이니까 말씀 좀 해주세요! 그리고 제 크로키가 어떤지에 대해서도!

어제는 개 한 마리를 그려봤는데, 괜찮게 그려져서 오려서 붙여놓았습니다. 어때요?

요즘 전 멋지게 비행합니다. 특히 오늘 아침 비행이 멋졌습니다. 하지만 여행은 더 이상 하지 못합니다.

2주일 전에 국경 지대 카스바-타들라에 갔습니다. 제 비행기로 혼자 갔는데, 너무 추워서 눈물이 나와, 울었습니다! 고지를 지나느라 아주 높은 상공에 있었거든요. 모피로 안을 댄 비행복과 장갑 등등…… 을 껴입었음에도 불구하고, 시간은 좀 더 지체되었겠지만, 어디든지 무조건 착륙해야 했습니다. 호주머니에 손을 넣어서 제 증명서를 꺼낼 수 있게 되는 데까지 20분이 걸렸으니까요. 증명서를 비행기 안에 비치해두어야 한다는 건 잘 알고 있지만 귀찮아서 호주머니 속에 넣어두었거든요. 손가락이 어찌나 아프던지 전 제 손가락을 깨물어야 했습니다. 그리고 발도…….

몸이 굳어 반사 능력을 잃자 비행기는 사방으로 부하가 걸렸습니다. 먼 곳에 와 있는 딱한 제 신세가 처량했습니다.

진수성찬으로 잘 차려진 점심을 먹은 후 돌아올 때의 사정은 아까와는 반대로 환상적이있습니다. 굴이 보이고 도로와 시가지가 눈에 들어오는 고도에 들어서자 다시 용기가 샘솟고 힘이 나더니, 간이 커져서 나침반을 보며 귀신같이 곧장 하강하기 시작했습니다. 갈 때는 2시간 40분이 걸렸는데, 올 때는 그보다 약간 더 빨리 돌아왔어요. 격렬한 난기류 속에서도 흔들리지 않았고, 아련히 카사블랑카가 보이자 예루살렘 왕국에 살던 시절의 십자군과 같은 오만함이 생겼습니다. 멋진 날씨였습니다. 80킬로미터 떨어진 거리에서 카사블랑카가 보였습니다! (생 모리스에서 벨가르드까지의 거리예요.)

브로 장군님께 제 학교에 대해 무슨 말씀 하셨어요?

아마 2월 중에는 엄마한테 가게 될 것 같습니다. 시험에 떨어지거나 자퇴하더라도, 니외포르에서 마르세유 근처에 있는 이스트르까지 한두 달간 일하러 가기 때문입니다. 그리고 상륙하면 바로 20일 내지 한 달 동안 휴가를 받게 됩니다.

잔치라도 벌이시는 것 아니에요…….

다시 편지드릴게요, 엄마. 마음의 키스를 보냅니다. 편지 보내주세요.

엄마의 효성스러운 아들

앙투안

[1922년 1월], 항공우편회사

사랑하는 엄마,

어제, 탕헤르가 눈앞에서 멀리 사라졌습니다. 모로코여, 안녕. 우린 스페인의 해안을 따라 항해하고 있습니다. 햇빛을 받아 하얗게 빛나는 작은 마을이 눈으로 분간될 때쯤, 우리 옆의 기다란 의자에 앉아 있는 사람의 희떱게 지껄이는 소리가 들려 옵니다.

잔잔한 바다 덕분에 제 속은 편안합니다. 구름 한 점 없고 파도도 일지 않습니다. 식단은 아주 훌륭한데, 소일거리는 별로 갖추어져 있지 않아요. 체스하는 사람도 없어서 전 제가 갖고 있는 책을 모조리 독파한 후 식당으로 와서 자리를 잡았습니다. 테이블을 세팅하고 있는 종업원들을 따뜻한 시선으로 가만히 바라봅니다. 얼마나 고결한 직업인가요. 안타깝게도 석양이 지는 동안 저녁 식사가 끝났기 때문에 디저트의 즐거움은 누리질 못하겠네요.

디디가 편지에서 저와 함께 생 모리스로 돌아갈 거라고 했어요. 정말 유쾌한 여행이 될 것 같습니다. 제가 디디에게 '사랑하는 친구, 그동안 잘 지냈나?' 하고 말하면, 디디는 다른 승객들 앞에서 보란 듯이 가슴을 앞으로 내밀고 거드름을 피울 테지요.

제가 지금 엄마한테 편지를 쓰는 이유는, 보나마나 마르세유에서는 우왕좌왕하는 멍청한 고역들로 하루를 다 보내게 될 것 같기 때문입니다. 신체검사만 해도, 전 어디서 받는지도 모릅니다. 행정수속절차는 또 어디서 받는 건지. 그러다 보면 잠시도 틈이 나지 않을 텐데, 디디가 배에서 말했던 대로 저를 기다린다 해도, 잠시 짬을 내어 급하게 키스밖에 해줄 수 없을 거 같아 정말 걱정이에요. 그 앤 진심을 담아 말한 건데 말이죠. 제가 이스트르를 떠나도 될 때까지, 디디가 다시 생 라파엘로 무용하러 돌아가기만 하면 별일은 없겠지만요.

아 참, 엄마, 지금 모로코는 아주 덥기 때문에 생 모리스에 가면 기관지염이 심해질까 봐 걱정이 됩니다. 제 방에 난방을 좀 해주실래요. 기관지염으로 앓아눕는다는 건 정말 어리석은 일일 거예요! 파리 여행 일정을 조금만 앞당겨야 하실 거 같아요, 저를 데리고 가시려면요. 파리의 회색 돌과 좌우대칭을 이루는 정원들, 그리고 그곳에서 열리는 전시회를 제가 얼마나 그리워하는지 엄마가 아셔야 할 텐데요!

모로코에 대해서는 불평을 늘어놓을 수 없습니다. 모로코는 저에게 다정했으니까요. 눅눅한 바라크에 깊숙이 틀어박혀 침울하고 울적한 나날을 보냈지만, 지금 생각해보면 시적 감흥이 넘쳐났던 생활이었습니다. 그리고 좋았던 순간도 있었고, 몇 번 되지는 않았어도 더 없이 감미로웠던 라바트에서의 우리 모임은 제 추억 속에서 영원히 지워지지 않을 거예요.

어떤 친구들을 데려오느냐고요? 아무리 그래도 일주일간 우리 집에서 지내게 하려고 모로코에게서 제 친구들을 빼앗아 오길 바라시는 것은 아니시죠? 그러니까 프랑스에 있는 친구들을 말씀하시는 거죠? 그런데 살레스와 본비는 근무를 해야 한다네요.

좀 전에 배가 불안하게 흔들렸습니다. 점심 때 먹은 대구 튀김이 제 배 속에서 활동을 개시하여 서서히 파닥파닥 돌아다니는 것 같습니다. 그래도 하늘은 청명하기만 합니다. 하느님, 제발 이 잔물결조차도 일지 않게 해주소서.

다시 편지 드릴게요, 사랑하는 엄마. 우리 집 대문을 활짝 열어두고 살찐 송아지를 잡고 잔치를 벌이세요. 신부님께는 저 대신 체스 도전장을 전해주시고요. 밈마 누나와 무아지 할머니, 두 사람 모두에게 무한한 애정으로 키스를 보낸다고 전해주시고, 모노 누나에게는 제가 온다는 얘기를 레진[1] 누나에게 하지 말라고 부탁드려주세요. 어느 날 저녁 불쑥 루이의 방에 나타나 깜짝 놀라게 할 겁니다.

앙투안

1. 레진 드 본비, 루이 드 본비의 누나–원주.

[1922년[1], 아보르 기지]

사랑스러운 엄마,

요전에 엄마가 보내신 애정이 넘쳐나는 편지를 조금 전 다시 읽어보았습니다. 엄마, 정말로 엄마 곁에 있고 싶어요! 제가 매일 조금씩 엄마를 더 사랑하는 방법을 터득해가고 있다는 것을 엄마가 아실까요. 최근에는 편지를 쓰지 못했는데, 지금 이 순간에도 일이 산더미처럼 쌓여 있어요!

오늘 저녁엔 날씨가 참 좋고 감미롭지만, 전 왠지 서글픕니다. 막상 해보니 아보르에서의 실습기간이 너무 힘들어요. 생 모리스에서 휴식을 취하면서 기력을 회복하고 싶은 마음이 간절합니다. 그리고 제 옆에는 엄마가 계셔야 합니다.

지금 뭐하고 계셨어요, 엄마? 그림 그리고 계세요? 엄마의 전시회에 대해서도, 레핀[2]의 그림에 대한 감상도 전혀 이야기해주지 않으시는군요.

편지로 알려주세요. 엄마의 편지는 제게 힘이 되고, 생기를 불어넣어주니까요. 엄마, 엄마가 말씀하셨던 그토록 매력적인 것들을 찾기 위해 엄마는 어떻게 하시나요? 하루 종일 가슴이 메이오는 여운이 남아 가실 줄을 모릅니다.

제가 아주 어렸을 때와 마찬가지로, 제게는 엄마가 필요합니다. 특무상사, 군율, 전술 강의, 모두 무미건조하고 까다로운 것들 투성이에요. 엄마가 응접실에서 꽃꽂이하시는 모습을 그리다 보니 새삼 특무상사들에게 반발심이 생깁니다.

내일은 제가 비행기를 타고 엄마가 계신 집으로 가고 있다는 상상을 하면서, 우리 집 방향으로 최소한 50킬로미터까지는 비행할 생각입니다.

제가 어쩌다가 엄마의 눈에서 눈물을 흘리게 했을까요? 그 생각을 하면 가슴이 너무 아픕니다. 저의 사랑을 의심하게만 해드렸습니다. 그래도 엄마는 제 사랑을 알아주셔야 해요, 엄마.

제 삶에서 가장 좋고 가장 중요한 것은 바로 엄마예요. 전 오늘 저녁 어린 아이처럼 향수에 젖어 있습니다! 그곳에서 엄마는 걸어 다니시고 이야기도 하고 계시는데, 그런 엄마와 함께 있을 수만 있다면……. 하지만 저는 이렇게 엄마의 사랑을 마음껏 느낄 수도 없고 엄마에게 버팀목이 되어 드리지도 못하고 있으니.

오늘 저녁 제가 눈물이 날 정도로 슬픈 건 사실입니다. 제가 슬플 때 엄마가 유일한 위로가 되는 것도 사실입니다. 엄마, 르 망에서, 기억나세요, 제가 어렸을 때 벌을 받고 꺼이 꺼이 울면서 커다란 가방을 둘러메고 집으로 돌아오면, 엄마가 포근히 안아주시기만 해도 제 머릿속의 모든 서러움은 어느새 사라져버렸습니다. 엄마는 사감과 원장신부님으로부터 저를 보호해주는 강력한 버팀목이셨어요. 엄마가 계신 집에 오면 안도감을 느꼈고, 엄마가 계신 집에서는 안전했으며, 전 오로지 엄마만의 아들이었습니다. 그때가 좋았습니다.

사실 그건 지금도 마찬가지예요. 저의 피난처는 엄마이며, 모든 것을 알고 계시고 모든 것을 잊어버리게 해주시는 것도 엄마니까요. 그래서 전, 좋든 싫든 제 자신이 아주 어린 소년이 되어 있는 걸 느낍니다.

엄마, 이만 줄일게요. 할 일이 태산이에요. 이제 창으로 들어오는 신선한 산들바람을 좀 들이마셔야겠습니다. 생 모리스에서처럼 두꺼비들이 꾸억꾸억 노래 부르고 있습니다. 어쩜 저리도 못 부르는지!

마음의 키스를 보냅니다.

엄마의 다 큰 아들

앙투안

1. 1922년 아보르(쉐르 도) 기지에 이어 마이(오브 지방), 그리고 베르사유 기지로 이진한 앙투안은 10월에는 소위로 임명된다-원주.

2. Stanislas Lépine(1835~1892), 프랑스의 화가로 코로의 제자이다.

[1922년], 아보르

사랑하는 엄마,

드디어 판화가 들어 있는 제 편지를 받으셨군요? 그중 하나는 엄마한테 돌려드릴까 하는데, 엄마 생각은 어떠세요?

전 지금 아주 행복합니다. 강의는 더할 나위 없이 흥미롭고, 꿈도 꾸지 못했던 일이지만 정말 잘했다고 생각합니다.

비행은 일주일에 네 번 정도합니다. 두 번은 조종사로서, 두 번은 관측요원의 자격입니다. 사진과 지도, 무선 전신에 관련된 많은 신기한 발명품들에 대해 배우고 있는 중입니다.

하지만 제가 기쁜 이유는 말씀 드린 대로, 이제 거의 힘든 시기는 지나갔기 때문입니다.

우리 집 따님들은 어떻게 지내시나요? 밈마 누나는 스위스에 있어요? 제대로 아는 게 아무것도 없네요. 디디는 생모리스로 돌아왔나요? 모노 누나는 시험에 합격했어요?

아주 멋진 날씨긴 한데 약간 덥습니다. 오후에 현장에서 사진 도면을 만들다가 개울물에 흠뻑 젖었어요. 시원하게 몸을 식히려면 비행기로 공중을 나는 수밖에 없습니다.

해야 할 일은 굉장히 많은데, 실제로는 생각보다 좀 더 재미있으며, 몸을 무뎌지지 않게 하는 데 이보다 효과적인 건 없습니다.

무아지 할머니는 산토끼에 대한 이야기를 쓴 제 편지를 받으셨대요? 할머니가 토끼들을 돌보아주시면 정말 좋겠어요. 머지않아 국립고등항공학교 입학시험 준비를 시작하게 되거든요. 말씀드렸던 대로 전 소위 과정 강의를 들을 생각입니다. 그렇게 되면 비행 수당과 함께 한 달에 거의 천 프랑을 받게 됩니다.

그러면 전 결혼해서 작은 아파트를 장만하여, 여자 요리사를 두고 매력적인 아내와 함께 사는 거예요.

엄마, 매몰차고 돈에 악착스러운 양복점 주인이, 소리를 지르는 건 아니어도 넌지시 협박조로 양복 값을 달라고 합니다. 오늘 전신환으로 2백 프랑을 보내주실 수 있으세요?

작은 제 방에 대해 설명해드릴게요. 방이 엉망진창이긴 해도 친숙하고 따뜻한 느낌이 듭니다. 책상 위에는 책들과 풍로, 체스 세트, 잉크와 칫솔이 제 주변에 몰려 있습니다.

저의 왕국을 한 번 쭉 훑어보지만 제 신하들은 비굴하게 서랍 깊숙이 몸을 피할 생각을 하지 않네요.

초콜릿 바 하나 드실래요? 잠시만요, 저쪽 컴퍼스 상자와 연료용 알코올 병 사이에 하나 있긴 한데…….

만년필 필요하세요? 저기쯤 세숫대야 속에서 찾아보세요. 씻으려고 대야에 넣어 두었던 것 같군요.

파리에 가지 않는 일요일, 그러니까 나흘 중 사흘(부활절 이후로 아직 가지 않았습니다)은, 부르주에 있는 승마 연습장에 승마를 하러 가고 싶습니다. 동료들 중 몇 사람과 그 문제에 대해 의논하고 있는 중입니다.

다시 편지 드릴게요, 엄마. 제가 편지를 못하더라도 본의가 아니니까 언짢게 생각하지 말아주세요.

비행기 발동기가 부르릉거리는 소리가 들립니다. 정말 감미로운 음악소리예요…….

[1922년], 파리

엄마,

결국 제 편지를 못 받으셨던 거군요. 그러니까 전 괜히 오지도 않을 답장이 오기만을 기다렸던 것이고요.

디디의 얼굴은 행복으로 빛이 납니다. 엄마도 좋으세요, 사랑스러운 나의 엄마? 드 퐁트나유 아주머니께서 큐피드셨던 거군요. [……]

오늘 오후에 아나이스 고모의 절친한 친구인 '미스 로버트슨'이라는 미국 부인 댁에서 차를 마셨습니다. 세 명의 귀여운 얼굴을 한 아가씨들이 와 있었고, 정말 맛있는 쿠키가 나왔습니다. 말이 좀 서툴기는 했어도 전 좌중의 압도적인 공감을 얻었습니다. 세 아가씨들은 세 명 모두 동시에 대답하고, 세 명 모두 같은 연극과 같은 오페라를 좋아하고, 세 명 모두 차에 같은 양의 설탕을 넣습니다. 그러니 작별의 키스도 세 명 모두에게 똑같이 해주고 싶어지는 것입니다.

세 아가씨들은 모두 함께 5시 10분에 돌아갔고, 그래서 저는 세 배로 슬펐습니다.

요즘 전 부르제 공항과 빌라쿠블레 군공항 장관의 승인을 받아 곡예비행 임무에서도 비행하고 있습니다. 제가 조종하는 비행기는 현대식 비행기 중 가장 빠른 니외포르 29기인데, 작지만 번개처럼 빠르고 성미가 불같은 녀석이에요.

부르제 공항에 있는 비행기들에 제 친구들 이름을 붙여주었습니다. 세고뉴[2], S…… 등등. 울긋불긋 각양각색인 제 친구들을 보면서, 전 제 비행기에 앉아 가만히 회심의 미소를 짓습니다.

책도 조금 봅니다. 최근에 로제 마르탱 뒤 가르의 《티보가의 사람들》을 읽었습니다. 로맹 롤랑의 작품과 비슷한 것 같지만, 《장 크리스토프》보다 강렬하게 다가오지는 않습니다.

막상 이야기를 하려고 보니 편지 쓸 생각은 않고, 자꾸 세 명의 미국인 아가씨들 이야기만 하게 되네요.

세 아가씨들은 파리에 대해 아는 거라곤 코메디 프랑세즈와 개선문밖에 없습니다. 그런 점이 매력적입니다. 그녀들은 한 번도 극장에 가본 적이 없습니다. 참 놀라워요. 그녀들의 눈은, 마치 도자기 인형처럼 머리를 숙이면 저절로 감깁니다. 확신하는데, 루브르 박물관의 장난감 매장에 가면 그녀들이 진열되어 있을 겁니다. 그녀들은 "너무 재미있어서" 무용을 좋아하고, "너무 예뻐서" 음악을 좋아합니다. 에펠 탑은 좋아하지 않지만, 누가 에펠 탑이 아름답다고 주장하면 세 명 모두 탄성을 지릅니다. "어머, 그래요? ……정말요."

한 아가씨는 빨간 옷을 입었고 다른 아가씨는 녹색 옷, 또 다른 아가씨는 푸른색 옷을 입었으며, 한 아가씨는 금발, 다른 아가씨는 갈색, 또 다른 아가씨는 밤색 머리였습니다. 세 아가씨들은 마치 엄마가 갖고 계신 세 개의 손수건처럼 구색이 딱 맞아서 전 누구 한 사람만 선택할 수가 없었을 거예요.

사랑스러운 엄마, 그러니까 엄마가 그런 아가씨로 한 사람 찾아주세요. 전 그녀가 저에 대해 인위적이고 이상주의적인 추측만 하는 건 사절입니다. N은 음…… 무척 곤란하군요.

어제 조르당 씨 댁에서 우리 집 따님들과 함께 저녁 식사를 했습니다. 이만 줄일게요. 사랑하는 엄마에게 마음의 키스를 보냅니다.

앙투안

1. 앙투안의 여동생 가브리엘이 최근에 피에르 다게와 약혼했다-원주.

2. 앙리 드 세고뉴(Henry de Ségogne), 앙투안의 보쉐 학원 시절 친구-원주.

[1923년, 파리]

사랑스러운 엄마,

잘 지내시는지요? 요즘 제 지위에 대한 결정이 내려지길 하루하루 기다리느라 엄마한테 편지를 쓰지 못했습니다. 아직은 아무것도 모릅니다. 그렇긴 해도 엄마는 목요일이나 금요일에 오실 거라 생각하고 있습니다.

L.[1]의 편지 말미에 디디에게 보내는 긴 편지를 써놓았습니다.

《누벨 르뷔 프랑세즈(La Nouvelle Revue Française)》[2]에 저의 단편소설 한 편이 실릴 가능성이 높습니다.[3]

최근에 두어 편의 글을 썼는데, 제법 괜찮아요.

가엾은 비달 장군님이 많이 아프십니다. 저녁에 전화드리고 오는 길입니다.

이본은 몇 번 봤습니다. 쉬두르 신부님은 한 번 만났고, 자크 외삼촌 내외는 어제 만났어요.

요즘 제 생활은 하루라도 새롭지 않은 날이 없습니다. L.과 함께 지내는 매일이 평온하고 감미롭습니다.

그래도 엄마는 너무 보고 싶어요. 디디의 약혼자는 언제 오나요?

전 베르뇌유가 7번지에 있는 처칠 고모부 댁에서 지내고 있습니다. 혹시 예전 집 주소로 편지를 보내셨어요? 그저께 제 방을 취소했거든요.

다시 편지드릴게요, 엄마. 사랑하는 엄마에게 마음의 키스를 보냅니다.

엄마의 효성스러운 아들
앙투안

1. 앙투안은 라카날 고등학교 시절 알게 된 루이즈 드 빌모랭과 봄에 약혼했다. 생텍쥐페리 외에도 장 콕토와 갈리마르 출판사의 창립자인 가스통 갈리마르의 사랑을 받았던 루이즈는 대문자 L과 네잎 클로버로 사인했다. 《남방 우편기》에서 '쥬느비에브'라는 인물로 등장한다.

2. 프랑스의 월간 문예지로 갈리마르 출판사의 전신이다. 앙드레 지드를 편집장으로 1908년 창립, 1999년부터는 3개월마다 발행되는 계간지로 바뀌었다.

3. 앙투안의 첫 작품 《자크 베르니의 탈출(L'Evasion de Jacques Bernis)》의 원고는 자체로는 출판되지 못하고 분실되었지만, 이후 이본의 문학 살롱에서 만난 장 프레보가 편집부에 있던 월간 문예지 《은선(銀船, Navire d'argent)》과 소설 《남방 우편기(Courrier Sud)》에 실리게 된다.

[1923년 10월, 파리], 비비엔가 22번지

사랑스러운 엄마,

일이 너무 많고, 일 자체도 어리석은 일이다 보니 엄마한테 편지를 쓰지 못했는데, 못내 자책감이 밀려옵니다. 지금 전, 엄마가 주신 작은 램프 아래에서 편지를 쓰고 있습니다. 제가 아끼는 것이에요. 부드러운 램프의 불빛이 저를 비춰주고 있습니다. 너무 슬픈 나머지 엄마까지 고통스럽게 만드는군요.

몸은 좀 좋아지셨나요? 가여운 나의 엄마, 생 모리스에서 봤던 엄마는 무척 자랑스러웠어요. 모든 일을 너무도 멋지게 해결하셨으며, 두 자식들의 행복을 너무도 탄탄히 구축해주셨습니다. 말로 표현할 줄은 몰랐지만, 전 엄마를 너무도 사랑합니다. 요즘 전 한심스럽게도 시름에 젖어 꼼짝을 못하고 있습니다. 제가 아이였을 때 해주시던 것처럼 엄마가 저를 위로해줄 수 있고, 제게 닥친 모든 불행을 다 늘어놓을 수 있도록 전적으로 엄마를 믿고 의지하며 제 마음의 고통을 엄마에게 내려놓아야 한다는 건 잘 알고 있습니다. 엄마가 얼마나 엄마의 다 큰 말썽꾸러기 아들을 사랑하는지도 알고 있습니다. 하루하루가 힘든 나날을 보냈으니, 예민

해졌다고 저를 원망하시면 안 돼요. 지금은 다 이겨냈으니까요. 전 다시 씩씩한 놈으로 돌아왔습니다. 파리에 오시면 이 세상 아들들 중 가장 다정다감한 아들이 되어보겠습니다. 제 방에서 지내시면 호텔보다 더 편안하실 거예요. 그리고 저녁에는 엄마를 모시러 가서, 엄마와 저 단둘이서만 오붓하게 저녁 식사를 하면서, 엄마한테 이야기해드리려고 생각해두었던 우스운 이야기들을 들려드릴게요. 그러면 엄마의 마음도 좀 나아지시겠지요. 제게 행복을 줄 사람은 바로 엄마예요. 어떻게 해서 제가 자신을 돌보아야겠다는 마음을 먹었는지 모르겠어요. 모든 것을 해결하는 건 역시 엄마밖에 없습니다. 엄마의 손에 전 모든 것을 맡깁니다. 엄마가 상부에 말씀해주시면 모든 일이 잘 해결될 거예요. 전 지금 아주 어린 아이 같아서, 마냥 엄마 품으로 달려들어 몸을 숨기고 있는 것입니다. 엄마가 원장 신부님을 만나러 오셔서 제가 방과 후에 남아서 벌을 받지 않도록 해주셨던 기억이 나네요, 엄마, 원장 신부님을 만나러 가실 건가요……. 저한테 엄마는 정말 대단한 분이십니다. [……]

엄마, 생 모리스에선 제가 잘 했나요, 오빠 노릇 제대로 잘

했어요? ……전 좀 가슴이 메어 왔습니다. 그러다가 엄마 생각이 나서 눈물이 핑 돌았습니다. 디디의 결혼식은 바로 엄마가 평생을 통해 이룩한 작품의 완성이었습니다. 엄마는 참으로 많은 사람들을 행복하게 해주셨어요.[1]

사랑스러운 엄마, 엄마한테 그 모든 고통을 안겨드린 저를 용서해주세요.

제가 놀랍도록 힘이 불끈 솟게 하는 '연극'을 보여드릴게요. 오늘 저녁 이본이 초대해줘서 보고 오는 길인데, 피에르 앙의 〈무엇보다 가정이죠〉라는 작품이에요. 엄마도 좋아하실 겁니다.

안녕, 엄마. 저를 축복해주시고, 많이 사랑해주세요.

앙투안

1. 1923년 10월 11일 치러진 앙투안의 동생 가브리엘과 피에르 나세의 결혼식을 의미한다-원주.

비비엔가의 정경.
현재는 프랑스의 통신사 AFP(Agence France Press) 건물이 들어서 있다.

[1924년, 파리], 프티가 12번지

사랑스러운 엄마,

보내주신 전신환 고맙게 잘 받았습니다. 지금 제 상황은 너무, 너무, 좋지 않습니다. 이사를 해야 했기 때문인데, 그래서 가정부 아주머니와 관리인, 등등…… 여러 군데 인사도 드려야 하고, 책과 짐, 트렁크 운반비에 설상가상으로 치과의사가 외상을 해주려 하지 않아 당장 3백 프랑을 줘야 합니다. 걱정이 돼서 눈앞이 캄캄합니다. 디슈를 보러 가는 건 너무 힘들 것 같아요.

가능한 돌파구가 하나 있기는 한데, 신문사 일을 하는 것입니다. 하지만 취재할 시간이 없으니, 원……. 게다가 제가 아는 녀석이라곤 《아침의 정보》에 기사를 실어줄 수 있는 친구 정도가 고작입니다.

어쩌면 올 봄, 아니면 겨울에 중국으로 갈지도 모릅니다. 그곳은 지금 조종사들이 필요하다니까, 아마 비행학교를 맡을 수도 있을 겁니다. 그런 자리는 보수도 아주 좋을 거예요. 전 지금 제가 할 수 있는 모든 일을 다 하고 있습니다.

갈수록 제 사무실[1]은 쓸쓸해져가고 우울증은 징그럽게도 오래 갑니다. 그것도 제가 여행을 떠나고 싶은 이유 중 하나예요.

아나이스 고모는 생 모리스에 계실 테지요. 고모는 정말 귀여우세요. 엄마, 언제 생 모리스로 돌아가실 생각이세요? 엄마 보러 생 모리스로 가서 편안하게 지냈으면 정말 좋겠는데. 중국으로 떠나게 되면 아마 한 달 정도는 자유롭게 지낼 수 있을지도 모릅니다.

날씨가 스산해요. 그래도 전 일요일에 오를리 공항에서 비행기 조종을 할 수 있었습니다.[2] 정말로 아름다운 비행이었습니다. 엄마, 전 이 일을 너무 사랑합니다. 비행기 엔진과 단 둘이 마주보며 4천 미터 상공에 있는 그 고요함, 그 고독함을 엄마는 상상도 못하실 겁니다. 그리고 아래로 내려와 느끼는 현장에서의 멋진 동지애도 말입니다. 비행 차례를 기다리면서 풀밭에 누워 있다 보면 잠이 들곤 합니다. 자신이 기다리는 비행기를 타고 있는 동료를 눈으로 쫓아가면서 두런두런 이야기도 나눕니다. 그때 나누는 이야기들은 하나같이 놀라운 것들뿐입니다. 처음 와보는 작은 마을 부근의 들판에서 비행기가 고장이 났는데, 이를 딱히 여긴 우국충정에 불타는 마을 촌장이 나와 비행사들을 저녁 식사에 초대를 해주었다는 이야기와…… 그리고 동화 속에나 나올 법한 모험 이야기들이지요. 대부분의 이야기가 즉석에서 지어낸 것이지만, 모두들 감탄해 마지않으면서 자신의 순서가 되어 이륙해야 할 때가 오면 이야기 속 공상에 빠져서 자신에게도 그런 일이 일어날 거라는 희망에 넘쳐 있는 것입니다. 하지만 아무 일도 일어나지 않습니다……. 그러면 또 착륙해서 포르투갈산 포도주로 서로를 위로하거나 이런 이야기를 나눕니다. "내 엔진이 과열이 됐지 뭔가, 이 친구야, 무서워서 혼났다구……." 딱한 그의 엔진은 아주 조금 뜨거워져 있었을 뿐인데 말이지요……. 엄마, 제 소설의 절반을 완성했습니다. 정말로 구성이 독창적이고 간결하다고 확신합니다. 사브랑은 제 책에 자극을 받아 꽤 흥분하고 있습니다. 제가 사브랑의 지적 수준을 어마어마하게 향상시키고 있는 것이지요.

제가 프리우[3]와 함께 오순도순 잘 지낼 수 있는 건 그가 세상에서 가장 좋은 성격을 타고난 덕분입니다. 안타깝게도 우린 10월 15일이면 아파트를 비워주고 다른 아파트를 찾아야만 합니다. 두 군데 봐 두었습니다. 임대료가 너무 비싸지 않아야 할 텐데요. (지금 프리우에게 내는 집세는 다행히 아주 적습니다.) 가구와 침대 시트 좀 주실 수 있으세요?

지금 생 모리스에는 누가 있어요? 할머니는 어디 계세요?

엄마, 마음의 키스를 보냅니다. 제가 엄마한테 바라는 건 결국은 좀 쉬시라는 거예요. 밈마 누나에게 제가 편지한다고 전해주세요. 〔……〕

엄마의 효성 지극한 아들

앙투안

1. 1923년 봄 앙투안은 두개골이 골절 되는 첫 비행기 사고로 제대 후, 약혼녀 집안의 반대를 받아들여 공군에 들어가지 않고, 그들이 구해준 한 대기업 SGE(현재의 Vinci)의 자회사인 파리에 있는 부아롱 기와공단의 제조 감독관으로 지내고 있었다.

2. 가장 우울했던 이 시기에 앙투안은 가능한 자주 비행을 하는 것으로 위안을 삼았다.

3. 라바트의 프리우(Pierre Priou) 대위를 말한다.

[1924년 3월, 파리]

사랑스러운 엄마,

다음 달 초가 되면 생 모리스에서 일요일을 지내고 올 수 있을 정도로 돈을 넉넉하게 받을 수 있을지도 모르겠습니다. 그렇게 되면 확실히 저도 힘이 덜 들 테고, 엄마와 비슈 누나, 우리 집을 다시 볼 수 있게 되어 너무 행복할 것 같아요. 엄마의 편지는 너무나도 다정했습니다. 엄마, 오래전부터 제가 제 자신을 잃고 지낸 건 사실입니다. 지난 8개월간 보장된 것이라곤 없는 너무도 불안정한 생활을 보냈습니다. 그렇다고 저를 원망하시진 마세요.

지금은 아주 완벽하게 잘해나가고 있으니까요. 하는 일도 그다지 따분하지 않고, 진행하고 있는 계획도 몇 가지 있습니다. 조금씩 토막토막 쓰고 있는 제 소설을 보더니 루이[1]는 감동해서 입을 다물지 못하는군요.

디디가 편지를 보낼 때가 됐는데요. 아무리 제가 답장을 해주지 않는다 해도, 그건 다른 이유가 있는 게 아니라 아직 해줄 이야기가 많지 않기 때문입니다. 하지만 곧 오겠지요……. 디디는 어떻게 지내나요?

오랜 친구들도 많이 찾아오는 프리우의 집에 있으면 정말 아늑하고 기분이 좋습니다. 이본은, 지금 남프랑스에 간 지 한 달이 되어 갑니다. 곧 돌아올 것 같은데요.

엄마, 그곳에서 너무 무료하게 지내시는 건 아닌가요? 다시 디디 집으로 가셔서 그림도 그리면서 따뜻하게 지내시지 그러세요. 다행히 요즘엔 햇빛이 좀 나서 엄마가 추위에 떠는 일은 없을 수도 있겠군요.

제 외투 값을 내주시겠다구요? 월말에 쓰려고 놔둔 어음이 있는데, 보내라고 할까요? 아무튼 4월 초순에 기대하고 있는 일이 성사되면, 제가 가서 갚아드릴게요. 이제 다시는 엄마를 힘들게 해드리고 싶지 않거든요. 하지만 요즘 전 정말로 형편이 안 좋아서, 지금까지도 돈을 어떻게 내야 할지 고민이었습니다.

사랑하는 엄마에게 키스를 보내며 이만 줄일게요, 엄마.

엄마의 효성스러운 아들

앙투안

1. 루이 드 본비-원주.

[1924년 6월, 파리]

사랑스러운 엄마,

선거는 제가 단단히 벼르고 있던 일이기도 했고, 또 그 주 일요일이 회사 일로 제가 비행기에서 사진을 찍을 수 있는 유일한 날이었습니다. 그래서 그랬던 거예요. 공장을 위한 작은 항공사진 동호회를 만들어보려고 회사가 계획 중인데, 전 그 계획이 이루어지길 바라고 있습니다. 제가 회장직을 맡아 사전 준비도 벌써 해둔 상황이고, 그래서 그런 기회를 놓칠 수가 없었어요.

당분간은 하루 종일 제가 책임을 맡고 있는 파리 전시회의 한 작은 가건물에서 보내게 될 것 같습니다. 친구들이 저를 찾아오고, 근엄하고 품위 있어 보이는 수백 명의 방문객과 의견도 나눕니다. 엄마가 그런 제 모습을 보시면 웃으실 거예요. [……]

자크 외삼촌 내외분은 장남을 배에 태웠습니다. 썩 내키지 않아 하며 갔지만, 그를 위해서는 잘된 일일 거예요. 생각해보면 그런 이등병 생활과 정비공들 및 저를 지지해주던 동료들과 나눈 기분 좋은 동지애보다 더 좋았던 것은 없었으니까요. 애잔한 노래를 부르던 그 영창마저도 전 사랑했습니다.

제 소설은 페이지를 더해 갈수록 점점 원숙해져가고 있습니다. 다음 달 초 정도면 엄마한테 가서 보여드릴 수 있을 것 같아요. 제가 보기에는 대단히 독창적인데, 가장 잘된 대목이라 생각되는 부분을 조금 전에 마쳤습니다.

엄마, 엄마가 제 친구들을 그토록 훌륭하게 맞아주신 것에 전 너무 감격했어요. 더 멋진 말로 감사드리지 못했던 걸 용서해주세요. [……]

제 건강상태는 양호하며 곁에는 제가 좋아하는 친구들이 있습니다. 그런 친구들이 있는 걸 보면, 전 정말로 하늘의 축복을 받은 것 같습니다. 친구들을 맞이할 수 있고, 집처럼 편안하게 지내면서 함께 정을 나눌 수 있는 아파트가 하나 있으면 정말 좋겠어요. 엄마, 전 제 집처럼 편안하게 있지 못하는, 이런 곰팡내 나는 방에서 지낼 수가 없습니다.

날씨가 너무 더운 것도 곤욕입니다. 엄만 어떻게 햇볕을 사랑할 수가 있으세요? 엄마, 여기선 모두들 땀에 흠뻑 젖어 있는데, 끔찍합니다.

낙천적이고 포동포동한 아나이스 고모는 매주 수요일마

다 저와 함께 점심 식사를 합니다. 우린 파리의 식당들을 두루 돌아다닙니다. 제가 작은 클럽에 모시고 가면 고모는 행복해합니다. 우린 정치와 문학, 사교계 이야기들을 나눕니다. 누가 그런 우리 모습을 보면 연인 사이라고 생각할 거예요. [……]

전 이렇게 지내고 있습니다, 엄마. 또 한 가지, 엄마에게 말씀드리고 싶은 게 있습니다. 요전에 갔을 때 새삼 느꼈어요, 생 모리스가 멋지다는 사실을요. 그래서 빨리 다시 가보고 싶어집니다. 우리 집 따님 디디 부인과 같은 시기에 휴가를 내보도록 하겠습니다. 엄마, 체리도 커다란 상자로 하나 보내주시면 정말 좋을 텐데, 가능할까요? 그래주시면 너무 기쁠 것 같아요! 엄마, 제 친구들을 있는 그대로 받아들여주신 것에 대해, 친구들이 무척 감동하고 있어요.

마음으로 포근히 안아드릴게요.

제가 많이 사랑해요, 엄마.

앙투안

[1924년], 파리, 오르나노가 70의 2번지

사랑스러운 엄마,

[……] 전 지금 오르나노가 70의 2번지에 있는 작고 어두운 호텔에서 우울하게 지내고 있습니다. 즐거운 일이라곤 잊은 지 오래에요. 설상가상으로 날씨까지 을씨년스럽고. 이 모든 상황이 정말 침울해지겠지요, 만일…….

제가 오랫동안 편지를 보내지 못한 건 엄마한테 알려드릴 멋진 소식이 생기기만 기대하고 있었기 때문인데, 해결된 것이 아무것도 없어서 엄마한테 헛된 희망에 대한 이야기를 쓰고 싶지가 않았습니다. 하지만 지금은 상황이 '거의 확실해진' 것 같습니다. 엄마가 너무 기뻐하실 것 같네요.

새로운 일자리를 생각 중입니다. 자동차 회사인데,

1. 기본급: 연간 만 2천,

2. 수당: 약 연간 2만 5천을 받게 됩니다.

그러니까 연봉이 3만 프랑에서 4만 프랑이 되고, 거기에 제가 쓸 소형 자동차도 한 대 나오니까, 엄마와 모노 누나도 태우고 다닐 거예요. 하지만 다음 주까지는 완전히 확신할 수 없기 때문에, 확정이 되면 금요일쯤 엄마한테 가서 일주일가량 지내고 올 예정입니다. 그 일은 외근직이라 사무실에 매여 있지 않아도 될 겁니다. 1년 만에 처음으로 맛보는 즐거움이 되겠군요. 전 하늘을 나는 것처럼 기쁠 것 같습니다. 엄마도 그러실 거예요.

그런데 지금 있는 호텔이 너무 싫어서, 앞으로도 여기서 어떻게 살아야 할지 모르겠습니다.

그 직장의 유일한 문제점은 모든 부서의 일을 훤히 꿸 수 있도록, 공장에서 직공으로서 두 달간 수습기간을 거쳐야 한다는 것입니다. 그 수습기간이 유급인지는 아직 모르겠습니다. 그래도, 그러고 나면 전 뚱뚱하고 부유한 신사가 되는 겁니다.

어제는 프리우와 함께, 결혼해서 프랑스의 에네시 대사부인이 된 마이유의 집에서 저녁시간을 보냈습니다……. 그녀는 수많은 고관들 앞에서 저를 이런 직함으로 소개해주었습니다. "……이 시대의 가장 뛰어난 문학가랍니다!"

시몬 누나는 언제 온대요? 누나가 너무 그립군요. 올 겨울엔 제가 작고 멋진 자동차로 드라이브 시켜줄 거라고 전해주세요……. 그리고 아파트를 구하면 저녁 식사에 초대할 거라는 말도요(더 이상 프리우의 아파트에 살지 못해서 유감입니다).

엄마, 그 일이 잘될 것 같아 희망에 부풀어 있는데, 일의 진행 상황에 대해서는 수요일에 편지로 알려드릴게요. 그리고 갈 수 있으면, 그때 '제가' 엄마 계신 곳으로 가겠지만, 그렇지 않으면 엄마가 파리에 들르시겠어요?

사랑하는 엄마에게 마음을 담은 키스를 보냅니다.

앙투안

단언하는데, 아무튼 저도 조금은 행복할 자격이 분명 있을 겁니다!

호텔 티타니아.
당시 앙투안이 묵었던 호텔. 몽마르트르와 가까운 이 호텔은 현재
'이비스 오르나노 몽마르트르 노르'로 이름이 바뀌었다.

[1924년], 파리, 오르나노가 70의 2번지

사랑스러운 엄마,

저 지금 기분이 너무 좋아요. 아주 좋은 일자리가 곧 생길 것 같습니다. 제가 담당하고 있는 세 곳의 도(道)(알리에, 쉐르, 크뢰즈)에 관한 자료를 찾아보니 무척 좋은 기록을 보유하고 있으며, 소레 회사에 대한 선호도도 아주 높습니다. 저한테 딱 안성맞춤입니다.[1]

이제 지겹기보다는 지치고 힘들었지만 온전히 일에 몰두할 수는 있었던 수습기간도 거의 끝나가고 있습니다. 내일부터는 마지막 부서(정비부와 영업부)로 이동합니다. 회사 전 직원과 동료 출장판매원들과도 무척 잘 지내는데, 모두들 다 호의적으로 서로서로 도와줍니다. 이젠 먹고 사는 걱정은 안 해도 되겠습니다.

결혼하고 싶은 생각은 조금, 아주 조금은 있지만 누구와 할지는 모르겠습니다. 하지만 이렇게 계속해서 한곳에서 오래 머물지 못하는 생활은 너무 지겹습니다! 더구나 제 안에는 아버지의 사랑이 가득합니다. 나의 아이들, 꼬마 앙투안이 너무 갖고 싶어요…….

여하튼 그럴 만한 아가씨를 만나더라도, 지금이라면 그녀

에게 청혼해도 되는 일자리가 생긴 겁니다. [……]

전 퐁 뇌프처럼 튼튼합니다.[2] 그런 점에서 보면 수습기간이 저에게는 치료법이었던 셈입니다. 2평방미터의 사무실에서 지내는 생활이 저한테는 맞지 않았던 거예요.

사는 즐거움도 생겼습니다. 저한테는 엄마가 상상하실 수 없을 정도로 너무 근사한 친구들이 있거든요. 이 친구들이 요즘은 모두 호감이라는 전염병에 걸려 있습니다. 본비는 저한테 내내 끔벅거리면서 눈짓을 보냅니다. 편지에서 보여준 살레스의 너무도 깊은 우정에 제 마음이 촉촉해집니다. 세고뉴는 천사 같은 친구예요. 소신 남매[3]는 수호천사에, 이본과 마피는 두말할 필요도 없습니다…….

그런데, 엄마, 마피한테 큰일이 생겼습니다. 엄마가 위로의 편지를 써서 보내주셔야겠어요. 얼마 전 7개월 된 어린 딸을 잃었습니다. 마피의 남편이 3개월 일정으로 미국으로 막 떠난 후였는데, 남편을 만나러 미국으로 가던 길에 그런 일이 생기고 말았습니다. 아시겠지만 엄마의 살갑고 꾸밈없는 편지를 보면 마피는 감동을 받을 겁니다. [……] 그녀는 제가 어려움에 처한 순간마다 넘치는 재치를 발휘하여 정말 큰 힘이 되어준 친구입니다. 저를 생각해서 엄마가 그 친구의 힘이 되어주세요.

해군장교가 된 예전 고등학교 친구를 다시 만났는데, 교양이 넘치고, 많은 것을 보고, 이해하고, 판단할 줄 아는 녀석이 되어 있었습니다. 믿고 의지할 수 있는 듬직한 존재로 다가왔습니다. 우린 함께 예술에 관련된 연극이나 전시회도 보러 가고 토론회 등에도 참석했습니다. 너무도 투명한 개념의 소유자인 그 친구는 건전하고 생기가 넘칩니다. 그래서 전 기쁩니다.

시몬 누나는 주님의 섭리 안에서 나날이 성장하고 발전해 가고 있습니다. 시험에서 1등을 했어요.[4] 하지만 시험은 누나 혼자 치른 것이 아니었습니다. 그런데도 누나는 정오가 되어서야 일어납니다.

밈마 누나의 건강이 좋아졌다니까 너무 기뻐요. 제 소설[5]과 누나의 소설[6]은 제 수습기간이 끝나 어서 타이핑되기만을 기다리고 있는 중입니다. 하루에 13시간 근무만으로도 버거워서 손도 못 대고 있었는데, 하지만 곧 끝난다고 누나에게 전해주세요. [……]

이만 줄일게요, 엄마, 자정이 다 됐습니다. 6시에 일어나야 하거든요. 마음으로 포근히 안아드릴게요.

앙투안

1. 앙투안은 소레 화물자동차회사의 출장판매원 자리를 제안받았다-원주.

2. '새로운 다리'라는 이름과 달리 파리 센 강의 다리 중 가장 오래 된 다리임에도 불구하고 아직도 아무런 훼손도 입지 않은 채 온전히 남아 있다.

3. 앙리 드 소신(Henry de Saussine)과 르네 드 소신(Renée de Saussine)으로, 앙투안의 고등학교 시절 친구들이다.

4. 시몬은 소르본 대학교 내 고등문헌학교에 다니고 있었다.

5. 《비행사》(1926).

6. 《비슈의 친구들》. 꽃과 동물들에 대한 이야기의 모음집으로, 1927년 그녀의 사후 기부금으로 리옹의 서점 라르당셰에서 출판되었다.

[1924년, 파리], 오르나노가 70의 2번지

사랑스러운 엄마,

진심으로 고맙습니다, 엄마는 정말 귀여우세요. 엄마가 보내주신 설탕에 절인 과일에는 햇빛이 가득해요. 엄마가 뜨시는 양말을 본 적은 없지만 색이 선명한 양말을 좋아하시니까……, 그런데 벌써부터 제가 떨리는 건 왜일까요…….

좀 지쳐서 녹초가 되긴 해도 전 개미처럼 열심히 일합니다. 막연하기만 했던 화물자동차에 대한 전반적인 개념이 명확해지고 있습니다. 머지않아 저 혼자서 차 한 대를 해체할 수 있게 될 것 같습니다.

너무 사랑스러운 우리 엄마, 제가 성공하면 파리에 와서 저하고 사시는 건 어떠세요? 지금 제 방은 하도 음산해서 와이셔츠 깃을 풀고 구두를 벗을 엄두가 나지 않을 정도예요…….

잠시 소설 쓰는 걸 쉬고 있지만, 매 순간 관찰을 게을리하지 않은 덕분에 내적으로는 상당히 성장했습니다. 모두 다 제 머릿속에 간직하고 있어요.

드디어 한 달 후, 아니 그 전에라도 전 여유 있고 활동적인 생활을 하게 됩니다. (그러고 보면 현재의 제 생활은 심심할 틈조차 없군요.)

전 제 일이 될 자동차에 전념해야 합니다. 전에 엄마가 권해주신 대로 지금 바로 리옹 은행에 제 구좌를 하나 개설해 주시겠어요? 그런데 엄마, 제가 생 모리스에서는 만 프랑이라고 생각하고 의논드리긴 했는데, 너무 빠듯하게 계산을 했네요. 보험(제 자동차보험)도 들어야 하고, 야회복과 외투만 빼면 지금 입고 다니는 양복들은 전부 제대했을 때부터 입던 것들이라, 양복도 몇 벌 맞추어야 될 것 같습니다. 게다가 제 첫 달 출장 경비도 월말에나 받게 됩니다. 그리고 아마 제가 살 곳도 '필요하지 않을까요'?

하지만 엄마가 우리한테 빚을 지신 건 아니니까 보내고 싶으신 만큼만 보내주세요. 아침에 늦잠을 자면 시렌까지 택시비로 돈이 다 나갈 테니 빠를수록 더 경제적이긴 하겠지요.[2]

엄마, 언젠가는 제가 엄마에게 도움이 될 수 있는 날이 와서, 그래서 이 모든 것 중 조금이나마 갚을 수 있다면 더 이상 바랄 게 없을 것 같습니다. 조금만 더 저를 믿어주세요. 전 흑인 노예처럼 일하고 있으니까요.

사랑하는 엄마, 마음으로 안아드릴게요.

엄마의 효자

앙투안

주의사항.

제 주소를 유심히 보셔야 합니다(70의 2번지예요). [……]

1. 앙투안의 작품 중 처음으로 출판된 《비행사》로, 1926년 아드리엔 모니에의 후원으로 《은선》에 실렸다-원주.

2. 앙투안이 근무하는 공장은 시렌에 있었다-원주.

[1924년, 파리]

[……] 이본이 차로 퐁텐블로에 데려다주었습니다. 참 기분 좋은 드라이브였어요. 저녁 식사는 세고뉴 집에서 했습니다.

…… X는 모로코로 다시 떠났습니다. 그가 보내온 편지는 저에게서 받은 훈련의 결실로서 다음과 같습니다.

자네가 나한테 했던 모든 이야기들을 잘 알아들었네. 내가 막연하게 생각하고 있었던 부분을 가르쳐준 것과 나를 깨우쳐준 것도 말일세. 자넨 생각할 줄 알고, 그리고 자신의 생각을 명백하고 꾸밈없이 표현하는 방법을 알고 있으니까……

자네가 내게 베풀어준 고마운 행동과 자네 덕분에 내가 발전한 걸 생각해 보면서 난……

요전에 몇 번이고 반복해서 자네에게 말하면서도, 난 나 자신의 수준을 높이고 자네가 구상하는 세상을 볼 수 있으려면, 내가 이루어내야 할 공부가 얼마나 많은지 깨달았다네……

자네가 이루어낸 단련과 성과 모두를 보며 내가 얼마나 감탄을 금할 수 없는지, 자네가 알기나 할지…….

그를 바깥세상과 관계를 맺게 함으로써, 전 정말 아주 조금 사람 같은 사람이 되었습니다. 사고의 훈련에 관한 저의 소신이 성공을 거둔 것이 무척 자랑스럽습니다. 사람들은 사고를 제외한 모든 것을 단련시킵니다. 글을 쓰고, 노래하고, 말을 잘하고, 감동하는 법까지도 배웁니다. 그리고 사람들은 말에 따라 움직이는데, 말은 감성까지도 속입니다. 하지만 전 책에서 얻은 이론만을 따르는 그가 아니라, 인간적인 그를 보고 싶습니다. [……]

전 사람들이 말을 하거나 글을 쓸 때, 억지로 추론을 이끌어내기 위해 지체 없이 모든 사고를 포기한다는 사실에 주목했습니다. 그들은 말을 마치 반드시 진실이 나오게 되어 있는 계산기처럼 사용하고 있습니다. 어리석은 일입니다. 유추하는 법을 배울 것이 아니라, 유추하지 않는 법을 배워야만 합니다. 무언가를 이해하려고, 말을 이어 나가는 단계를 거쳐야 할 필요가 없습니다. 그렇게 하면 오히려 말이 모든 것을 왜곡해버리게 됩니다. 왜냐하면 사람들은 말을 신임하기 때문입니다.

이젠 분명해진 저의 모든 교육자적인 자질을 바탕으로 해서 책을 쓸 생각입니다. 한 친구가 잠에서 깨어나면서 경험하는 내면의 드라마입니다. 발단 부분의 허물 벗기는 과정은 적나라할 필요가 있습니다. 우선 주인공의 제자를 벌거벗겨, X처럼 자신이 아무것도 아니라는 사실을 그 제자에게 입증해 보여야만 합니다.

장난삼아 글을 쓰고, 효과나 모색하는 사람들이 저는 몹시 싫습니다. 자신이 말하고자 하는 이야기가 있어야만 합니다.

그래서 전 우선 X에게 그가 늘어놓는 말들은 부자연스럽고 아무 의미가 없다는 점과, 그런 오류는 좀처럼 고쳐지지 않는 것으로, 그건 훈련이 부족해서가 아니라 모든 것의 근본이 되는 세상을 보는 눈에 본질적인 오류가 있는 것이기 때문에, 글을 쓰기 이전에 단순히 어투가 아니라 그 자신을 송두리째—지혜와 사고방식까지—재교육해야 한다고 알려주었습니다.

처음엔 자신에 대한 혐오감으로 시작이 되었지만, 그건 제가 거쳐온 올바른 정신건강 관리법입니다. 결국 그는 세상을 다르게 보고 다르게 이해할 수도 있다는 사실을 깨닫게 되었고, 지금 그는 대단한 사람이 되어 있습니다. 그가 저한테 고마움을 전했는데 듣기 좋았습니다…….

이만 줄여야 할 시간이에요.

사랑하는 엄마에게 마음의 키스를 보냅니다.

엄마의 효성스러운 아들

앙투안

[1924년 여름, 파리]

우리 가여운 엄마,

디디가 보내온 편지를 보고 불안해서 어쩔 줄을 모르겠어요. 그렇게 심하리라고는 꿈에도 생각하지 못했는데, 제가 갈까요? 전 토요일에 출발할 수 있습니다. 그러지 않아도 지금 하는 일을 그만두고 보험회사 친구 집으로 다시 들어갈 작정이라, 며칠 동안 리옹에 가서 일할 준비를 해야 되거든요.

무슨 병이길래 그렇게 갑자기 발병한 거예요?[1]

제가 가길 원하신다면 쪽지만 보내주세요. 비슈 누나의 카멜레온은 직접 갖고 가지 못하더라도 어떻게든 제가 누나한테 보내주겠습니다.

이만 줄입니다, 엄마. 마음으로 엄마와 밈마 누나, 디디, 시몬 누나를 안아드려요. [……]

앙투안

1. 앙투안의 첫째 누나 마리 마들렌은 이로부터 2년 후 결핵으로 요양원에서 사망하게 된다-원주.

[1924년 여름, 파리]

사랑스러운 엄마,

엄마의 편지를 받으니 조금 마음이 놓입니다. 그러지 않아도 저녁에 시몬 누나가 전화로 나쁜 소식을 알려줘서 엄마한테 전보를 보내려던 참이었어요. 그래도 지금은 좀 불안이 가시네요, 다행입니다.

가여운 엄마, 언제쯤 좀 쉬러 가실 생각이세요? 며칠 정도 아게에 가시거나 여기로 오실 생각은 없으세요? 아주 좋은 날씨는 아니지만 그래도요.

지금 전 사무실에서 편지를 쓰고 있습니다. 앞으로 제가 맡을 고객들의 자료를 면밀히 검토하고 있는 중입니다. 이번 달에 몽뤼송[1]과 오베르뉴 지방의 나머지 도시들로 출장을 떠납니다. 일이 잘되었으면 좋겠어요. 우리 공장은 멋진 곳인 것 같아, 이제 엄마가 좀 안정을 되찾고 밈마 누나가 나아졌다는 소식까지 들으면 전 더할 수 없이 행복할 겁니다. 하지만 그토록 걱정하고 계실 엄마 생각을 하면 마음이 너무 애잔해요. [……]

일요일에 오를리에 가서 조종을 했습니다(그 이후로 한쪽 귀가 거의 들리지 않습니다. 그래도 나아지기 시작했어요).

제가 돈을 많이 벌면 소형 비행기를 한 대 사서 생 라파엘에 계시는 엄마한테 갈 계획입니다.

어제저녁에는 자크 외삼촌댁에서 식사를 했어요. [……] 외삼촌 가족들은 세상에서 가장 마음씨 좋은 분들입니다. 거기서 한 러시아 여자가 저한테 카드 점을 쳐주었는데, 제가 앞으로 일주일 내에 알게 될 한 젊은 미망인과 곧 결혼할 거라고 예언했습니다. 지금도 몹시 당황스럽군요!

사랑스러운 엄마, 다시 편지 드릴게요. 사랑하는 엄마와 밈마 누나에게 마음의 키스를 보냅니다.

엄마의 효성 지극한 아들

앙투안

[1925년, 파리]

사랑스러운 엄마,

새해는 엄마가 하느님께 투정부리지 않아도 되는 좀 행복한 한 해가 되길 기원합니다! [……]

남프랑스에서 디디와 밈마 누나, 특히 엄마를 보게 되면 전 너무 반가워서 어쩔 줄 모를 것 같습니다. 그런데 한편으로 생각해보면, 250프랑의 방세를 내고, 50프랑의 빚을 갚아야 하는 상황에서 1월 1일에 그곳으로 간다는 것은 어리석은 일입니다. 그렇게 되면 제 호주머니엔 50프랑밖에 남지 않습니다. 엄마, 딱 잘라 말씀드리면 이번 한 번만은 이성적인 사람이 되어 많은 희생을 감수하겠습니다. 엄마가 이렇게 힘들어하시니까 양심에 가책은 느끼지만, 적어도 엄마한테 이번 경비를 부담드리지 않을 수는 있잖아요.

우울할 따름입니다. 막상 여기 있어야겠다는 결심을 하고 나면 더 우울해질 걸 아니까 아직 결정을 내릴 엄두가 나지 않습니다. 그래도, 엄마, 제가 가면 돌아오는 날에 엄마한테 또 돈을 달라고 해야 할 테지만, 엄마가 보내주신 돈으로 방세를 조금 충당한다 해도 정말로 전 목구멍이 포도청입니다! 더구나 엄마한테 돈을 달라고 하는 것도 너무 싫습니다.

엄마, 전 이렇게 자립하지 못하는 제 처지가 진저리가 납니다. 그래서 저의 유일한 즐거움을 위해, 그리고 이틀을 가족들과 함께 있기 위해 350프랑을 쓴다는 것이 마냥 좋지만은 않다고 생각하는 것입니다.

마음으로 포근히 안아드릴게요.

엄마의 효성스러운 아들
앙투안

1. 소레 화물자동차 판매 대리점이 있는 곳-원주.

[1925년, 파리]

그리운 내 동생 디디,

사진 고맙다. 오늘 아침 시몬 누나가 갖다 주었어. 누나가 꾸며준 덕분에 내 호텔 방이 좀 화사해졌다. 나중에 나도 너한테 이런 선물을 해줄 수 있으면 좋겠어. 나도 결혼해서 네 아기와 똑같이 사랑스러운 아이들을 갖고 싶은 마음이 조금은 있다. 하지만 나 혼자서는 안 되는 일이고, 여태까지 난 여자라곤 내 마음에 들었던 단 한 사람의 여인 외엔 알지 못했다.

난 지금 일하는 공장에 아주 만족하고 있고 공장 사람들도 내가 일하는 것에 대해 아주 만족하고 있다. 트럭 몇 대를 팔게 되면 올여름에 차로 아게에 가서 며칠 지낼 생각이야. 오빠가 남프랑스에서 드라이브 시켜줄게. 첫 차로 시트로앵을 타게 될 건데, 첫 계약에서 번 돈으로 더 빠른 차로 맞바꿀 생각이다. 비행기에 대한 나의 미련을 달래줄지도 모르니까.

또다시 작은 아파트에 대한 희망으로 부풀어 있다. 그렇게 되면 넌 파리로 네 남편과 아들을 데리고 와서 며칠 지내다 가지 않으면 안 돼. [……]

좀 더 자주 편지 쓰지 못한 걸 용서해줘야 해. 그 정도로 네가 너무 멀리 떨어져 있는 거야. 난 네가 사는 집도, 네가 어떤 생활을 하는지도, 네 아들의 얼굴도 몰라(좀 전에 사진으로 보았을 뿐이지). 2년 동안 너를 고작 일주일 본 게 다였다. [……]

그래서 확실히 예전처럼 가깝게 느껴지지가 않아. 하지만 난 그래도 진심으로 너를 사랑하고 있다.

시몬 누나는 네 아들과 사랑에 빠져서 돌아왔단다. 난 상대가 아직 너무 어리며 이모와 조카 사이는 부적절한 관계라고 반대하고 나섰지. [……]

시몬 누나는 지금 중세의 필사본을 보는 재미에 흠뻑 빠져 있어. 마치 흑인 노예처럼 공부하고 있단다. 그 꼬마 아가씨는 언제나 똑같아.

내 이야기를 하자면, 이번 주에 동료가 담당하고 있는 지방 업무를 파악하기 위해서 북프랑스로 2주 일정으로 출장 갈 예정이다. 하루에 차로 150킬로미터를 달리게 될 거다. 그래도 시거운 줄 모를 것 같다.

요즘 난 달관한 생활을 하고 있다. 가급적 많은 친구들을

[……] 만나려하고 있어. 매력적인 친구도 있어서 위안이 된다.

그리고 아주 예쁘고, 아주 현명하며, 매력이 넘치고, 밝고, 사람의 마음을 편안하게 해주고, 믿음이 가고 등등…… 그런 좀 자그마한 아가씨라면 만나볼 생각으로 기다리고 있는데, 그런 식이라면 아마 평생 찾아도 없을 거다.

그리고 이름이 콜레트인 아가씨들, 폴레트인 아가씨들, 시지들, 데이지들, 갸비들에게 천편일률적으로 한번 마음에 들어보려고 애쓰고는 있는데, 두 시간이 지나면 따분한 얼굴을 하고 있단다. 대기실에 앉아 있는 것 같아.

이상이다…….

다시 편지하마, 디슈. 마음으로 안아줄게.

너의 오빠

앙투안

[1925년], 몽뤼송(알리에 도), 우체국 유치우편

사랑스러운 엄마,

지금 제가 와 있는 이곳은 몽뤼송이라는 온화한 도시입니다. 여기 와서 알게 된 사실은, 저녁 9시만 되면 온 마을이 잠들어버린다는 것입니다. 내일부터 일이 시작되는데, 다소 막힐 때도 있겠지만, 그래도 일이 잘 풀리면 좋겠어요.

디디에게 보낸 편지 때문에 저를 너무 원망하지 마세요. 제가 끝도 없이 낙담해 있던 상태에서 쓴 편지였습니다. 엄마가 저한테 말씀하신 아가씨들에 대한 이야기를 하자면, 저게는 모두들 친구 같을 뿐입니다. 그들 중 누군가에게서 제가 찾고 있던 점을 발견하지 못한다고 해서 괴로울 건 없습니다. 제가 그렇게 관심 있어 했던 정신구조도, 결국 밝혀내기 쉬운 하나의 기계장치에 불과하다는 사실을 깨닫고 나서부터는 실망하는 일을 예사로 여기고 있으니까요. 그저 염증을 느낄 뿐입니다. 그래서 그런 사람이 원망스럽습니다. 전 많은 것들과 많은 사람들을 지우고 있는 중인데, 더 이상을 요구하시면 저로서는 버틸 수가 없습니다.

지금 이 작은 시골 호텔의 작은 로비에 앉아 있는 제 앞에 선, 멋지고 잘생기긴 했지만 미련하고 바보 같아 보이는 한 남자가 거드름을 피우며 이야기를 하고 있습니다. 제 생각에 지방의 한 작은 성의 주인일 것 같아요. 어리석고 아무 쓸모도 없는 말로 떠들고 있습니다. 전 저런 사람들을 눈 뜨고 봐줄 수가 없습니다. 만일 제가 결혼하고 나서 제 아내가 저런 계층의 사람들을 좋아한다는 사실을 알게 된다면, 전 이 세상 남자들 중에서 가장 불행한 남자가 될 겁니다. 제 아내는 생각을 할 줄 아는 사람들만 좋아해야 합니다. 제가 Y회사를 그만두는 일이 완전히 불가능하게 되었습니다. 입이 떨어지질 않습니다. 결국 심한 이야기를 듣게 생겼습니다.

제가 X에 대해 말씀드린 것이 엄마를 너무 슬프게 만들었다면 어쩌죠. 전 거짓된 소양과 간사하게 위장된 감정으로 있는 대로 변명거리를 모색하는 그런 버릇을, 실제로는 자양분이 되는 어떠한 호기심도 없는 감성에서 나오는 그의 모든 상투적인 생각들을 높이 평가할 수 없습니다. 그는 오로지 충격을 주거나 도식화될 수 있는 책이나 견해만을 기억할 따름이에요. 가면무도회에서 근위기병 옷차림을 해야 기사다운 감정을 느끼는 그런 사람들을 저는 좋아하지 않습니다. [……]

엄마, 제게는 그런 사람들보다 저를 훨씬 더 잘 이해하고, 저를 정말 좋아하고, 저도 그들에 대해 똑같이 좋아하는 감정을 갖고 있는 친구들이 있습니다. 그것이야말로 제가 상당한 가치가 있다는 사실을 말해주는 증거입니다. 전 언제까지나 가족들한테는 경박하고 수다스럽고 놀기 좋아하는 녀석이지만, 지금의 전 놀고 있을 때조차 배울 점이 있는 것만 찾아다니고 있고, 나이트클럽에 사는 기생충 같은 인간들을 봐주지 못합니다. 아무 도움도 안 되는 대화가 지긋지긋해서 입을 여는 일도 거의 없습니다. 그들의 잘못을 환기시키려고도 하지 않는 저를 내버려두세요. 아무 소용없는 일입니다.

지금의 전 그런 일을 허용했던 예전의 저와는 아주 다른 사람이 되었습니다. 엄마가 그 점을 알아주시고, 조금 존중해주시는 것만으로도 전 족합니다. 엄마는 제가 디디에게 보낸 편지를 잘못된 시각으로 보신 겁니다. 전 권태로웠던 것이지 파렴치했던 것이 아니에요. 피곤한 날은 저녁 무렵이면 그렇게 됩니다. 매일 저녁, 전 제가 그날 하루 했던 일들을 종합적으로 검토합니다. 스스로를 훈련시키는 데 아무런 성과를 거두지 못했다면, 전 저의 하루를 헛되이 보내게 한 사람들과 제가 믿을 수 있었던 사람들에게 심술을 부립니다.

제가 거의 편지를 보내지 않았다고 해서 원망하지 마세요. 일상생활이 너무 대수로울 게 없고 정말이지 그날이 그날 같습니다. 내면생활에 대해서는 말씀드리기가 어려운데, 수줍음 같은 것이 느껴져서 굳이 말씀을 드리자면 너무 꾸미게 되기 때문입니다. 엄마는 그것이 저한테 얼마나 중요한 단 하나의 의미를 갖는 것인지 상상도 하지 못하실 겁니다. 내면생활이 저의 모든 가치관을, 심지어는 타인에 대한 제 판단까지도 바꾸어놓습니다. 만일 그것이 값싼 연민에 불과하다면 그 친구가 '좋은' 녀석이라 하더라도 저한테는 매한가지에요. 제가 생각하고, 보는 것에 대한 양심적이며 신중한 결과물인 제 글 속에서, 있는 그대로의 저를 찾아야만 합니다. 그래서 전 제 방이나 술집에서 고요함 속에 파묻혀 있습니다. 그러다 보면 제 자신과 제대로 마주 보게 되고, 관례적인 문구나 허구의 속임수를 쓰지 않고 전력을 기울여 제 생각을 표현할 수 있게 되는 것입니다. 그러면 전 제 자신이 정직하고 양심적이라는 느낌이 듭니다. 강한 인상을 남길 의도로 쓴 글과 상상을 조작하기 위해 시각을 왜곡하는 글은 차마 봐줄 수가 없습니다. 엄마를 짜증나게 하는 카페 콩세르[1]의 멜로디처럼 마음을 너무 쉽게 즐겁게 해주어서 제가 좋아했던 많은 곡조들을, 전 실제로는 경멸합니다. 사실 저한테 더 이상 새해 첫날이나 명절에 상투적인 연하장 같은 것을 써보내라고 하시면 안 됩니다.

엄마, 사실 전 오히려 제 자신에게 엄격합니다. 그러니 다른 사람들의 작품에 대해 제 자신에게서 부정하고 고치려 했던 것을 부정할 권리가 제게는 분명 있는 것입니다. 전 이제 제가 보는 것과 제가 쓰는 글 사이에서 조정을 하게 만드는 생각에 대해 멋을 부릴 마음이 조금도 없습니다. 어떻게 제가 목욕을 했다거나…… 아니면 자크 외삼촌 댁에서 저녁 식사를 했다는 식으로 곧이곧대로 글을 쓸 수가 있겠습니까. 그런 관점에서 보면 전 아주 냉담한 사람입니다.

전 엄마를 마음속 깊이 정말로 사랑하고 있습니다. 쉽게 밖으로 드러내지 않는, 너무 내성적인 저를 용서해주세요. 전 있는 힘을 다하고 있고, 가끔은 그것이 좀 괴롭기도 합니다. 저로부터 진정한 신뢰를 받았다고 말할 수 있는 사람과, 저에 대해 손톱만큼이라도 안다고 말할 수 있는 사람은 정말 얼마 없습니다. 엄마는 진정으로 저의 신뢰를 받았고, Y회사에 열정을 바쳤던, 이 수다스럽고 경박한 저란 녀석의 속마음을 조금은 알고 계셨던 사람입니다. 누구에게나 다 줘버리면 체면이 좀 서지 않잖아요.

마음의 키스를 보냅니다.

앙투안

1. 영어식 표현으로 뮤직홀의 전신이라 할 수 있으며, 극장과는 달리 스크린이 없고, 식사와 음료를 마시면서 음악이나 쇼를 즐길 수 있다.

[1925년, 파리]

사랑스러운 엄마,

파리의 오르나노가 70의 2번지로 돌아왔어요. 오다가 몽뤼송에 다시 들러 저를 기다리고 있는 두 통의 엄마 편지를 찾았습니다. 엄마는 참 근사하고 귀여우세요. 저도 엄마와 같은 아들이 되고 싶습니다.

혼자서 2주일 동안 고즈넉하게 여행을 하던 중, 제 앞으로 온 우체국 유치우편을 챙기러 가면서 엄마가 보낸 편지만큼 저를 기쁘게 한 편지는 없었던 것 같다는 생각을 했습니다. 갈아탈 기차를 기다리는 동안, 한 작은 시골 식당에서 엄마의 편지들을 읽었습니다. 엄마, 제가 얼마나 엄마에게 감탄하는지, 얼마나 엄마를 사랑하는지 말한 적도 거의 없고 잘 표현할 수 있을지도 모르겠지만, 이제 말씀드릴게요. 엄마의 사랑은 너무도 저를 안도하게 만들어서 오랜 시간이 지나야만 비로소 그 사랑을 알 수 있을 것 같아요. 엄마, 저는 매일 조금 더 엄마의 사랑을 알아가야 하며, 우리들을 위해 희생하신 엄마의 삶은 보상받으셔야 합니다. 제가 엄마를 너무 오래도록 고독하게 지내시게 내버려두었어요. 이젠 제가 엄마의 막역한 친구가 되어드리겠습니다.

아주 작은 기차를 타고 지나치면서, 작은 시골 마을이나 사람들이 마니유[1] 카드놀이를 하고 있는 작은 카페들을 수도 없이 보았습니다. 일요일에는 살레스가 몽뤼송으로 저를 보러 왔어요. 얼마나 고마운 친구 녀석입니까! 우린 함께 일주일에 한 번 여는 '댄스홀'에 갔습니다. 군청에 있는 무도회장인데, 아주머니들이 분홍색과 푸른색 옷을 입고 동네 가게 주인 아들들과 춤을 추고 있는 댁의 '따님'들 주변에 진을 치고 있었습니다. 오래전에 콩세르 콜론[2]에서 연주했지만 지금은 몽뤼송에서 묵묵히 일하고 있는 한 훌륭한 바이올리니스트를 알게 되었습니다. 살레스와 저는 그에게 매료되어버렸어요.

사랑하는 사람을 잃은 후 세상을 등지고 시골에서 은거하면서, 아무것도 하지 않고 아무것도 읽지 않는 그런 친구도 알게 되었습니다. 제니에스[3]는 그들에게 자살한 사람들이라는 이름을 붙여주었습니다. 우리와 함께 체스를 둔 후, 그는 우리를 자신의 집으로 데려갔습니다. 너무 엉망진창으로 어질러져 있어 도저히 회복될 것 같지 않은 집이었어요. 그런데 정말 애석하게도 그는 훌륭한 그림을 그리고 있었습니다. 엄마의 그림은 어떻게 되어가나요?

마음으로 안아드릴게요. 엄마. 저 보러 오실 건가요?

앙투안

1. 10을 가장 센 패로 하는 카드놀이.

2. 프랑스의 한 교향악단으로 콜론 오케스트라라고도 한다.

3. 의사로, 그의 조언들이 생텍쥐페리의 문체에 지대한 영향을 주었다-원주.

65

[1925년~1926년 겨울, 파리]

사랑스러운 엄마,

차를 운전하고 왔더니 손가락이 꽁꽁 얼어버렸습니다. 지금은 자정이에요. 모자를 벗어 침대 위에 던져 놓고 나니 고독이 밀려옵니다.

들어오다가 엄마의 쪽지를 발견했습니다. 그 쪽지가 제 말동무가 되어주고 있어요. 엄마, 제가 비록 편지를 쓰지 않아도, 제가 비록 나쁜 놈일지라도, 엄마는 이 세상 그 무엇도 엄마의 애정을 대신할 수 없다고 말씀하고 다니셔도 됩니다. 그런데 이 말은 표현할 수 있는 것인데도 제가 지금까지 표현할 방법을 몰랐던 말입니다. 하지만 이 말은 제 마음속 아주 깊은 곳에 살고 있으며, 아주 확실하며 한결같습니다. 전 아무도 사랑해보지 못했던 것처럼 엄마를 사랑합니다.

에스코와 함께 극장에 갔습니다. 은밀한 연속성[1]이 없는, 트릭 필름을 사용하여 촬영한 시시한 영화였어요. 그리고 저녁에 밀려드는 거리의 인파를 따라잡는 일에도 진저리가 났습니다, 하지만 그건 제가 혼자였기 때문입니다.

자동차가 고장이 나서 임시로 파리에서 지내고 있습니다. 마치 아프리카에서 온 탐험가처럼 잠시 이곳에 와 있는 거예요. 여러 군데 전화를 걸었습니다. 제 우정을 조사하고 있는 중이었지요. 이 친구는 전화를 받았고, 저 친구는 집에 없네요. 친구들의 생활은 계속되고 있고, 전 막 상륙한 상태입니다. 그래서 쓸쓸하게 혼자 지내는 에스코에게 기별을 했고 함께 극장에 갔던 것입니다. 그뿐입니다.

엄마, 제가 여자에게 바라는 건 이런 저의 불안함을 달래주는 것입니다. 저한테 이토록 여자가 필요한 이유는 바로 그 때문입니다. 제 마음이 얼마나 답답한지, 저의 젊음이 얼마나 거추장스러운지 엄마는 알 수 없습니다. 한 여자가 무엇을 줄 수 있는지, 또 무엇을 줄 수 있을지 엄마는 알지 못하십니다.

이 방에 있자니 너무 외롭습니다.

그렇다고 엄마, 제가 가눌 길 없을 정도로 우울증에 빠졌다고는 생각하지 마세요. 문을 열고 모자를 던져 놓고 나면, 손가락들 사이로 빠져 나갔던 지나간 하루가 느껴져서 늘 이러니까요.

만일 매일 편지를 썼더라면 행복했을 겁니다. 무언가가 남아 있을 테니까요.

이런 말을 들을 때 제 입에선 감탄이 절로 나옵니다. "한창 젊을 때야!" 왜냐면 그 정도로 전 제가 어렸으면 좋겠거든요.

하지만 S처럼 행복에 젖어 더 이상 발전하지 않는 사람들은 좋아하지 않습니다. 주변 사람들의 생각을 읽어내려면, 조금은 마음을 졸여야 할 필요가 있습니다. 그래서 전 결혼이 두렵습니다. 그건 여자에 따라 달라지는 문제이기 때문입니다.

지나간 수많은 여자들은 그래도 가능성이 있었습니다. 하지만 그녀들은 손에서 빠져 나가고, 게다가 제가 필요로 하는 여자는 스무 명은 되어야 합니다. 혼자라면 제 요구사항이 너무 많아 질식해버릴 테니까요.

바깥은 꽁꽁 얼어붙었습니다. 쇼윈도 불빛이 강렬합니다. 이런 거리의 느낌을 영화로 만들면 아주 아름다운 영화가 될 것 같아요. 영화 제작자들은 바보들입니다. 보는 눈이 없습니다. 자신들이 다루는 기계조차 제대로 알고 있지 못합니다. 치밀한 느낌을 주기 위해서는 불과 몇 개의 표정과 몇 개의 동작에만 유의하면 되는데, 그들은 그런 합성은 하지 못하고 사진만 찍어대고 있으니 정말 놀라워요.

엄마, 전 일할 용기가 필요합니다. 드릴 말씀이 참 많습니다. 하지만 저녁이 되고 그날 하루 제가 짊어졌던 짐을 내려놓으면, 전 잠이 들어버립니다.

곧 다시 출발합니다. 언제가 될지 모르지만 차도 바꾸게 될 거예요.

마음으로 안아드릴게요. 아직은 졸려서 '비몽사몽'하진 않지만 그래도 미리 저에게 신의 가호를 빌어주세요.

앙투안

1. 활동사신이 극영화로 바뀌어 컷과 컷을 이어 붙인 트릭 필름이 이유새를 감추어 관객이 컷 사이의 불연속성을 의식하지 못하게 한 몽타주로 발전했는데, 오늘날 촬영대본을 콘티(conti)라고 부르는 것이 몽타주의 연속성이 강조된 흔적이다.

[1926년~27년, 겨울], 툴루즈

사랑스러운 엄마,

며칠 안에 모로코로 떠나야 할 텐데 오시지 마세요. 언제든지, 내일이라도 아무 예고도 없이 떠날 수가 있기 때문입니다.

천 프랑을 빌렸지만 선불로 내야 하는 숙비와 비행용품 등으로 나가는 비용이 많습니다. 혹시 엄마가 전신환으로 천 프랑을 보내줄 수 있으시면, 다음 달 말에 갚아드리겠습니다(동절기에는 한 달에 4천 프랑을 받거든요). 형편이 안 되면 되는 대로 보내주세요. 내일이라도 비행기를 탈 수 있기 때문입니다. 5, 6일 후가 될 수도 있지만, 대기하고 있으라는 통지를 미리 받았습니다. 그런데 지금 저한테 남아 있는 백 프랑으로는 모로코에서 난처해질 것 같습니다…….

멋진 시험비행을 했으며, 당분간은 툴루즈에서 비행기를 수용하는 업무를 맡았습니다. 동료들은 매력적이고 재치가 넘칩니다.

내일 많은 이야기를 해드릴게요. 너무 졸리네요. 오늘은 비행이 많았거든요. 이 짧은 편지를 쓰려고 여기서 5분 동안 멈춰 서 있습니다. 돈도 없이 떠나야 한다는 생각에 좀 당황

해서 쩔쩔 매고 있었어요. 이곳에 한 달 동안 있을 거라고 생각하고 있었거든요.

마음으로 안아드립니다.

내일 편지할게요.

앙투안

1. 최근 앙투안은 당시 툴루즈에 본사가 있었던 라테코에르 우편항공회사에 입사했다. 앞으로 그는 툴루즈-다카르 항로를 조종하게 된다-원주.

툴루즈 호텔 그랑 발콩. 정면에 보이는 4층의 아치형 발코니가 있는 객실이 앙투안이 묵었던 방이며, 메르모즈는 20호실에 묵었다.

앙투안의 방 32호실 내부.

[1926년~1927년 겨울], 툴루즈

사랑스러운 엄마,

제가 돈을 부탁드렸던 건 한 푼도 없이떠날 생각에 정말로 난감했기 때문이었어요.

그리고 지금은 오시지 말라고 했던 건, 서로 길이 엇갈려서 만나지 못하는 것만큼 어리석은 일도 없을 것이기 때문입니다.

그렇지만 이젠 2주 후 엄마가 하실 일을 일러드릴게요. 파스텔과 새 캔버스를 챙겨서 툴루즈로 오세요. 두툼한 목도리와 방한용 손 토시도 챙겨오시고요. 여기서 멀리 떨어진 알리칸테라는 스페인의 한 마을로 모시고 갈 생각입니다. (육로로 가면 일주일이 걸립니다). 그곳에선 비행사 숙소에서 지내시거나, 아니면 그와 비슷한 다른 숙소를 마련해드릴게요. 그러면 엄마는 그곳에서 2주 동안 일광욕도 하시고, 바다 위의 예쁜 일몰도 그리고 하시면 될 겁니다. 사흘에 한 번은 엄마와 함께 오후 시간을 보내게 될 텐데, 그런 생활이 지겨워지실 때쯤 다시 프랑스로 모셔다드릴게요. 지금 당장 여권과 스페인 입국 사증부터 발급 받으세요(동사무소에 문의하시면 됩니다).

좀 따분한 것만 제외하면 전 잘 지냅니다.
사랑하는 엄마, 마음으로 안아드릴게요.

앙투안

[1927년], 툴루즈

사랑스러운 엄마,

새벽에 다카르로 출발합니다. 참 행복해요. 아가디르까지는 제가 비행기를 조종해서 가고, 아가디르부터는 다른 사람이 조종하는 비행기를 타게 됩니다. 엄마한테 두 편의 편지를 보냈는데 답장이 없군요. 하지만 엄마가 다카르로 편지를 보내셨을 거라고 기대하고 있습니다. 그렇다면 편지가 저를 맞이해주겠군요.

이번 비행은 5천 킬로미터 정도의 짧은 여정입니다…….

엄마, 엄마 곁을 떠나는 것이 무척 슬퍼요. 하지만 보시다시피 전 제 자리를 확고하게 굳혀나가고 있는 중입니다. 돌아올 때는 결혼할 수 있는 성격이 되어 왔으면 좋겠네요. 여하튼 몇 달 후에는 휴가를 받아 와서, 모처럼 엄마한테 점심 식사도 대접해드릴 수 있을 겁니다.

엄마, 이만 줄일게요. 머리가 몹시 아프기도 하고, 짐을 꾸려야 할 이 모든 상자와 가방들이 제 눈앞에서 더 이상 생각을 하지 못하도록 가로막고 있습니다.

읽어보고 좋은 책이 있으면 몇 권 보내주세요. 요즘 다시 글을 쓰기 시작했는데, N.R.F.로 보낼 거예요.

사랑하는 엄마, 마음으로 포근하게 안아드릴게요.

엄마의 효성 지극한 아들
앙투안

[1927년, 다카르]

사랑스러운 엄마,

저 지금 다카르에 왔어요, 너무 행복한 여행이었습니다. 가까이에서 그 무시무시한 무어인들을 봤어요……. 푸른 옷을 입고 머리가 크고 꼬불꼬불 말린 곱슬머리를 하고 있는데, 그 모습이 꼭 정신 나간 듯해요! 그들은 쥐비에서도, 아가디르에서도, 빌라 시스네로스에서도 가까이서 비행기를 보려고 다가옵니다. 그러고는 거기에서 몇 시간이고 가만히 있습니다.

고장이 나서 박살난 비행기를 사막에 두고 온 걸 제외하면 여행은 잘 끝났습니다. 한 동료가 우리를 찾으러 왔고 우린 온 세상으로부터 고립된 작은 프랑스군 보루에서 잤습니다. 보루를 지휘 통솔하는 하사는 몇 달 동안 백인이라곤 한 사람도 보지 못했다는군요!

이렇게 짧은 편지밖에 보내지 못해서 죄송해요. 우편기가 곧 출발하는데, 그 비행기를 놓치면 다시 일주일을 기다려야 하거든요. 다카르는 꽤나 흉물스럽지만 나머지 항로들은 훌륭합니다.

제가 마음으로 안아드릴게요. 우편기가 있을 때마다 편지 보내드릴게요. 24일이 지나야 항로를 열기 시작하기 때문에, 전 그동안에 동료들과 인사나 나눌 생각입니다.

엄마의 효성스러운 아들
앙투안

[1927년, 다카르]

사랑스러운 엄마,

제가 탈 우편기는 24일부터 출발합니다. 그때까지 전 다카르에서 그런대로 괜찮게 지낼 것 같습니다. 저는 거의 가는 데마다 환영을 받는데요…… 이젠 저한테 춤까지 추라고 합니다! 빠져 나오려다 보니 세네갈까지 오고 말았어요.

날씨는 견딜 만하게 덥지만, 전 프랑스의 추운 날씨가 차라리 낫습니다. 이곳은 그다지 덥지는 않은데도 땀이 삐질삐질 나면서, 옷을 입어야 할지 말아야 할지 종잡을 수 없을 만큼 기온이 이상합니다. 하지만 건강은 더할 나위 없이 좋아요.

한 달 전부터 엄마한테서 아무런 소식이 없네요. 그래도 저는 자주 편지를 드렸는데, 섭섭합니다. 짧은 편지라도 여기서는 대환영인데. 엄마, 그건 엄마를 제가 진심으로 열렬히 사랑하기 때문이에요. 멀리 떨어져 있으면 어떤 말이 저의 진정한 안식처인지 더 잘 알게 됩니다. 엄마의 말 한 마디, 엄마와의 추억 하나가 저의 애수를 달래줍니다. 제 책상 위에는 엄마가 그리신 어두운 파스텔화가 놓여 있습니다. 개암나무 가지 그림인데, 아직 가지라고 하기엔 미처 다 자라지 않았지만, 그림에서 흘러나오는 빛을 전 넋을 잃고 바라봅니다. 옆에는 제게 익숙한 평소 모습대로 약간 고개를 숙인 채 생각에 잠기신 듯한 표정의 엄마 사진도 놓여 있습니다. 그리고 3년 동안 엄마가 보내주신 모든 편지들은 서랍 속에 넣어 두었습니다.

전 계속 편지를 보내고 있습니다. 다만 엄마가 계신 곳의 주소를 몰라서 생 모리스로 배달되게 했습니다. 너무 늦지 않았으면 좋겠지만, 그러지 말고 엄마가 주소를 가르쳐주실래요?

배편으로 보내면 터무니없이 시간이 많이 걸립니다. 저한테 소포를 보내실 때 외에는 "툴루즈, 라테코에르 우편항공회사로 부칠 것"이라고 쓰시면 됩니다. 소포의 경우엔 항공편으로 다카르로 보내주세요. 툴루즈에서 소포도 무료로 배달해 줄지는 저도 모르니까, 우체국에서 배송료부터 알아보세요.

우리 집 식구들과 누이들 소식 좀 알려주세요. [……]

사랑하는 엄마, 마음으로 안아드릴게요.

앙투안

[1927년, 다카르]

사랑스러운 엄마,

상냥한 디디,

친절한 피에르,

이번엔 식구들에게 단체 편지를 보냅니다. 이 세상에 가족들 품만큼 편안한 건 없으니까요. 그래서 온 가족이 다 함께 모여 제 편지를 읽기를 바라면서 이렇게 가족들의 품으로 편지를 보냅니다.

전 세네갈에서 비행기가 고장이 나서 오도 가도 못하고 흑인들 집에서 잤습니다. 그들에게 제가 과일 잼을 주었더니, 그걸 본 흑인들은 감탄을 연발했습니다. 그들은 유럽 사람들도, 과일 잼도 한 번도 본 적이 없었습니다. 돗자리 위에 누워 있자니, 온 동네 사람들이 저를 보러 왔습니다. 제가 묵고 있는 전통가옥 안에서 30명의 사람들이 동시에…… 저를 바라보고 있었습니다.

전 새벽 3시경에 두 사람의 안내인과 함께 휘영청 밝은 달빛 아래 말을 타고 다시 출발했습니다. 제법 '노련한 탐험가' 모양새가 났습니다.

디디와 피에르는 인공 부화기를 하나 준비해야겠습니다. 2주 후에 항공편으로 타조 알들을 보낼 생각입니다. 타조는 아주 귀엽고, 식성도 까다롭지 않습니다. 시계, 은식기, 유리 가루, 자개단추를 잘 먹습니다. 반짝이는 것은 모두 삼키고 봅니다.

엄마, 그 점술 이야기는 또 무슨 이야기예요? 저더러 사하라로 오토바이를 타러 가라는 말씀이세요?[1] 그건 이곳이 어떤 곳인지 전혀 모르고 하시는 말씀입니다. 여긴 불로뉴 숲과는 영 딴판이에요. 점술을 믿는 건 최고로 어리석은 행동입니다. 전 엄마가 그런 말에 동요되는 걸 원하지 않습니다.

책 보내주셔서 고맙습니다.

사랑하는 우리 가족 모두에게 키스를 보냅니다.

앙투안

1. 카드로 점을 치는 여자의 예언을 말한다-원주.

[1927년], 다카르

사랑스러운 엄마,

왠지 엄마가 생 모리스에 계실 것 같단 생각을 했습니다. 엄마가 보고 싶어요. 약간 향수병에 걸리기도 했지만, 대체 언제쯤에나 엄마를 볼 수 있게 될까요?

견딜만 하게 더운 다카르의 기온은 여전하며, 전 잘 지내고 있습니다. 비행은 규칙적으로 계속하고 있는데, 그 순간이 제 생활에서 유일하게 변화무쌍한 순간들입니다. 다카르는 세네갈에서 가장 평범한 곳이기 때문입니다.

어떻게 지내세요? 멋진 가정에, 조카가 있고, 엄마가 계신다는 사실은 참 아늑한 기분이 들게 합니다. 이곳 사람들은 너무 숨이 막힙니다. 아무 생각도 하지 않고, 슬픈 것도 없고, 기쁜 것도 없습니다. 세네갈이 그들에게서 그들 자신을 내쫓아버렸습니다. 그래서 저는 무언가를 생각하고, 기뻐하고, 괴로워하고, 정을 나누는 사람들이 그립습니다.

이곳 사람들의 사고방식은 그 정도로 단조롭고 메말라 있습니다.

포용력이라고는 없는, 정말 기대에 어긋나는 곳이며, 모로코처럼 역사도 없고, 예절도 모르는 어리석은 곳입니다.

세네갈에 대한 꿈에서 깨어나셔야 합니다!

하루 중 단 한 시간도 기분 좋은 순간이 없습니다. 여명도 없고, 황혼도 없어요……. 그저 하루가 답답하고 우울하다가 갑자기 습한 밤이 찾아오는 곳이 바로 이 다카르입니다.

그리고 사교생활이라곤 리옹보다 한술 더 뜨는 캉캉 춤이 고작입니다.

이만 줄입니다. 이 편지를 우편기로 가져가야 해서요.

사랑하는 엄마, 마음으로 안아드릴게요.

엄마의 효성스러운 아들

앙투안

[1927년, 다카르]

사랑스러운 엄마,

엄마한테서 온 짧은 편지를 받았는데, 주소가 적혀 있지 않군요. 대단한 이야기는 해드릴 게 없습니다. 그저 제가 탱탱한 지골로[1]처럼 춤을 춘다는 것과, 이 편지를 내일 쥐비까지 가져갈 사람이 저라는 이야기 정도예요.

다카르는 거의 변함이 없습니다. 확실히 아프리카의 극단에서 막연하게 리옹 교외의 모습을 찾고 말고 할 필요가 없었던 겁니다…….

그렇긴 하지만 쥐비에서 돌아오면 한 동료와 함께 좀 더 다카르 안쪽으로 깊숙이 들어가, 잠시 탐험도 해보고 악어 사냥도 할 수 있었으면 좋겠어요. 아주 재미있을 것 같아요.

저의 가장 큰 위안은 제 일입니다.

전 지금 《N. R. F.》에 실을 대작을 맡아 쓰고 있는 중인데,[2] 글 속에 제 이야기도 조금 뒤얽혀 있습니다. 이 작업이 끝나면 원고를 보내드릴 테니 엄마의 의견을 말씀해주세요.

상상력이 바닥나서 엄마한테 많은 이야기를 해드리진 못하겠네요. 저한테 이곳은 아무 도움도 안 되는 곳입니다. [……] 이젠 제가 멍하니 생각에 잠겨 있는지조차 느끼지 못하겠어요. 그래도 엄마한테는 착실하게 제 소식을 알려 드리고 싶습니다.

사랑하는 엄마, 마음으로 안아드릴게요.

앙투안

1. 창녀 등의 기둥서방, 돈 많은 여성에게 고용되는 직업 댄서.

2. 《남방 우편기》(1929)-원주.

[1927년, 다카르]

사랑스러운 엄마,

제가 이렇게 매주 한 번씩 짧은 편지라도 보내는 이유는 엄마의 마음을 편하게 해드리고 싶기 때문입니다. 전 잘 지내며 행복합니다. 그리고 이토록 엄마를 사랑하는 제 마음도 모두 전해드리고 싶습니다. 엄마, 엄마는 세상에서 가장 다정한, 저의 재산입니다. 그런데 이번 주엔 편지를 보내시지 않아 제 마음이 여간 불안한 게 아닙니다.

가여운 나의 엄마, 엄만 너무 멀리 계세요. 그래서 전 혼자서 고독하실 엄마가 걱정입니다. 엄마가 아게에 계시면 정말 제 마음이 편할 것 같은데요. 돌아갈 때는 제가 꿈꾸어 왔던 그런 아들이 되어드릴 수 있을 것이며, 저녁 식사도 대접해드리고 엄마를 많이 즐겁게 해드릴 수 있을 겁니다. 툴루즈에 오셨을 때에는, 제 자신이 너무 고통스럽고 우울해서 엄마를 위해 아무것도 해드릴 수 없다는 사실이 저를 더욱 침울하고 슬프게 만들었던 터라 살갑게 대해드리질 못했어요.

그래도 엄마, 엄마가 그 누구도 줄 수 없을 온화함으로 제 삶을 가득 채워주셨다는 것을 전 알고 있습니다. 그리고 엄마가, 제가 간직한 추억 중에서 가장 저를 생기 넘치게해주는 추억이라는 것도 알고 있어요. 제 안에 잠들어 있는 저를 가장 많이 일깨워주는 존재라는 것도. 엄마와 관련된 가장 사소한 물건에도 제 심장은 따뜻해집니다. 엄마의 스웨터, 엄마의 장갑, 그 물건들이 보호해주는 건 바로 제 심장이니까요.

제가 멋진 생활을 하고 있다는 사실도 잘 알고 있습니다.

마음으로 포근히 안아드릴게요.

앙투안

1927년, 다카르

사랑스러운 엄마,

이젠 엄마가 남프랑스에 도착하셨기를 기대하면서, 전 엄마 덕분에 무척 행복감에 젖어 있습니다.

마치 이곳에 온 교황이라도 된 것처럼 너무 행복합니다. 제 모습이 순하고 수줍고 상냥하게 나온 작은 사진 한 장을 보내드립니다. 이 사진에선 제가 젊은 처녀처럼 보여요.

다카르는 시골 마을이라 만나는 사람들마다 오늘 저녁 제가…… (엄마와) 약혼했다는 사실을 알려주네요.

그 사실을 모르고 있었던 건 오로지 엄마와 저뿐이었던 모양입니다. 하지만 그런 오해를 할 만도 한 것이, 이곳에선 애인이 아닌 남자와 함께 외출할 수도, 약혼녀가 아닌 처녀와 함께 외출할 수도 없기 때문입니다. 좀 성가신 일이지요.

보내신 소포가 왔다는 통고를 받아서 내일 찾으러 갈 생각입니다. 엄마는 정말 사랑스러우세요. 소포를 열어보기도 전에 편지를 쓰는 이유는 우편기가 내일 출발하기 때문입니다.

사랑하는 엄마, 마음으로 안아드릴게요.

앙투안

추신.

아무도 저한테 편지를 보내주지 않아요!

76

[1927년], 포르-테티엔

사랑스러운 엄마,

전 지금 기착지 포르-테티엔에서 엄마한테 편지를 쓰고 있습니다. 사막 한가운데예요. 그래도 집이 세 채나 있습니다. 15분 후에 우린 다시 출발합니다.

지난주에 사자 사냥을 했습니다. 잡지는 못했지만 대신 제가 쏜 총에 한 마리가 부상을 입었어요. 반면 멧돼지와 재칼 등 다른 종류의 맹수들은 많이 잡았습니다. 사하라 사막의 국경지대 모리타니에서 자동차로 꼬박 나흘이 걸렸습니다. 우린 마치 우리 차가 탱크라도 되는 양 관목숲을 마구 가로질러 돌아다녔습니다.

제가 부틸리미트에서 한 무어인 수장의 초대를 받았는데, 그 일이 항로 개척에 유리하게 작용할 수도 있습니다. 어쩌면 그가 저를 불귀순 지대로 데려갈지도 모릅니다. 얼마나 굉장한 탐험이 될까요! [……]

전 잘 지냅니다. 모노 누나는 어떻게 지내나요? 위베르[1] 외삼촌의 편지가 와 있는데, 외삼촌에게 우표를 보내드릴 생각입니다.

이 감미로운 사하라의 날씨는 놀라울 정도로 덥습니다.

반면 밤이 되면 모든 것이 축축해집니다. 참 이상한 곳입니다. 그래도 마음을 사로잡으니까요…….

사랑하는 엄마, 마음으로 안아드릴게요.

앙투안

1. Hubert de Fonscolombe, 앙투안의 어머니의 남동생.-원주.

[1927년, 쥐비 기착지에서]

사랑하는 나의 벗,

해수욕을 했더니 자네와, 디디와, 아게, 그리고 프랑스 생각이 났다네, 난 언제나 애국자니까. 오늘 저녁은 왜 이리도 처녀 마음처럼 심심한지. 오죽하면 이러겠나! 그래서 자네에게 이렇게 편지를 쓰고 있는 거라네.

바다에서 파도가 밀려오니 내 마음에도 파도가 밀려온다네. (아니, 그만한 일로 지칠 내가 아닐세. 나도 그렇게 오래 수영할 수 있네.) 마치 욕조처럼 생긴 커다란 해파리들도 많았지만, 그래도 다행히 공격할 의지는 별로 없어 보이더군.

해수욕은 하고 싶어서 한 게 아닐세. 카누를 타고 모래더미로 된 둑을 넘어가려 했던 건데 야심이 고상했나 보이. 갑자기 카누가 내 위에 있고, 모래 둑도 내 위에 있는 게 아닌가. 여기서 난 재미있게 잘 놀고 있다네. 바닷가에 세워진 스페인 요새에서 지내기 때문에 안전하게 바다까지 갈 수 있네. 적어도 20미터는 되는 거리지. 난 하루에도 몇 번씩 이렇게 산책을 한다네. 하지만 20미터보다 더 멀어지면 총알이 날아오지. 그리고 50미터를 넘게 되면, 조상님들을 만나 뵙게 해주거나 아니면 노예로 만들어주는데, 그건 계절에 따라 다르다네. 계절이 봄이고 만일 예쁘다면, 운 좋게 술탄의 왕비가 되는 걸세. 아무렴 죽는 것보다는 나으니까. 운이 좋으면 대환관도 될 수 있지. 그 편은 좀 더 난처하겠지만 말일세.

내가 2주 전에 쥐비에 왔더라면, 난 지금 가문의 영광이 되어 있을 걸세. 마침 사고 현장에 있던 내 동료들이 여행자들을 구해주는 일이 있었거든. 그때 우리 팀은 아! 다카르에 가 있었지 뭔가. 여기서는 모두 번갈아 가며 하품을 하고 있으니까 말일세. 우리가 왔을 때는, 이미 사태는 끝난 후였다네.

어젯밤 난 좀 심장 떨리는 일을 겪었네. 칠흑 같은 밤이었다네. 성경의 '노아의 대홍수'의 장에 나오는 그런 밤이었지. 퐁송 뒤 테라유[2]가 그토록 적절하게 말했던 것처럼 모래바람이 불고 있었다네. "격렬한 바람소리가 파도의 탄식에 응답하고 있었다." 그런데 그때 마침, 전날 먹었던 식사가 짧은 여행을 끝내고 나한테 석방을 요청해오는 것일세. 쥐비에는 요새 안마당이나 사하라 사막 외에는 딱히 화장실이라 할 만한 게 없다 보니, 난 사하라로 결정하고 밖으로 나갔네(왜냐면 우리 요새는 독립된 작은 건물 하나밖에 없어서, 안마당이라 해도 다른 건물로 둘러싸인 여느 요새 안마당과는 다르거든).

게다가 외출은 금지되어 있다네.

그렇게 해서 격렬히 불어대는 바람의 목소리에 나의 공손한 목소리를 한창 뒤섞어 놓고 있는 그때, 발소리가 들려오는 것이 아니겠나. 내가 있는 곳에서는 전방 2미터밖에 보이지 않았네. 또다시 퐁송 뒤 테라유가 후작부인을 강간하는 장면에서 그토록 적절하게 말했던 것처럼, 내 가슴이 철렁 내려앉으면서 정맥 속의 피가 바로 얼어붙어 버렸네.

내가 한두 번 밖으로 나가본 게 아니네. 하지만 언제나 두 명의 보초와 함께였지. 녀석들 손에 잽싸게 여동생 사진을 한 장 건네주고는 함께 돌아오곤 했던 것일세. 그런데 이번에는 권총도 갖고 나오지 않은 거야. 난 공손한 내 목소리가 새어 나오지 않게 틀어막고, 살금살금 뒷걸음질 쳐서 빠져 나왔다네.

그런데 저런, 벽 위에서 얼간이 같은 보초 녀석이 내려다보며 황소처럼 고래고래 소리를 지르기 시작하는 게 아닌가. 그것도 스페인어로 말일세. 보초는 발사하기 전에 정지명령을 했던 것인데 이곳 보초에겐 모든 사람 그림자에 대해 발사하라는 명령이 내려진다네). 난 스페인어라곤 "오!"라는 말밖에 할 줄 모른다네. 따라서 난 내가 할 수 있는 말로 대답했네, "친구…… 여보게 친구…… 자네, 어깨동무." 그리고 보다 안전을 기하기 위해, 네 발을 벽에 착 붙여 몸을 숨겼지. 그리고 그 자세 그대로 요새까지 돌아왔다네. 그런데 내가 요새 문을 밀기가 무섭게 내 뒤에서 보초의 총알이 날아오더군. 나도 모르게 입에서 안도의 숨이 흘러 나왔지, 히유!

내가 무슨 일을 하는지 디디가 물어볼 걸세…… 글쎄, 난 사하라 사막 불귀순 지대의 다카르-쥐비 간 항공로를 만들고 있네. 사하라 사막은 세네갈 강 건너편에서부터 시작되는데, 바로 그 지대는 프랑스령 모리타니일세. 스페인령(리오 데 오로)이 시작되는 포르-테티엔에서부터 불귀순 지대라네. 카사블랑카-쥐비 간 항로를 담당한 동료들은 쥐비에서 아가디르에 이르는 불복종 지대에서 그들에게 동조하고 있는 상황이네.

그들은 운동 경기를 대단히 좋아한다네. 작년에는 우리 조종사 네 명 중 둘을 살해했고, 나도 천 킬로미터 내에서 새끼자고새가 되어 총탄을 맞는 영광을 누렸지. 하지만 나머지 천 킬로미터는 훨씬 평화롭네(각각의 우편기는 갈 때 2천 킬로미터, 올 때 2천 킬로미터를 비행하니까!).

이미 난 사막에서 고장을 경험한 적이 있는데, 같은 팀 동료(우린 비행기 두 대로 비행하네)가 나를 구조해주었다네. 거친 사막 가운데 지형이 양호한 곳에 착륙했던 덕분이었어. 그가 나를 구출해주지 못했다면, 이렇게 웃으면서 할 이야기는 못 되었을 테지. 우루과이 사람들이 이야기하길, 만일 자신들이 프랑스인이었으면 분명 살해되었을 거라더군. 몇 번이나 그들에게 총부리를 들이댔다는 거야. 그러니까 만일 붙잡히게 되면 난 그들에게 깍듯이, 공손하고 정중하게 사과를 드릴 것이네. 마치 요전 날 내 윈체스터 연발소총이 고장 나는 바람에 상처만 입혔던 사자에게 내가 했던 것처럼 말일세. 더 이상 우스갯소리나 하고 있을 처지가 아니었네. 사자들이 자신들을 상처 입힌 우리를 몹시 미워하는 것처럼 보였기 때문이지. 감정이 격하기 쉬운 맹수들이지만, 난 차 안에 있었고, 그때 나는 기막힌 생각을 떠올렸네. 클랙슨을 누르는 것이었지. 효과는 놀라웠네. 사하라 사막의 국경지대 모리타니에서 사자를 몰아내버렸으니까 말이야. 사막에서 차로 나흘 동안 다녔어도 낙타가 다니는 길조차 보이지 않아서, 우린 사막을 마구 돌아다니고 모래언덕 사이를 빙빙 맴돌았다네. 야영부대에서 숙박했는데, 우리가 타고 다닌 두 대의 고물차의 처참한 몰골은 처음엔 혐오감을 불러일으키더니 나중엔 감탄을 자아내더군. 양떼를 만나면 우리가 양들을 몰아주었지. 호화로운 생활을 누렸다네.

이번 탐험에 대한 상세한 이야기는 디디에게 편지로 써놓았었네. 그런데 이제 보니 내 책갈피 속에 그 편지가 끼워져 있지 뭔가. 그러니 디디가 내 편지를 받았을 리는…… 없는 거겠지?

피에르, 지금은 자정일세, 이렇게 늦은 시각까지 자네를 아무것도 못하게 하고는 더 오래 방해하고 싶지는 않네. 자넨 분명 지금쯤 졸려하고 있을 테니.

내가 마음으로 아주 힘껏 안아주겠네.

앙투안

추신.

내 임무 중에는 무어인과 교류하고, 가능하다면 불귀순 지대를 답사하는 일도 포함되어 있네. 비행사로서의 역할과 대사와 탐험가의 역할을 동시에 맡고 있는 셈이지. 지금 난 곰의 굴로 들어갈 계획을 세우고 있는 중이네. 일이 잘 끝나 무사히 돌아오게 된다면, 얼마나 굉장한 추억이 되겠나!

어머니 편지를 한 통도 받지 못했네. 디디는 어쩜 그리도 상냥하게 어머니께 편지 쓰는 법을 똑 부러지게 설명해주었는지! 나도 두 번 해봤네……. 어머니가 감기에 걸리신 걸 알고 있어서 더 걱정이네. 빨리 나한테 편지해주게.

〔추신. 다카르〕

방법을 찾아냈네, 어머니가 우체국 유치우편으로 편지를 보내신다네, 됐어. 어머니께는 아무 말 말게.

언제 함께 한잔하지 않겠나. 자네가 이곳에 들를 기회가 생기면, 난 기꺼이 약속을 지키겠네. 혼자 있으니 너무 무료해. 아니면 내가 1년 안에 아게에 들를 궁리를 해볼까(과연 될까……?)

다카르는 밤이 참 예쁘네, 잠잘 때는 말일세. 마치 자네처럼.

자네, 나를 혹하게 할 사람 좀 찾아주지 않겠나. 난 기꺼이 인류의 발선을 위해 이 몸을 바칠 용의가 있다네. 만일 그녀가 부유하다면 난 자네에게 지참금에서 일정비율을 나누어 주고, 또 예쁘다면 일정비율을…… 아니, 그건 아니네. 자넨 너무 호색한이니까.

난 졸린 줄도 모르고 이렇게 혼자 있다네. 도대체 내가 잃어버린 시간이 얼마인가!

그런데 자넨, 이 시각에…… 색마! ("그럼 그렇지, 호색한 치고는 너무 어수룩하잖아", 그 소녀가 자네에게 했던 말 아닌가?)

어쨌거나 잘 자게나.

사는 동안에 최소한 한 번은 편지하게. 하느님께서 갚아 주시리니. (하느님께서 자네에게 편지를 보낸다는 말은 아니네. 하지만 어쩌면 자네에게 머리카락이 다시 나게 해주실지도 모르는 일이지. 정말 대단한 보상 아닌가!)

앙투안

1. 앙투안의 매제 피에르 다게에게 보낸 편지-원주.

2. Pierre Alexis de Ponson du Terrail(1829~1871). 자극적인 대중소설로 유명한 신문연재소설의 대가.

[1927년 말, 쥐비]

사랑스러운 엄마,

겨우 출발 몇 시간 전에 통지를 받고 짐 싸느라 제가 얼마나 정신이 없을지 상상이 되시죠. 편지 쓸 시간도 없습니다. 지금 전 쥐비 곶에 있는 비행장 책임자로서, 수도사 같은 생활을 하고 있습니다.[1] 잘 지냅니다. 시험비행할 비행기가 몇 대나 있고, 작성할 서류들도 산더미처럼 쌓여 있지만요. 회복 중에 있는 저에게 더할 나위 없이 안성맞춤이지요.[2]

어제는 이 지대 지형도를 하나 만들었습니다. 이곳은 불귀순 지역이기 때문에 전 무어인 수장 친구들의 특별 보호를 받았습니다. 보호자가 될 사람들이 생기면 산책도 좀 해볼 수 있으면 좋겠어요. 당분간은 배를 저어 바다로 나가 맑은 공기를 마시거나, 저한테 끝내주는 추천장을 받아준 스페인 병사들과 함께 체스를 하며 지내게 될 것 같습니다.

엄마는 어떻게 지내세요? 콩블[3]에 계신 건가요? 사랑하는 엄마, 마음으로 안아드릴게요.

앙투안

1. 쥐비 곶 기착지는 스페인 요새의 보호 하에 있는 군형무소인 '바다의 집' 중 하나이다-원주.

2. 앙투안은 류머티즘으로 한동안 몸이 마비되는 바이러스성 고열의 맹공격을 받았다-원주.

3. 세계 제1차대전(1914년~1918년) 중 파괴된 솜 도(道)에 속한 마을. 앙투안의 어머니는 이곳에서 이재민을 위한 한 자선 단체를 운영했다-원주.

1927년, 쥐비

사랑스러운 엄마,

아프리카 대륙에서 가장 외진 곳, 스페인령 사하라 사막의 끄트머리에서 보내는 제 생활은 수도사의 생활 그 자체입니다. 바닷가에 요새가 하나 있고, 우리가 지내는 막사는 그 요새에 기대 서 있습니다. 그러고는 수백 킬로미터 내엔 아무것도 없습니다, 수백 킬로미터나!

밀물 때면 바다가 우리를 완전히 에워쌉니다. 밤에 감옥처럼 창살이 쳐진 창—이곳은 불귀순 지역입니다—에 팔을 괴고 바라보면, 보트를 타고 있을 때처럼 바다가 바로 발밑에 와있습니다. 그리고 바다는, 밤새 나의 벽을 두드립니다.

막사의 다른 쪽 면은 사막으로 향해 있습니다.

내부는 극도로 간결합니다. 판자 한 장에 얄팍하게 짚을 넣은 매트가 깔린 침대가 하나 있고, 세면 대야 하나, 물병 하나가 전부예요. 자질구레한 물건들은 빼놓았는데, 타자기와 비행장 서류들이 있습니다. 영락없는 수도사의 방입니다.

비행기는 매주 다닙니다. 하지만 일주일에 사흘은 적막강산입니다. 우리 팀 비행기가 출발할 때면 전 그들이 마치 제 자식처럼 느껴집니다. 그리고 천 킬로미터 떨어져 있는 다음 기착지에 도착했다는 무전을 받을 때까지, 안절부절 어쩔 줄 몰라 합니다. 그래서 전 언제라도 길 잃은 아기들을 찾으러 나갈 만반의 준비를 갖추고 있는 것입니다.

전 날마다 올망졸망한 귀여운 장난꾸러기 아랍 아이들에게 초콜릿을 나눠줍니다. 그래서 사막에 사는 아이들에게는 인기 만점이지요. 그중엔 벌써부터 인도의 공주님 같은 모습이 나오는 꼬마 계집아이도 있는데, 하는 짓이 어머니다운 데가 있습니다. 좋은 친구들도 생겼습니다.

이슬람의 원로가 매일 아랍어를 가르쳐주러 옵니다. 아랍어 글씨 쓰기를 배우는 중입니다. 그런데 벌써부터 일이 해결될 실마리가 보여요. 제가 무어인 수장들에게 속세의 차를 내놓습니다. 그러면 그들은 불귀순 지역에 있는, 2킬로미터 떨어진 자신들의 천막 아래로 저를 차례차례 초대해 차를 대접하는 것입니다. 그곳은 그 어떤 스페인 병사도 아직 가본 적이 없는 곳이거든요. 그래서 전 좀 더 멀리 가볼 생각입니다. 낯이 익기 시작했으니까, 위험하지는 않을 거예요.

그들의 양탄자 위에 길게 드러누워, 천막의 푹 파인 틈 사이로 불룩 솟아 있는 저 고요한 사막과 둥글게 굽어 있는 땅

바다, 벌거벗은 채 햇볕에서 뛰어노는 족장의 어린 아들들, 천막 가까이에 바싹 매어 둔 낙타를 바라봅니다. 그러면 이상한 느낌이 듭니다. 멀리 떠나와 있다는 느낌도 안 들고, 고립되어 있다는 느낌도 안 듭니다. 하지만 곧 사라질 덧없는 생각의 유희일 뿐이겠지요.

류머티즘은 악화되지 않았어요. 오히려 떠나올 때보다 좋아졌지만 그래도 꽤 오래가는군요.

엄마, 엄마는 또 다른 오지에서 또 다른 양자들과 함께 지내시는 건가요?[1] 엄마와 저 우리 두 사람은 모두, 세상 사람들과 멀리 떨어져 사는군요.

너무 멀다 보니, 전 제가 지금 프랑스에 있거나 아니면 아주 가까이에서 가족과 함께 생활하면서 오랜 친구들도 찾아보고 하며 지내는 것 같습니다. 생 라파엘로 소풍 와 있는 것 같은 기분이에요. 매달 20일이면 카나리아 군도에서 식량을 보급해주러 오는데, 그런 날 아침 창문을 열면 수평선에 새하얗고 아주 예쁜 범선이 떠 있습니다. 마치 막 세탁해놓은 빨래처럼 깨끗한 범선이 온 사막에 옷을 입혀놓습니다. 그럴 때면 전 집집마다 내다 널어놓은, 누구에게나 가장 친근한 '리넨 천'이 생각납니다. 그러면 또, 평생 동안 하얀 냅킨을 다려온 늙은 하녀 생각이 납니다. 그녀가 벽장 가득 차곡차곡 접어놓은 냅킨에선 향기가 나지요. 지금 제 눈앞에 있는 돛은 다림질이 잘된 브르타뉴의 헝겊모자처럼 아주 부드럽게 몸을 흔들고 있어요. 하지만 이것도 금방 끝나고 말 감미로움입니다.

카멜레온 한 마리를 길들였어요. 이곳에서의 제 역할은 길들이는 것입니다. 저한테 잘 맞아요. 참 재미있는 표현이지요. 그런데 제가 길들이는 카멜레온은 태곳적 동물을 닮았어요. 디플로도쿠스[2]와 비슷합니다. 몸동작이 놀랍도록 느리면서 거의 인간에 가까울 정도로 조심스러운 성격입니다. 몇 시간이고 꼼짝도 하지 않아요. 태고의 어두움에서 온 것 같습니다. 저녁이 되면 우린 둘 다 꿈을 꿉니다.

사랑하는 엄마, 마음으로 안아드릴게요. 짧게라도 편지를 보내주세요.

앙투안

1. 콩블에서 앙투안의 어머니가 하고 있는 생활환경 조사업무를 말한다-원주.

2. 쥐라기 후기에 출현했던 공룡.

[1927년 12월 24일, 쥐비]

사랑스러운 엄마,

전 잘 지냅니다. 별로 복잡할 것 없는 생활이라 이야기할 것도 별로 많지 않습니다. 그렇기는 하지만 이곳의 무어인들이 다른 무어족의 공격이 두려워 전쟁 준비를 하고 있기 때문에 약간 생동감이 감돌고 있습니다. 요새는 순한 사자만큼이나 동요하는 기색이 없다가 밤이 되면 5분마다 불꽃을 쏘아 올리는데, 그 불꽃이 오페라의 조명처럼 사막을 멋지게 밝혀줍니다. 여느 무어인들의 대대적인 행사와 마찬가지로, 이번에도 네 마리의 낙타와 세 명의 여자를 약탈하는 것으로 끝날 모양입니다.

우린 인부로 무어인들과 노예 한 명을 부리고 있습니다. 이 불쌍한 사람은 4년 전 마라케슈에서 한 무장한 비적에게 납치되어 팔려 온 흑인으로, 그곳엔 아내와 아이들이 있습니다. 이곳은 노예제도를 허용하고 있기 때문에, 그는 자신을 사들인 무어인을 위해 일하고 그들로부터 주급을 받습니다. 너무 혹사당해 일을 못하게 되면, 그냥 죽게 내버려둡니다. 그것이 그들의 관습입니다. 불귀순자이기 때문에 스페인 병사들도 어쩔 도리가 없습니다. 제가 그를 아가디르로 가는 비행기에 몰래 잘 숨겨서 태우다 하더라도 결국 우린 암살될 겁니다. 그의 몸값은 2천 프랑입니다. 혹시 엄마가 이 사정을 듣고 격분해서 저한테 그 돈을 보내 줄 누군가를 알려주신다면, 제가 그를 다시 사서 아내와 아이들 품으로 보내줄 수 있을 텐데요. 정직하고, 너무 딱한 친구예요.[1]

크리스마스는 엄마와 함께 아게로 가서 보내고 싶습니다. 아게는 제게 행복의 상징입니다. 거기서는 너무 계속 행복해서 더러 지루해질 때가 있습니다. 다음 주에 카사블랑카에 가면 가능한 일인데요, 최고급 자이앙[2] 양탄자를 골라 그 아이들에게 줄 생각입니다. 필요할 것 같아서요.

오늘은 날씨가 흐립니다. 바다와 하늘, 사막이 뒤섞여 있습니다. 고생대의 사막 풍경이에요. 가끔씩 바닷새 한 마리가 날카로운 소리를 내질러서 사람들은 이 생명체의 기척에 소스라치게 놀랍니다. 어제는 목욕을 했습니다. 하역 인부의 일도 했습니다. 한 배에 2천 킬로그램씩의 소포를 내립니다. 소포더미를 모래더미 둑으로 넘겨서 다시 해변에서 하역하는 일은 결코 대충 끝내버릴 수 없는 작업이었습니다. 전 마치 세탁선처럼 커다랗고 날렵한 화물운송선 한 척을 전(前) 해군사관학교 지원자답게 자신 있게 선두 지휘했습니다. 약간 멀미가 났습니다. 거의 공중회전을 하다시피 했거든요.

필요한 건 아무것도 없습니다. 제겐 확실히 수도사의 자질이 있습니다. 가지고 있는 차를 무어인들에게 모두 줘버리고 제가 그들 집으로 가는 걸 보면요. 글도 조금씩 쓰고 있습니다. 책 하나를 쓰기 시작했어요.[3] 여섯 개의 항로가 나옵니다. 말하자면 결국 그 이야기입니다.

오늘 저녁이 크리스마스가 되겠네요. 여기 사막에서는 크리스마스를 정말로 중요하게 여기지 않습니다. 이곳의 시간은 아무런 지표도 없이 흘러갑니다. 세상에 참 이상한 생활방식도 다 있습니다.

마음으로 안아드릴게요.

엄마의 효성스러운 아들

앙투안

1. 모하메드 바르크라는 이름의 이 노예는 《인간의 대지》의 한 에피소드에 등장한다. 책에서는 프랑스인들이 모은 돈으로 자유의 몸이 되어 너무 감격한 그가, 무어인 아이들에게 프랑스인들이 생활자금으로 준 돈을 모두 털어 선물을 사주고 그 아이들이 기뻐하는 모습에 행복해한다는 이야기가 펼쳐진다-원주.

2. 아프리카 북부와 사하라 사막에 분포되어 있는 베르베르인의 한 종족.

3. 《남방우편기》-원주.

[1927년~1928년, 쥐비]

나의 늙은 병아리에게,

누나가 보내준 카드에 감동했어. 얼마나 많은 추억이 담겨 있는지! 지금 우린 마치 바벨의 아이들처럼 뿔뿔이 다 흩어져 있고, 이 사하라에서 난 과연 내가 이 모든 것을 다 겪었던 것인지 의아스러운 느낌마저 들어. 프리부르엔 지금쯤 눈에 덮여 있겠지(여기도 눈이 오면 좋을 텐데). 포르트 형제, 돌리 드 망통, 루이 드 본비는 내가 아무 내색도 하지 않으니까 나를 냉혹하다고 생각하고 있어. 하지만 난 허물어진 과거 때문에, 그 모든 허물어진 과거 때문에 우울해서 죽을 것 같아. 다카르도, 포르-테티엔도, 쥐비 곶, 카사블랑카, 3천 킬로미터의 해안도, 프리부르의 20평방미터짜리 방이나, 내가 돌리와 사랑에 빠졌다고 확신했던 포르트 형제의 응접실만큼도 중요하지 않아. 말이 나왔으니까 하는 말인데 내가 사랑하고 있었던 건 그녀의 언니였어. 하지만 돌리가 위임장을 갖고 있었고, 내 편지에 답장해준 것이 그녀였던 거야. 그 점이 난 내내 신경에 거슬렸지만 지금은 오히려 측은한 마음이 들어.

그때의 여자들이 내가 순수했던 만큼 더욱더 매력적이었던 같아. 사실 그녀들이, 어둠이 내리면 선창 담벼락 아래서 자신의 소란스런 아이들을 데리고 다니며 돈을 받고 병사들 심부름을 해주는 여섯 명의 나이 든 무어 여자들보다 훨씬 더 가치가 있지. 무어인들은 가끔 그 여자들을 현장에서 붙잡으면 배를 걷어차서 쫓아버려.

철도 경비병처럼 끈기 있게 사하라 사막을 감독하는 일이 이젠 진저리가 나. 만일 카사블랑카로 몇 회, 그리고 다카르까지는 그보다는 드물게, 우편기로 비행하는 일도 없다면 난 신경쇠약에 걸려버릴 거야.

카사블랑카는 우리가 중학교를 다니던 제네바처럼 나한테는 지상낙원이야. 그건 제네바가 방학 중에 우리가 배를 타고 처음으로 도착한 육지였기 때문인데, 이곳도 마찬가지야. 아가디르 상공에 들어서면 난, 어느새 초록 숲 빼곡한 풍경 위로 솟아올라 있어. 그 서늘함이 참 기분 좋아. 그러고 나서 모가도르에서부터는 유럽식으로 반듯반듯하게 윤곽을 드러내 보이는 들판이 보여 마음이 놓이고 더 이상 총성도 들리지 않아. 마지막이 카사블랑카지, 상상해봐, 3개월 동안의 수도원 생활을 마치고 난 후를 말이야.

그건 그렇고, 난 누나가 고문서학교 학생인 것이 참 자랑스러웠어. 무어인들에게도 말해줬어. 그런데 누나가 하는 공부에 대해 나한테 자세히 설명 좀 해줄래, 사실 전혀 아는 게 없거든.

점점 난 심술꾸러기가 되어가고 있어. 무어인들에 대해 끝없이 너그러운 마음과 인도주의적인 환상을 품게 되니까, 내가 훨씬 더 완고하게 그들을 다루기 시작하는 거야. 그들은 도적에, 거짓말쟁이, 강도이며, 음흉하고 잔혹해. 마치 닭 잡듯이 사람을 죽이지. 그러면서도 자신들의 몸에 있는 이는 행여나 다칠세라 살포시 땅바닥에 내려주는 사람들이야. 낙타 한 마리에, 총 한 자루, 실탄 열 개만 있으면 자신이 세상의 주인이라고 생각하지. 만일 여기서 1킬로미터 떨어진 곳에서 그들을 만난다면 그들은 누나에게 당신을 토막토막 잘라줄 거라고 친절하게 알려줄 거야. 그래도 나한테는 예쁜 이름을 지어줬어, "새들의 사령관".

지금은 한밤중이야. 스페인 보초들이 고래고래 소리를 지르고 있어. 바닷새 같아. 꽤 음산해. 마음의 키스를 보낼게.

앙투안

[1927년 말, 쥐비]

사랑스러운 엄마,

전 아주 잘 지냅니다. 다만 내년에 엑스에서 치료를 받아야 될 것 같아요. 그 외엔, 언제나처럼 파도가 출렁이는 바다 위에는 따분한 태양만 내리쬐고 있습니다. 이곳의 바다는 한 번도 잠잠한 적이 없으니까요.

조금씩 책을 읽고 있으며, 책을 한 권 쓰기로 결심했습니다.[1] 벌써 백 페이지 남짓 써놓았습니다. 그런데 구성에서 발이 묶여 옴짝달싹 못하고 있네요. 전 책에서 아주 많은 이야기들을 하고 싶고, 서로 다른 수많은 관점들을 다루고 싶습니다. 그 점에 대해 엄마는 어떻게 생각하실지 궁금해요. 혹시라도 2, 3개월 후에 프랑스에서 며칠 지낼 수 있으면, 제 책을 앙드레 지드[2]나 라몽 페르낭데즈[3]에게 보여볼 생각입니다.

제가 계획하고 있는 산책에 관한 이야기를 드리자면, 스페인 병사들과 함께 무어인으로 변장하고 불귀순 지역에서 정황을 살피기 시작했습니다. 처음이라 그들이 지레 겁을 먹지 않도록 사냥에 대한 이야기 외에 다른 이야기는 입 밖에 꺼내지 않고 있습니다. 그러고 나서 행동 반경을 넓혀갈 생각입니다. 뭉근한 책략이 필요한 일입니다. 또한 그 부분에 대해서는 예전에는 호의적이었지만, 현재 회사 사람들의 견해가 어떨지도 아직 아는 바가 없습니다.

아무튼 이 근방에서 내란이 일어나고 있는 이상, 적어도 한 달은 기다려야 하는 상황입니다.

전 지금 애상에 젖어 생 모리스와 아게를 그리워하고 있습니다. 이젠 바다라면 진절머리가 나기 시작했지만요! 그리고 프랑스에 있는 모든 즐거움도 그리워요.

제가 다정하게 안아드릴게요, 사랑하는 엄마.

엄마의 효성스러운 아들

앙투안

추신.

카사블랑카에 가는 대로 새해 선물을 보내드릴게요.

1. 계속해서 《남방우편기》에 관한 이야기다-원주.

2. 지드는 1931년 휴가 온 아게에서 앙투안을 만나 《야간비행》의 서문을 쓰게 되었다.

3. Ramon Fernandez(1894~1944). 작가, 평론가.

[1927년, 쥐비]

사랑스러운 엄마,

9월 1일 전에는 갈 수 없을 것 같습니다. 그럴 수밖에 없는 사정이 많습니다. 그 날짜에 휴가부터 신청하겠습니다. 절대로 쉬두르 신부님께 편지하지 마시고, 마시미한테 부탁해서 저한테 도움을 주려고 하지도 마세요. 그런 직접적인 도움이 저를 눈 밖에 나게 할뿐더러, 저도 필요한 일은 제가 직접 지휘관에게 부탁할 수 있을 만큼 컸으니까요. 그는 자신에게 직접 쉽게 허락 받을 수 있는 일을 뒤에서 부탁하는 일을 이해하지 못할 겁니다.

안 그래도 이곳이 점점 더 어리석은 모습으로 다가옵니다. 사하라의 저 끄트머리에 용케도 매달려 있는 2백 명 남짓한 사람들은, 한 요새에서 두문불출하며 함께 살고 있습니다. 그들은 무어인 중에서도 가장 때가 꼬질꼬질한 사람들밖에 만나지 않습니다. 그들 중에서 체면이 별로 안중에 없는 사람들은 기독교인들이 가까이 오지 못하도록 합니다. 몇몇 엑스트라들로 장식된 사하라 사막의 이런 무대 뒤 모습이 마치 더러운 변두리 지역처럼 지긋지긋합니다.

언젠가는 제가 조난당한 동료들을 구조할 날이 올지도 모르지만, 몇 달 전부터 비행기는 불귀순 지역의 상공으로 도약하고 있습니다.

마거릿 케네디의 《충실한 요정》 읽어보셨는지요? 사랑스러운 책이에요. A. 바이용의 《룩셈부르크의 집게벌레》와 《또 다른 유럽》도 추천해드립니다. 뤼크 도르탱의 《모스크바와 그의 신념》은 놀랄 만한 논문입니다.

도데의 《백일몽》을 읽어보려 했습니다. 믿을 수 없을 정도로 비애감이 넘쳐납니다. 철학서적도 아닌데, 요리과정이 복잡하고 소화하기 어려운 요리 같습니다.

콜레트의 《새벽》도 읽어보세요. 근사합니다.

이만 줄입니다. 휘발유 값을 치러야 해서요. 게다가 도착한다는 기별이 온 남방우편기를 기다려야 하니까요.

사랑하는 엄마, 마음으로 안아드릴게요.

엄마의 효성스러운 아들

앙투안

[1927년, 쥐비]

사랑스러운 엄마,

사하라 사막에서 행방불명된 두 대의 우편기를 찾느라 이곳의 모든 사람들이 극심한 혼란 상태에 빠져 있습니다. 동료 한 명은 포로로 잡혀 있습니다. 전 닷새 동안 비행기에서 내려오질 못했으며, 우린 정말 굉장한 일을 해냈습니다.

급히 키스를 보냅니다. 한 달 반 후에는 프랑스로 가게 됩니다. 이렇게 너무 짧은 편지를 보내는 걸 용서해주세요. 우린 완전히 기진맥진해 있습니다.

앙투안

1927년, 쥐비

나의 귀염둥이 디디,

사막에서 행방불명된 두 대의 우편기를 찾으러 다니는 아주 굉장한 일을 하고 오는 길이다. 내가 한 일은 사하라 사막 상공에서 닷새 동안 약 8천 킬로미터를 비행한 것이었어. 3백 명으로 이루어진 아랍의 무장습격단으로부터 마치 토끼처럼 총격을 받기도 했어. 무시무시한 시간을 겪었으며, 불귀순 지역에 네 번이나 착륙했고, 비행기 고장으로 하룻밤을 거기서 지내기도 했단다.

그런 순간이 오면 우린 대단한 희생정신으로 목숨을 건다.

지금으로선 첫 번째 우편기의 승무원이 포로로 잡혀 있다고 알고 있는데, 무어인들은 그를 돌려주는 조건으로 백만 자루의 총과 백만 페세타, 낙타 백만 마리를 요구하고 있다. (약소하지!) 그런데 부족들이 서로 받겠다고 자기네들끼리 싸우기 시작하면서 상황이 아주 나빠졌어.

두 번째 우편기 승무원은, 지금까지 어떤 소식도 듣지 못한 걸 보면 아마 남방 어디쯤에서 살해되었을 거다.

난 9월에 프랑스로 돌아갈 생각이야. 너무 절실하다. 휴가를 받으려면 약간의 돈이 필요한데, 아직은 그 정도 돈은 없어서 더 일찍 돌아가는 건 꿈도 꾸지 않고 있다.

여기서 난 페네크 여우[1], 혹은 고독한 여우라고 하는 여우 한 마리를 키우고 있단다. 고양이보다 훨씬 작고, 귀가 아주 큰 녀석이지. 참 귀여워.

안타깝게도 성격이 야수처럼 거칠어서 마치 사자처럼 포효하고 있구나.

170페이지 분량의 소설 한 권을 마쳤어. 어떻게 생각해야 할지 정말 모르겠다. 9월이면 너도 보게 될 거야.

하루 빨리 다시 문명화된, 인간다운 생활을 해보고 싶다. 넌 이런 내 생활을 전혀 알 리가 없고, 그런 너의 생활이 나한테는 이토록 멀게 느껴지는구나. 나한텐 행복도 사치처럼 보여…….

다정한 너의 오빠

앙투안

유의사항.

네가 원한다면, 결혼할게…….

1. 사하라 사막 여우.

[1928년, 쥐비]

사랑스러운 엄마,

최근 우리 모두는 굉장한 일을 했습니다. 행방불명된 동료들을 찾으러 다니고, 비행기를 구출하는 등등의 일입니다. 그렇게 자주, 비행기를 착륙시키고, 사하라 사막에서 잠을 자고, 총알이 날아오는 소리를 들었던 적은 없는 것 같습니다.

자나 깨나 9월에는 돌아가게 되길 기대하고 있습니다. 하지만 동료 한 명이 포로로 붙잡혀 있는 이상, 그가 위험에 처해 있는 한, 여기 남아 있는 것이 제 의무입니다. 제가 도움이 될 일이 있을지도 모르니까요.[1]

그럼에도 불구하고 가끔씩 전 꿈을 꿉니다. 꿈속에는 식탁보가 깔려 있고, 그 위에 과일이 놓여 있으며, 보리수 아래서 산책을 하는 생활과, 아마도 여자인 것 같은데, 사람들을 만나면 그들에게 총을 쏘는 대신 상냥하게 인사를 하고, 안개 속에서 시속 2백 킬로미터로 달리는데도 모습이 눈앞에서 사라지지 않으며, 끝도 없는 사막 대신 하얀 자갈 위로 걷고 있는 그런 꿈입니다.

그 모든 것이, 너무 멀리 있군요!

마음으로 안아드릴게요.

앙투안

1. 사실은 렌과 세르, 두 비행사가 무어인들의 포로가 되어 있었다. 1928년 9월 17일 앙투안은 그들을 풀어주기 위한 시도를 하게 된다-원주.

[1928년, 쥐비]

사랑스러운 엄마,

포로로 붙잡힌 지 거의 두 달이 다 되어가는 동료들이 우리한테 돌려보내지는 대로, 프랑스로 돌아가라는 지시를 받았습니다. 지금으로선 그들에 대해 전혀 아는 바가 없으며 심지어는 생사 여부조차 모릅니다. 게다가 사하라 사막에서는 현재 모든 유목민들이 격전을 벌이고 있어 대혼란 상태입니다.[1]

당연히 생 모리스와는 딴판이지요.

전 그럭저럭 잘 지냅니다. 하지만 한시라도 빨리 엑슬 레 뱅[2]이나 닥스에 가서 기운을 좀 차려야겠습니다. 그리고 무엇보다 가족 모두를 만나고 싶어요. 11개월 동안 지독히도 고독하게 지낸 탓에 철저히 미개인이 되기 시작했습니다.

이만 줄입니다. 마음으로 안아드릴게요, 어쩌면 9월 초에는 진짜로 안아드릴 수 있겠죠?

엄마의 효성 지극한 아들

앙투안

추신.

시몬 누나와 디디는 저한테 편지할 겁니다.

1. 1928년 10월 19일 앙투안은 불귀순 지역에서 부상당한 스페인 비행기 승무원의 구출 작전에 참여했다-원주.

2. 프랑스의 온천 도시와 온천장.

1928년, 쥐비

사랑스러운 엄마,

전 그저 그렇게 지내고 있습니다. 엄마의 편지에 콧날이 시큰했습니다.

아아! 제 동료들은 아직도 포로 상태에서 풀려나지 못했습니다. 협상하는 데 최소한 2주일은 걸릴 것이고, 그러면 전 9월 말에나 보내줄 것 같아 걱정입니다.

그렇더라도 전 한시바삐 식구들과 함께 있고 싶은 마음 간절합니다.

사랑하는 엄마, 마음으로 안아드릴게요.

엄마의 효성스러운 아들

앙투안

1928년, 쥐비

사랑스러운 엄마,

후임자가 제 자리를 대신하기 위해 오던 중, 비행기가 고장을 일으켜 무어인들이 사는 곳으로 추락하고 말았습니다. 저한텐 운이 따르지 않나 봅니다.

적어도 3주는 더 있어야 합니다.

그런데 전 엄마가 너무도 보고 싶고, 너무도 엄마를 안아드리고 싶고, 조금이라도 엄마를 기쁘게 해드리고 싶습니다. 그리고 이젠 변하지 않는 나의 사막과도 이별하고 싶어요! 더 이상은 이렇게 떠날 순간만 기다리면서 살지 못하겠어요.

사랑하는 엄마, 마음으로 안아드릴게요.

앙투안

유의사항.

지금 전 아무것도 가진 게 없지만, 제 책은 기대하셔도 됩니다. 제가 돌아가게 되면요.

[1928년 10월, 쥐비]

사랑스러운 엄마,

엄마가 아게에서 저를 기다릴 결심을 해주셔서 정말 너무 기쁩니다. 하마터면 생 모리스에서 추워 죽을 뻔 했습니다.

이제 2주 후면 식구들 곁으로 갑니다. 10월 21일 일요일에 출발할 생각이며, 입을 옷이 아무것도 없어서 카사블랑카에 들러서 4, 5일 머물 예정입니다. 회사 측의 지시만 기다리고 있습니다.너무 돌아갈 생각만 하고 있어서 그런지, 다른 이야깃거리를 찾지 못하겠어요…….

저의 온정을 다해 가족들 모두에게 키스를 보냅니다.

앙투안

유의사항.

저의 후임자가 도착했습니다.

유의사항 2.

모두 한자리에 모인 식구들을 보면 얼마나 기쁠까요.

유의사항 3.

저 대신 피에르에게 키스해주세요.

[1929년, 브레스트[1]]

사랑스러운 엄마,

엄마가 보내오신 전보에 목이 메어왔습니다. 하지만 글로는 더 이상 어떻게 표현해야 할지 모르겠어서 너무 속상합니다.

그래도 대수롭지 않은 제 책[2]에 대한 엄마의 의견을 써주신 편지가 가장 감동적이었다는 말은 해야 할 것 같습니다. 그래서 더욱더 엄마가 보고 싶어요. 만일 한 달 후 제 책이 팔리기 시작하면 둘이 함께 닥스에 가요. 저한텐 꼭 필요한 일입니다. 지금 제 몰골은 아주 칙칙하고 온통 벌레에 물린 상처 투성이거든요. 그리고 별것은 아니지만, 지금 시작한 제 책도 보여드릴게요.

브레스트는 그리 쾌적한 곳은 아닙니다.

지금 제 수중에 4, 5천 프랑만 있어도 엄마한테 브레스트로 오시라고 하겠는데, 당장은 가진 거라곤 빚밖에 없습니다. 제 책으로 돈을 벌수 있다고 확신하기 때문에 정말 돈을 빌리고 싶은데, 누구한테 빌리겠습니까.

그래서 한 달 후에 출발할 거예요.

생 모리스, 오래된 우리 집도 다시 보고 싶어요. 그리고 제 보물상자도. 사실 책을 쓰면서 전 생 모리스 생각을 많이 했습니다.

엄마, 어떻게 엄마의 편지가 지루한지 물어보실 수가 있으세요! 엄마의 편지는 제 심장을 두근거리게 만드는 유일한 것입니다.

저한테 편지해주시고, 제 책을 놓고 다들 무슨 말들을 하는지 알려주실 거죠? 하지만 제발 제 책을 X와 Y, 그리고 다른 멍청이들한테는 보여주지 마세요. 제 책을 이해하려면 적어도 지로두[3] 정도는 이해해야 하니까요.

마음으로 안아드릴게요.

앙투안

유의사항.

저한테 보내주신 평론은 멍청하지만, 그중에는 아주 훌륭한 이야기도 있었습니다.

1. 앙투안은 이때 해군 공항에서 고등과정을 이수하기 위해 브레스트에 체류했다—원주.

2. 《남방 우편기》.

3. Hippolyte Jean Giraudoux(1882~1944). 프랑스의 극작가, 소설가, 외교관. 문과계열의 그랑 제콜 ENS를 나온 엘리트로 제2차대전 때는 레지스탕스로 활약했다. 아랍인들과 흑인들처럼 문화를 받아들이길 거부하는 인종을 안타까워했다.

[1929년, 브레스트]

사랑하는 엄마,

엄마는 너무 겸손하세요. 출판 정보지가 저한테 엄마에 대한 기사가 실린 모든 신문들을 보내주고 있습니다. 리옹 시에서 엄마의 그림[1] 한 점을 샀다니 전 너무, 너무 기뻐요. 나의 귀여운 엄마가 유명해지다니!

우리 가족은 참 굉장해요.

제가 보기에 엄마는 약간만 흡족해하시는 것 같아요, 사랑하는 엄마, 엄마의 아들과 엄마 자신에 대해서 말이에요! 3주 내에 엄마를 뵈러 갈게요. 정말 너무 기쁠 것 같아요.

가장 유명한 평론가 에드몽 잘루의 평론 읽어보셨는지요?

혹시 다른 의견이 있으시면 저한테 말씀해주세요.

사랑하는 엄마에게 마음의 키스를 보냅니다.

엄마의 효성스러운 아들,
앙투안

1. 리옹 시는 앙투안의 어머니로부터 세 점의 그림을 구매했다. 앙투안이 말하는 그림은 생 모리스 드 레망의 정원을 표현한 그림이다-원주.

[1929년, 합동운송선 안에서]

사랑스러운 엄마,

저 배에 탔어요.[1] 멋진 여행이 될 것 같습니다. 출발하고부터는 잠시도 틈이 없어서, 녹초가 되어 쉬고 싶은 마음뿐이었는데, 드디어 쉬게 되었습니다.

갈리마르는 제 책에 아주 만족해하고 있습니다. 항공편으로 교정쇄를 보내줄 것이며, 당장 저의 다음 작품에도 눈독을 들이고 있어요.

이본은 저에게 작별인사를 하려고 쉬트레에서 이곳까지 와주었습니다. 그녀의 말에 의하면 문학계의 모든 사람들이 제 책을 화제에 올리고 있다고 해요.

스페인의 빌바오 기항지에서 제가 보낼 무척 긴 편지를 받게 되실 거예요(도착은 사나흘 후가 될 겁니다). [……]

마음의 키스를 보냅니다. 이 편지로 작별의 인사를 대신하는 건 아니고, 이건 빌바오에서 보낼 편지에 앞서 보내는 간단한 안부 편지입니다. 엄마, 엄마에 대한 저의 모든 애정을, 엄마가 너무 잘 알고 계시는 저의 아주 깊은 애정을 알려드리려구요.

마드 이모와 할머니에게 안부 전해주세요.

디디에게도 안부 전해주시고요.

앙투안

1. 부에노스아이레스행 배에 몸을 실은 앙투안은 1929년 10월 12일 도착. 아에로포스탈의 자회사인 '아르헨티나 우편항공'의 부장으로 임명되었다-원주.

[1929년, 합동운송선 안에서]

사랑스러운 엄마,

아주 평온한 여행을 하고 있습니다. 어린 소녀들과 제스처 게임도 하고, 분장 놀이도 하면서 잘 보이려 하고 있습니다. 어제는 눈을 가리고 술래잡기와 샤 페르셰[1] 놀이도 했습니다. 전 어느새 다시 열다섯 살이 되어 있어요.

배에 타고 있다고 실감하려면 많은 상상력을 동원해야겠습니다. 어떤 소음도 들려오지 않고 바다는 그저 잔잔하기만 합니다. 고작해야 우리의 이마 위에서 끊임없이 돌아가는 거대한 통풍기에서 나오는 바람소리만 들려올 뿐입니다.

더워지기 시작했어요. 다카르에서 5시간 기항하게 됩니다. 옛 추억이 되살아납니다. 제가 보낸 편지는, 그러니까 항공편으로 3, 4일 만에 도착될 겁니다.

엄마, 세상이 얼마나 좁은지요. 다카르에 있는데도 아직 프랑스에 있다는 착각이 듭니다. 그건 어쩌면 제가 툴루즈에서 세네갈에 이르는 길을 바위 하나하나, 나무 하나하나, 모래언덕 하나하나 다 알고 있기 때문일지도 모릅니다. 길가의 돌멩이 하나도 제가 알아보지 못하는 것은 없으니까요.

막 배가 다카르 항에 도착해서 엄마가 다카르로 보내신

편지를 받았습니다. 눈물이 핑 돌았습니다. 그리고 어떻게 그런 기막힌 생각을 하셨을까 궁금했어요. 정말 지혜로운 어머니십니다.

아직은 슬프다는 느낌도, 멀리 떨어져 있다는 느낌도, 멍한 느낌조차 없습니다. 여행하고 있다는 실감이 나지 않습니다. 아무런 움직임도 없고, 아무런 소리도 나지 않는데, 휴게실에는 둥글게 모여 앉은 어머니들 앞에서 아이들의 제스처 게임이 한창이에요! 이 모든 것에는 그다지 이국적일 것도, 식민지의 냄새가 나는 것도 전혀 없습니다. 다카르의 이 덥고 답답한 바람만 아니면요. 하지만 바람 한 점 없는 날이면 생 모리스에 와 있는 것 같은 기분이 들지도 모릅니다.

날치와 상어가 우리 여정을 따라 시범경기를 펼치고 있군요. 소녀들이 조그맣게 소리를 지릅니다. 그러더니 물고기에 대한 제스처 게임을 하기도 하고, 상어를 보고 그림을 그리기도 합니다.

이젠 유지로 내려가서 이 편지를 우체통에 넣고 와야겠습니다. 마음으로 가족 모두를 안아드릴게요. 제가 식구들 모두를 저한테로 좀 데려와야겠습니다.

그다지 오래지 않아 남아메리카에서 편지를 받게 되실 겁니다. 엄마, 우리가 살고 있는 지구는 참 작습니다. 전 결코 멀리 떨어져 있는 게 아니에요.

제가 사랑하는 식구들 모두에게 키스를 보냅니다.

앙투안

1. 높은 곳에 앉아 있는 고양이라는 뜻으로, 쫓기다가 어디에든 올라서면 잡지 못하는 놀이.

1929년 10월 25일, 부에노스아이레스, 마제스틱 호텔

사랑스러운 엄마,

조금 전 드디어 제가 해야 할 일을 알게 되었어요…….

아에로포스탈의 자회사인 '아르헨티나 우편항공'의 항공 노선 개설 부장으로 임명되었습니다(연봉은 대략 22만 5천 프랑 정도입니다). 엄마는 좋아하시리라 생각되지만, 전 좀 울적합니다. 예전 생활이 전 많이 좋았거든요.

여기서는 주름살만 늘 것 같습니다.

조종은 계속하겠지만 그건 어디까지나 새로운 항로에 대한 감독과 탐사를 위한 일일 뿐입니다.

오늘 저녁에서야 제 조건에 대해 알게 되었기 때문이기도 하지만 그전에도 왠지 편지로 아무 말도 하고 싶지 않았습니다. 이제부터 전 시간에 쫓기게 되었습니다. 우편항공편은 30분 전에 배치가 완료되어 있어야 하기 때문이에요.

편지는 회사가 아니라 이 주소(호텔 마제스틱)로 보내주세요. 아파트가 마련되고 나면, 그 주소로 보내주시면 됩니다.

부에노스아이레스는 불쾌한 느낌이 드는 도시예요. 아무런 매력도 없고, 이렇다 할 자원도 없고, 아무것도 없습니다.

월요일에는 칠레의 산티아고로, 토요일에는 파타고니아의 코모도로-리바다비아로 며칠 동안 가 있게 됩니다.

내일 배편으로 엄마한테 긴 편지를 보내드릴게요.

제가 사랑하는 모든 가족에게 마음의 키스를 보냅니다.

앙투안

1929년 11월 20일, [부에노스아이레스]

사랑스러운 엄마,

노래 가사처럼 수수하고 평탄한 생활입니다. 이번 주에는 파타고니아의 코모도로-리바다비아와 파라과이의 아순시온에 갔습니다. 그 외엔 평온한 생활이며, 아르헨티나 우편항공을 신중하게 잘 관리하고 있습니다.

제 자리가 엄마한테 도움이 되다니, 그 기쁨은 이루 말로 다할 수 없습니다. 엄마의 교육이 드디어 빛을 발하고 있다는 생각이 들지 않으세요? 모두들 그토록 엄마의 교육을 비난만 했었지요.

스물아홉이란 나이에 대단히 큰 회사의 부장이 되었다는 건, 괜찮은 일 아닌가요?

가구가 딸린 작고 멋진 아파트를 얻었습니다. 제 주소예요. 앞으로는 계속 이 주소로 보내주세요. "부에노스아이레스 605구 플로리다 거리 갈레리아 고메스, 드 생텍쥐페리 씨."

여기서 매력적인 사람들을 알게 되었습니다. 빌모랭 남매의 친구들(형제 중 두 명이 남아메리카 대륙에 있는 다른 나라에 있거든요)입니다. 그곳에는 음악과 책을 사랑하고 사하라에 대한 그리움을 달래줄 다른 친구들이 분명 있을 겁니다. 일종의 또 다른 사막과 다를 바 없는 부에노스아이레스에서도.

엄마, 엄마가 보내주신 너무도 다정한 편지가 아직도 제 가슴을 뭉클하게 합니다. 엄마가 여기 계시면 얼마나 좋을까요. 몇 달 후에는 그렇게 될 수 있을까요? 그렇긴 해도 엄마가 부에노스아이레스라는 이 도시에서 너무 갇혀 지내실까봐 걱정입니다. 아르헨티나에는 시골이 없답니다. 아무것도 없어요. 결코 도시를 벗어날 수 없습니다. 밖으로 나간다 해도 네모 반듯반듯하고 나무 한 그루 없는, 한가운데에 허름한 집 한 채와 쇠로 된 물레방아만 덩그러니 놓여 있는 들판밖에 보이지 않습니다. 비행기에서 봐도, 몇 백 킬로미터 내에는 그 외엔 아무것도 보이지 않습니다. 그림을 그린다는 건 불가능하며, 산책도 못합니다.

물론 저도 무척 결혼하고 싶습니다.

그런데 모노 누나는 어떻게 지내나요? 식구들 소식과 제 직장에 대해 무슨 말들을 하는지 좀 알려주시겠어요? 그리고 제 책에 대해서는 뭐라고 하나요?

사랑하는 가족 모두에게 마음의 키스를 보냅니다.

앙투안

[1930년], 부에노스아이레스

사랑스러운 엄마,

다음 주에 전신환으로 7천 프랑을 보내드리겠습니다. 그 중 5천 프랑은 마르상 씨에게 갚을 돈이고, 2천 프랑은 엄마에게 드리는 거예요. 그리고 11월 말부터는 전에 말씀드린 2천 프랑이 아니라 매달 3천 프랑씩 보내드릴게요.

생각을 많이 해봤는데요. 전 엄마가 그림을 그릴 수 있도록 겨울에는 라바트에서 지내셨으면 합니다. 근사한 곳이라서 그곳에 계시면 아주 행복한 기분으로 그림에 전념할 수 있으실 테고, 그러면 훌륭한 작품을 많이 그릴 수 있을 거예요.

여행비는 제가 부담하고, 그리고 생활비로 매달 3천 프랑을 드릴게요. 분명 엄마가 흥쾌히 하실 수 있는 일일 거라고 생각해요. 다만 거기서 엄마가 무언가를 찾을 수 있도록 신경을 써 드리기엔 제가 너무 멀리 있다는 게 아쉽네요. 도브네 가족이나, 아니면 라바트에 친구가 있는 지인에게라도 편지를 쓰실 순 없으신가요? 그곳에서 엄마가 너무 고립되어 있다는 생각이 들지 않으셨으면 좋겠습니다. 그렇지만 않다면 완벽한 행복감을 누리실 거 같아요. 게다가 너무 예쁜 곳입니다. 그리고 두 달 후면 그곳엔 꽃들이 만발할 거예요.

아니면 잠시 마라케슈로 다녀오실 수도 있어요. 그래도 엄마한테는 라바트가 더 잘 어울릴 겁니다.

아무튼 카사블랑카는 받아들일 수 없습니다.

이곳은 아주 우울한 곳입니다. 하지만 전 여기저기 돌아다니니까요. 요전엔 파타고니아의 남부(코모도로-리바다비아 유전)에 갔는데, 그곳 바닷가에서 수많은 바다표범의 무리를 보았습니다. 우린 그중 새끼 한 마리를 잡아 비행기로 데려왔습니다. 여긴 남반구이기 때문에 그곳이 추운 지방입니다. 남풍이 차가운 바람이고 남쪽으로 가면 갈수록 점점 더 추위에 떨게 되지요.

부에노스아이레스에 여름이 시작되다 보니 이제는 후텁지근합니다.

마음의 키스를 보냅니다.

앙투안

1930년 1월, [부에노스아이레스]

사랑스러운 엄마,

전 지금 《먼지》[1]를 읽고 있는 중입니다. 제 생각에 우린 모두 《충실한 요정》과 같은 이런 책을 좋아하는 것 같습니다. 우리 자신과 닮은 점이 있기 때문이지요. 우리도 역시 일가를 이루고 사니까요. 어린 시절 우리가 지어낸 말과 놀이에 대한 추억으로 만들어진 그 세상은, 저한테는 제가 아는 그 어떤 세상보다도, 어이없을 정도로 훨씬 더 진실한 추억이 되어 언제까지라도 남아 있을 것 같습니다.

왠지 모르게 오늘 저녁엔 생 모리스의 서늘하던 현관 생각이 납니다. 저녁 식사를 마치고 나면 우린 자러 갈 시간이 되길 기다리면서 궤짝이나 가죽 안락의자에 앉아 있곤 했지요. 그리고 삼촌들은 복도를 이리저리 서성거리고 있었습니다. 복도의 불빛은 침침했고, 토막토막 끊긴 말소리가 들려왔습니다. 신비스러운 느낌이 들었습니다. 마치 아프리카의 오지와 같은 신비로움이었습니다. 그러고 나면 응접실에서는 브리지 게임, 바로 브리지의 신비가 활동을 시작할 준비를 갖추는 것이있습니다. 그러면 우린 자러 올라갔습니다.

르 망에서, 우리가 자고 있을 때 엄마는 가끔씩 아래층에서 노래를 부르시곤 하셨어요. 그 노랫소리는 우리에게 마치 마을에서 열리는 큰 축제 때 울리던 메아리처럼 다가왔습니다. 전 그렇다고 생각했어요. 제가 이제껏 알고 있는 것 중에서 가장 '좋고', 가장 평온하고, 가장 정겨운 것은 바로 생 모리스 집 윗방에 있던 작은 난로입니다. 살면서 그 난로만큼 제 마음을 놓이게 했던 건 아무것도 없었습니다. 밤에 잠에서 깨어 보면 난로는, 마치 팽이처럼 팽글팽글 돌아가면서 벽에 훈훈한 그림자를 드리우고 있었지요. 왠지는 모르겠지만 전 그때, 언제나 주인에게 충성을 다하는 털이 복슬복슬한 푸들 생각을 했습니다. 그 작은 난로가 모든 것으로부터 우리를 지켜주었던 것입니다. 가끔씩 위층으로 올라와서 엄마는 우리가 자는 방문을 열어보시고 우리가 따뜻하게 잘 있는지 눈으로 확인하시곤 했습니다. 전속력을 다해 열심히 부르릉 소리를 내며 돌아가는 난로 소리를 듣고서야 내려가셨지요.

전 한 번도 그런 친구를 가져본 적이 없었습니다.

저한테 무한함을 가르쳐준 건 은하수도 아니고, 비행기도 아니며, 바다도 아니었습니다. 그건 바로 엄마의 침실에 놓여 있던 보조 침대였어요. 병이 난다는 건 굉장한 행운이 찾아온 것이었습니다. 우린 차례차례 돌아가며 병에 걸리고 싶어 했습니다. 그건 감기로 인해 마음껏 헤엄칠 권리가 부여된 무한한 바다였습니다. 엄마의 침실에는 사람 난로도 있었으니까요. 그리고 저한테 영원함을 가르쳐준 건, 마드무아젤 마르그리트였어요.

어린 시절 이후로 과연 제가 진짜 살아 있었던 것인지 전 그다지 확신이 서지 않습니다.

지금 전 야간 비행에 관한 책을 쓰고 있습니다.[2] 하지만 책이 가진 내면 의식에서 보면, 그건 밤에 관한 책입니다. (전 저녁 9시 이후가 아닌 시간을 살았던 적이 없으니까요).

다음이 책의 서두인데, 밤에 관한 최초의 추억 이야기입니다.

어둠이 내리면 우린 현관에서 몽상에 젖어 있었다. 램프 불빛이 움직이는 것을 노려보고 있었던 것이다. 어른들이 마치 한 다발의 꽃처럼 들어 옮겨 놓은 램프는, 벽에 걸려 등불 하나하나에 마치 종려나무 잎 같은 아름다운 그림자가 흔들리고 있었다. 그리고 나서 신기루가 스러지사 어른들은 그 불빛과 어두운 종려나무 잎 꽃다발을 응접실에 가두어버렸다. 그러면 우리의 하루는 끝이 나버렸지만, 아이 침대에 누우면 우린 다음 날로 데려다주는 배를 탈 수 있었던 것이다.

나의 어머니, 당신은 막 꿈나라로 떠나려던 어린 천사들에게 몸을 숙이시곤 우리들의 여행이 편안하도록, 그 어느 것도 우리들의 꿈을 방해하지 않도록, 침대 시트의 구김살을 펴주고 눈앞에 어른거리던 그림자와 넘실대는 파도를 없애주셨지요…….

마치 하느님의 손길로 바다를 잠재우듯 우리들을 재워주셨던 어머니이니까요.

다음에는 엄마의 보호를 받지 못하는 밤과 비행기의 횡단 이야기들이 이어집니다.

엄마는 이토록 고마워하는 제 마음도, 엄마가 얼마나 멋진 추억의 집을 저에게 지어주셨는지도, 제대로 알지 못하는 겁니다. 이렇듯 전 아무것도 못 느끼는 것처럼 보일 테니까요. 생각해보면 전 그저 지나치게 자제를 했던 것 같습니다.

요즘 거의 편지를 보내지 못했는데, 제 잘못만은 아니에요. 전 대부분의 시간을 입을 꾹 다물고 지냅니다. 늘 똑같은 소리지만 어쩔 수 없었어요.

최근 하루만에 2천 5백 킬로미터의 아주 멋진 장거리 탐험을 하고 돌아왔습니다. 저녁 10시에 뉘엿뉘엿 해가 넘어가는 마젤란 해협과 인접한 최남단까지 갔다가 돌아온 것입니다. 잔디밭 위에 있는 도시는 온통 초록색입니다. 골이 진 함석지붕이 다닥다닥 붙어 있어 묘한 느낌을 주는 작은 마을들이 있었습니다. 추워서 모닥불가에 옹기종기 모여 있는 사람들이 참 정겹게 보였습니다.

바다가 붉은 태양에 물들어 있었습니다. 정말 근사했습니다.

이번 달부터 3천 프랑을 보냅니다. 그 정도는 괜찮을 것 같습니다. 10일이나 15일 경에 받으실 거예요. [……] 다 합쳐서 만 프랑을 보냈습니다(이젠 만 3천 프랑이 되겠군요). 그런데 엄마가 받으셨는지, 그리고 받으셔서 기쁘신지, 저로서는 전혀 알 길이 없습니다. 많이 궁금해요.

마음으로 안아드릴게요.

앙투안

1. 로자몽 레만(Rosamond Lehmann, 1901~1990)의 책-원주.

2. 1931년에 출판된 《야간비행》을 말하는 것으로 이 책은 훗날 앙투안에게 페미나상을 안겨주게 된다-원주.

생 모리스 성.
앙투안의 어머니가 카브리로 가기 위해 1932년 팔았던 것을 여러 과정 끝에
생 모리스 드 레망 읍이 리옹 시로부터 2009년 7월 95만 유로로 사들였다.
현재는 생텍쥐페리 박물관으로 재탄생하기 위해 폐쇄되어 있다.

1930년 7월 25일, 부에노스아이레스

사랑스러운 엄마,

[……] 그냥 그럭저럭 지내고 있습니다. 대작 영화의 대본 구상을 시작했는데, 언젠가 영화로 만들어지길 기대하고 있습니다.[1] 그때까지 엄마한테 아메리카 대륙에 대한 몇 가지 추억들을 전해드리려고 짧은 영화 필름도 샀습니다.

얼마 전에 칠레의 산티아고에 갔다가 프랑스 친구들을 만났습니다. 참으로 아름다운 곳이었는데 안데스 산맥이 어찌나 웅장하던지요! 눈보라가 치기 시작하는 6천 5백 미터의 고도에 있게 되었습니다. 마치 화산이 불을 뿜어내듯 모든 산봉우리에서 눈이 뿜어져 나오는 모습이, 제 눈에는 마치 산맥 전체가 부글부글 끓기 시작하는 것처럼 보였습니다. 봉우리가 7천 2백 개나 되고(초라한 우리의 몽블랑!), 너비는 2백 킬로미터에 달하는 정말 아름다운 산맥입니다. 물론 어느 요새 못지않게 접근이 어렵습니다. 그래도 올겨울만큼은 (안타깝게도 언제나 겨울입니다) 그 위에서 비행기를 타고 있자니, 차츰 이제껏 느껴보지 못했던 초유의 고독감이 밀려왔습니다.

이곳에서도 좋은 친구들이 생겼습니다. 그래도 이따금씩 이토록 멀리 떨어져 있다는 우수에 잠기곤 합니다. 하지만 계속 프랑스에만 있었다면 전 몰랐을 거예요…….

편지는 항공편으로 보내주세요, 엄마. 식구들 소식이 궁금해요.

마음으로 안아드릴게요.

앙투안

1. 1936년 레이몽 베르나르가 감독한 〈안-마리〉의 시나리오를 작성하고 있는 중인데, 영화로 만들어진 것을 보고 매우 실망하게 된다.

[1930년, 부에노스아이레스]

사랑스러운 엄마,

엄마의 마음을 아프게 해서 정말 죄송합니다. 그렇지만 저도 마음이 아팠습니다. 보시다시피 전, 제가 엄마와 우리 가족의 보호자라고 생각하는 데 조금 익숙해졌을 뿐입니다. 엄마를 돕고 싶었고, 나중에는 시몬 누나도 돕고 싶었으며, 돌아가서는 제대로 된 집도 한 채 구하고 싶었습니다. [……]

우리 가족에 대해 느끼는 저의 애정이 큰 만큼 더욱 우울할 수밖에 없으며, 전 가족이 있는 그곳에 가고 싶은 지독한 굶주림을 느끼지 않고서는 이 세상에서 제가 있어야 할 자리에 대한 생각을 할 수가 없습니다. 그리고 이 모든 군중들 틈바구니에 끼어 생 모리스의 보리수 냄새와 장롱 냄새, 엄마의 목소리, 아게의 석유램프 냄새를 떠올리면서 한 번도 주먹을 불끈 쥐지 않았던 적이 없습니다. 그리고 제 자신을 점점 더 아무것도 남김없이 모조리 털어내게 하는, 제가 알게 된 모든 것을 떠올릴 때도 그렇습니다. 어쩌면 돈이란 그렇게 대단한 희생을 치를 어떠한 가치도 없는 것일지 모릅니다. 그런데 모노 누나가 일과 일용할 양식에서 위안을 얻는 것보다 훨씬 더 많이 그 신기루를 쫓기 시작한 것을 생각하면, 좀 씁쓸합니다. 돌아올 수 있다거나, 연수를 받는 것은 잠시뿐이라는 둥 하는, 그 모든 이야기는 그냥 하는 말이에요. 누나도 자신이 포로가 되어 있다는 걸 깨닫게 될 겁니다. 설령 누나의 습관이나 욕구가 그 원인이라 하더라도 말입니다. 인생이야말로 톱니바퀴입니다. 그리고, 무엇보다 인생은 언제라도 우리를 기습해오는 이방인입니다.

엄마는 분명 엎지른 물은 주어 담지 못한다고 말씀하시겠지요. 숱한 인생의 즐거움이나 경험들을 억만장자들한테나 넘겨주라구요. 누나가 인도차이나로 떠날 때는 그곳에서 살려고 가는 것입니다. 그곳에서 죽을 만큼 절망하더라도 말입니다. 그리고 그건 어느 날 프랑스에 와서 휴식을 취한다고 고쳐지는 게 아닙니다. 휴식이 끝나면, 결국 다시 떠납니다. 그것이 바로 엄마가 누나에게 전염시킨 가장 고약한 병입니다. 누나는 누나가 항상 못 잊어하는 살아 있는 즐거움이 아니라, 수시로 무척 가혹해지는 시간이란 강자를 향해 되돌아갑니다. 그런 비탈길을 택한 것이 바로 인생이에요.

누나는 기어이 떠날 겁니다.

엄마를 오시라고 하고 싶었는데, 붙들고 씨름해야 할 것이 많아서 엄마가 도착하실 때에 맞춰 제가 이곳에 있을 수 있는지도 확신할 수 없었습니다. 제가 좀 더 침착해지려는 건지도 모르겠습니다. 그런데, 오시는 거죠?

시간이 없어 편지는 거의 쓰지 못하지만, 이토록 더디게 쓰고 있는 제 책은 아름다운 책이 될 거예요.

제가 안아드릴게요, 엄마. 엄마는 분명, 세상의 모든 애정 중에서 가장 소중한 것이 엄마의 애정이니까 힘겨운 순간에는 엄마의 품으로 돌아온다고 말씀하시겠지요. 마치 어린 아이처럼 우리에겐 언제나 엄마가 있어야 한다고, 그리고 엄마한테는 평온함을 담아 놓은 커다란 저수지가 있어서, 젖을 물던 갓난아기 시절과 마찬가지로 엄마의 모습을 보면 안심이 될 거라고.

지금 생 모리스에 있는 제 보물 상자와 제 보리수나무 생각을 하고 있습니다. 그리고 전 저의 모든 친구들한테 제가 어린 시절에 했던 놀이며, 비오는 날의 기사 아클랭[1] 놀이, 마귀할멈, 사라진 요정 이야기를 들려줍니다.

그런데 어린 시절로의 망명은 참 묘하네요.

마음으로 한 번 더 안아드릴게요.

앙투안

1. 폭풍우가 치는 날 번개가 치고 막 구름에서 막 비가 쏟아지려고 할 때면, 드넓은 정원에서 흩어져서 놀고 있던 아이들은 일제히 정원 맨 끝으로 모여들었다. 그리고 집 방향으로 숨이 끊어지도록 달렸는데, 처음 후두후두 내리는 굵은 빗방울을 가장 맞지 않은 사람을 신의 총애를 받았다 하여, 아이들이 다음 폭풍우가 치는 날까지 '기사 아클랭'이라고 불러주었다.

[1932년], 툴루즈

사랑스러운 엄마,

제 아내를 그토록 세심하게 잘 보살펴주셔서 정말 고맙습니다. 전 엄마의 자상함으로 능히 그러시리라 알고 있었습니다. 엄마를 뵈러 가서 아내를 데려오고 싶었지만, 돈이 너무 없다 보니 무리입니다. 그래서 아내에게 저를 만나러 오라는 전보를 보낼 생각입니다.

제 생각인데, 우린 카사블랑카에서 두 달 정도 지내다 오게 될 거예요. 아내의 건강을 위해 모로코에 임시로 요청을 해두었습니다. 그곳에 가면 아내는 행복해할 거예요. 그 사이 저는 우편기로 툴루즈에 와서, 그 틈을 타서—일이 잘 되면—엄마를 뵈러 갈 기대를 하고 있습니다.

디디가 갈 테니까 엄마를 혼자 너무 외롭게 내버려두는 건 아니에요. 그런데 디디는 제 책에 대해 고맙다는 말 한마디 없던데, 참 정도 없군요. 우편물을 엄마가 계신 곳으로 배달되게 하라는 말씀을 디디에게 해두셨나요?

제 책을 읽은 식구들의 생각에 대해 제발 이야기 좀 해주세요. 어떤 소식도 전 들은 게 없습니다.

엄마, 이만 줄일게요. 우편기로 새벽 4시에 출발합니다.

좀 자둬야 해요! 마음으로 안아드릴 게요, 전 엄마가 짐작하시는 것보다 훨씬 더 많이 엄마를 사랑하니까요.

앙투안

카스탈란가 10번지. 1931~1934년까지 머무르며 《야간 비행》을 완성한 곳.

살라네유가 5번지.
카스탈란가의 좁은 아파트를 떠나 새로 마련한, 빛이 잘 드는 이 아파트에서
생텍쥐페리 부부는 행복한 시절을 보냈다(1934~1936년).

1936년 1월 3일, 카이로

사랑스러운 엄마,

사막 한가운데서 애타게 불렀던 엄마였기에, 그토록 뜻 깊은 엄마의 짧은 편지를 읽는 제 뺨엔 눈물이 흐르고 있었습니다. 전 모든 사람들이 그렇게 출발해야 했던 상황과, 이 침묵할 수밖에 없는 현실에 울분을 가눌 수가 없어 엄마만 찾고 있었습니다.

콘수엘로처럼 엄마가 필요한 누군가를 남겨두는 건 참 견디기 힘든 일입니다. 돌아가서 지켜주고 보호해주고 싶은 욕구가 물밀 듯 밀려옵니다. 그래서 엄마의 역할을 못하도록 엄마를 가로막고 있는 이 모래만 손톱이 빠지도록 쥐어뜯고 있습니다. 필요하다면 전 산이라도 옮겨 놓을 겁니다. 하지만 저한테 정말 필요했던 건 바로 엄마예요. 그때 저를 지켜주고 보호해준 건 엄마였으며, 전 아기 염소 같은 아주 이기적인 마음으로 엄마만 찾고 있었습니다.

제가 돌아온 건 조금은 콘수엘로를 위해서였지만, 저를 돌아오도록 한 건 엄마였습니다. 너무도 연약하신 엄마, 엄마는 자신이, 그렇게까지 강인하고 현명하며 너무도 은총으로 충만한 수호천사이며, 제가 밤에 홀로 엄마에게 기도드린다는 사실을 알고 계셨나요?

앙투안

1. 파리-사이공 간을 124시간(5일 4시간)만에 비행했던 앙드레 자피의 기록을 깨는 사람에게 15만 프랑의 상금이 주어지는 프랑스 항공부 장관 주최의 비행 대회에서, 앙투안은 1935년 12월 29일 아침 7시 1분 기관사 프레보와 함께 자신의 비행기 C 630 F-ANRY n° 7042 코드롱-시문을 타고 파리 부르제 공항을 이륙했다. 중간 기착지인 뱅가지에서 출발한 지 채 네 시간이 못 되는 30일 새벽 2시 45분 시속 260킬로미터로 비행하던 그의 비행기는 구름에 휩싸여, 와디 나트룬 계곡으로 추정되는 곳에서 암벽으로 이루어진 고원 꼭대기의 언덕과 충돌하여 리비아 사막으로 추락했다. 그를 찾아낸 건 1936년 1월 1일 저녁이 되어서였다. 이때의 경험으로《어린 왕자》가 탄생하게 된다.

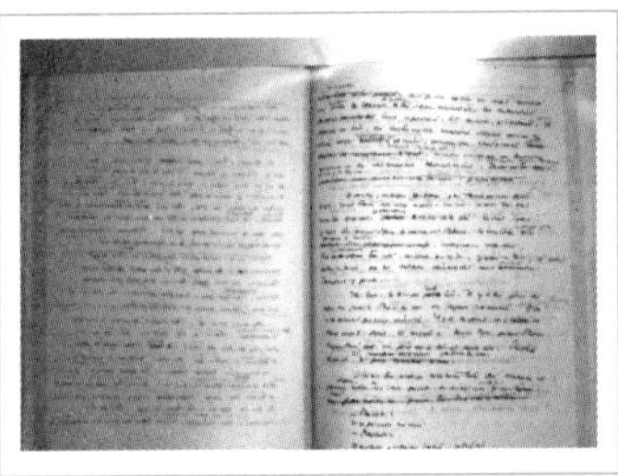

《인간의 대지》 제7장 〈사막의 한가운데에서〉의 육필 원고.
57페이지에 달하는 이 원고는 이때의 경험을 바탕으로 저술된 것이다.

타이핑된 《인간의 대지》 7장 원고의 원본.

[1932년 12월, 오르콩트[1]]

사랑스러운 엄마,

[……] 전 아주 마음에 드는 한 농가에서 지내고 있습니다. 이 집에는 세 명의 아이와 두 분의 할아버지, 삼촌과 숙모들이 함께 살고 있습니다. 언제라도 장작불이 활활 타고 있어서 비행을 마치고 내려오면 추워서 곱은 제 몸을 녹이곤 하지요. 여기서 우린 만 미터 상공을 비행하는데…… 그곳은 영하 50도에요! 하지만 우린 옷을 하도 껴입어서(옷 무게만 30킬로그램입니다!) 그다지 고통스러운 줄은 모릅니다.

기묘한 전쟁이 느릿느릿 진행되고 있습니다. 여전히 일을 좀 하고 있긴한데, 보병대 일이랍니다! 피에르[2]는 무슨 일이 있어도 포도밭을 갈고 소들을 보살펴야 합니다. 그 일이 후방부대에서 건널목을 지키고 있거나 하사가 되는 것보다 훨씬 더 중요한 일입니다. 제 생각엔 공장이 다시 가동되려면 아직도 더 많은 사람들을 동원해제해서 돌려보내야 할 것 같습니다. 답답한 나머지, 여기서 숨막혀 죽을 이유는 없으니까요.

디디에게 저한테 가끔씩 편지를 보내라고 전해주세요. 2주일 내에 우리 가족 모두를 보게 되길 기대해봅니다. 너무 행복할 것 같군요!

엄마의
앙투안

1. 앙투안은 당시 마른 도(道)에 속한 작은 시골 마을 오르콩트에서 잠시 지내고 있던 정찰 제33대대 2중대에 배속되었다. 이후 《전시 조종사》에서 그는 자신이 1939년~1940년 겨울 동안 지냈던 마을 교회 맞은편에 있던 이 농가를 회상하게 된다.

2. 피에르 다게를 말한다.

[1940년, 오르콩트]

사랑스러운 엄마,

전 엄마에게 편지를 보냈습니다. 그 편지들을 잃어버리다니 마음이 너무 울적합니다. 굉장히 많이 아팠지만(딱히 이렇다 할 이유도 없이 극심한 고열에 시달렸습니다), 말끔히 나아서 다시 귀대했습니다.

진짜로 편지를 보내지 않았던 것이 아니니까, 편지를 하지 않았다고 저를 원망하시면 안 돼요. 전 엄마한테 편지를 썼고, 아팠던 탓에 무척 힘들었으니까요. 그리고 얼마나 제가 엄마를 애틋하게 사랑하는지, 제 가슴속에 엄마가 얼마나 소중히 간직되어 있는지, 제가 얼마나 엄마 걱정을 하는지 아신다면 그러지 못하실 거예요. 사랑하는 엄마, 우선 제가 무엇보다 바라는 건 우리 가족들이 안전하고 편안하게 지내는 일입니다.

엄마, 전쟁이 순조롭게 진행되면 될수록, 그로 인한 위험과 미래에 대한 위협, 그리고 식구들에 대한 저의 걱정은 나날이 점점 커져만 갑니다. 가여운 콘수엘로는 너무도 연약하고, 의지할 사람 하나 없어 얼마나 불쌍하고 가련한지 모르겠습니다. 만일 언젠가 제 아내가 남프랑스로 피난을 가게 되면, 엄마, 엄마의 딸이라 생각하고, 저한테 베풀어주시는 사랑으로 아내를 맞이해주세요.

엄마, 엄마의 편지로 마음이 너무 괴롭습니다. 너무 많이 꾸중하시지만, 제가 엄마한테 바라는 거라곤 한없이 다정한 말 한마디 외엔 없는데요.

그곳에서 뭐 필요한 건 없으세요? 저는 제가 할 수 있는 모든 것을 엄마한테 해드리고 싶습니다.

마음으로 안아드릴게요, 엄마, 제가 사랑하는 엄마니까요, 한없이.

엄마의
앙투안

비행대대 2/33
작전지역 우편번호 897

[1940년, 오르콩트]

사랑하는 엄마,

폭격 선포를 기다리는 동안 무릎 위에서 엄마한테 편지를 쓰고 있습니다만, 아직 알려진 건 없습니다. 전 지금 엄마 생각을 하고 있습니다.

이 세상에서 저한테 디디와 디디의 아이들과 엄마보다 더 소중한 것은 아무것도 없습니다. 그리고 제가 두려움에 떠는 이유는 언제나 엄마 때문입니다. 저 이탈리아군이 가해오는 위협이 저한테 주는 피해는, 저 위협이 엄마를 위태롭게 한다는 것입니다. 마음이 너무 고통스럽습니다. 저한테는 엄마의 다정함이 끝없이 필요해요, 사랑하는 엄마, 내 사랑 엄마. 무엇 때문에 이 지상에서 제가 사랑하는 모든 것이 위협을 받아야만 하는 걸까요? 전쟁보다도 제가 훨씬 더 두려운 건 바로 앞으로 다가올 세상입니다. 모든 마을이 폭격에 산산이 파괴되었으며, 모든 가족들이 뿔뿔이 흩어져버렸습니다. 죽음도 전 두렵지 않습니다. 하지만 정신적인 일체감만큼은 다치지 않았으면 좋겠습니다. 전 우리 모두가 다시 하얀 식탁보가 깔린 식탁 주변에 모여 앉게 되길 바라고 있습니다.

대수로울 것 없는 제 생활에 대해서는 말씀드리지 않겠습니다. 언제나 똑같이 위험한 임무에, 식사와 잠자는 것의 반복뿐인 생활이라 말씀 드릴 만한 이야기가 없군요. 전 끔찍하게도 '불만'스럽습니다. 이런 제 마음을 다스리려면 다른 훈련어 필요합니다. 우리 시대가 안고 가야 하는 많은 걱정거리들이 불만입니다. 아무리 위험을 감수하고 견뎌내도 제 안에 있는 양심의 가책은 가라앉을 줄 모릅니다. 그런 제 마음을 시원하게 적셔주는 유일한 샘물을 저는 어린 시절의 추억 속에서 찾습니다. 그건 바로 크리스마스 때마다 피우던 양초 냄새예요. 오늘날 이토록 황폐해진 건 바로 영혼입니다. 사람들은 목이 말라 죽어가고 있습니다.

시간이 있어 책을 쓰려면 쓰겠지만, 아직 어떻게 써야 할지를 모르겠습니다. 아직 제 안에 있는 책이 무르익지 않았어요. 사람들의 '목을 축여 줄 것 같은' 그런 책이 말입니다.

다시 편지드릴게요. 엄마, 마음으로 안아드릴게요.

엄마의

앙투안

1940년 6월, 보르도[1]

사랑하는 엄마,

우린 알제리를 향해 이륙합니다. 사랑하는 엄마, 마음으로 안아드릴게요. 편지 기다리지 마세요. 보낼 수가 없습니다. 하지만 엄마에 대한 저의 애정만은 알아주세요.

앙투안

1. 1940년 6월 20일, 앙투안은 마무리가 채 안 된 파르망 4발 전투기로 보르도에서 알제까지 승무원과 군수물자를 운송했다.

[1940년 6월, 알제]

사랑하는 시몬 누나, 마테 장군께서 내 편지를 너무 맡아 주고 싶어 하셨어. 난 살아 있어, 내가 속한 비행대대 2/33가 대원의 3분의 2를 잃었음에도 불구하고 말이야. 어제부터 우린 알제에 와 있는데, 여기서 출발하게 될 거야. 어느 쪽으로 가는지는 모르겠어. 엄마와 디디, 아이들에게는 이동이 아주 용이해지기 전인 3일 전에 전화할 수 있었어. 누나에게 끔찍한 일이 생기지 않길 바라며, 언젠가 우리 모두 모일 날이 오길 바라는 마음 간절해.

오늘 저녁은 너무 우울해서 누나에게 무슨 말을 해야 할지 잘 모르겠다. 그래도 난 누나에게 살아 있다는 기별을 하고, 우리끼리 짧게나마 이런저런 이야기를 하면서 멀리 있는 누나에게 나의 애정을 전해주고 싶었어.

[1943년, 라 마르사[1]]

사랑스러운 엄마,

비행기 한 대가 프랑스로 막 떠나려한다는 사실을 알게 되었습니다. 처음이자 유일한 비행기예요. 단 두 줄의 글로, 저의 모든 힘을 다해 엄마와 디디와 디디의 피에르를 안아 주고 싶습니다.

틀림없이 곧 엄마를 다시 뵙게 될 겁니다.

엄마의

앙투안

1. 앙투안은 튀니지 근처 라 마르사에 기지가 있는 미군 제7사단 비행부대 중대장으로 합류했다. 이 편지는 비밀리에 앙투안의 어머니에게 전해졌다-원주.

1943년[1]

사랑하는 엄마, 디디, 피에르, 제가 이토록 마음속 깊이 사랑하는 우리 식구 모두들, 어떻게들 지내고 계시는지, 그동안 별일 없으셨는지, 생활은 어떻게 하고 계시고, 무슨 생각을 하고 지내시는지요? 유난히도 긴 올 겨울은 이다지도, 이다지도 서글프군요.

그런데도 몇 달이 지나면 엄마 품에 있고 싶다는 저의 소망은 이토록 강합니다. 사랑스러운 엄마, 이젠 늙어버린 나의 엄마, 다정한 나의 엄마, 엄마의 난롯가에 앉아 엄마한테 저의 모든 생각을 이야기하고, 터무니없는 이야기로 말대답도 하고 논쟁도 하면서…… 엄마가 하시는 말씀에 귀를 쫑긋 세워 듣고 싶습니다. 엄마는 삶의 모든 부분에서 올바른 생각을 갖고 계셨으니까요…….

엄마, 전 엄마를 사랑합니다.

앙투안

1. 이 편지는 1944년 1월 클레르몽페랑 상공의 미군기에서 낙하산을 타고 내려온 알자스의 레지스탕스 수장 덩글레 씨가 앙투안의 어머니에게 전해준 것이다-원주.

[1944년 7월, 보르고[1]]

사랑스러운 엄마,

엄마가 저에 대해 마음을 놓으시고, 부디 제 편지를 받게 되길 바라는 마음 간절합니다. 전 아주 잘 지냅니다, 대단히. 하지만 엄마를 본 지가 너무 오래 되어 마음이 그렇게 서글플 수가 없습니다. 전 엄마 생각을 하면 눈앞이 캄캄합니다. 작고 늙으신 사랑하는 나의 엄마, 이 시대는 왜 이토록 불행한 걸까요.

디디의 집이 없어져버렸다는 소식에 가슴에 못이 박히는 것 같았습니다.[2] 아, 엄마, 제가 디디를 도울 수만 있다면! 그래도 앞으로는 디디에게 정말 의지가 되어주고 싶습니다. 언제쯤에나 제가 사랑하는 사람들에게 사랑한다는 말을 할 수 있게 될까요?

엄마, 제가 마음속 깊은 곳에서 엄마를 안아드리는 것처럼 저를 안아주세요.

앙투안

1. 자신의 요청의 의해 전투비행 제33대대 2중대에 배속된 후, 앙투안은 바스티아 근처의 보르고 기지에 주둔하고 있었으며, 1943년 6월 25일 소령으로 승진했다. 이 편지는 그가 자신의 어머니에게 보낸 마지막 편지로, 그가 실종된 후 1년이 지난 후, 즉 1945년 7월에서야 어머니에게 전해졌다-원주.

2. 아게 성은 1944년 독일군에 의해 파괴되었다-원주.

팡테옹에 있는 전사한 작가 명단.
오른 쪽 아래에서 네 번째에 생텍쥐페리의 이름이 있다.

팡테옹 내 푸코의 진자 옆 벽에 쓰인 비문.
"1944년 9월 31일 항공정찰 임무 중 실종된
시인이자 소설가, 비행사 앙투안 드 생텍쥐페리를 기리며"

옮긴이의 말

그 어머니의 아들, 생텍쥐페리

1945년 부활절

예수님이 부활하시던 날 새벽녘
겟세마네 동산에 올라
막달라 마리아 묘석 옆에서,
무릎을 꿇고, 기도하며
기도문을 외우고, 또 외웁니다.
"주여, 제 아이를 어디로 데려가셨나요?"

여기로 저기로, 전 제 아이를 찾아다니고 있습니다.
아이를 낳던 날,
전 울부짖었습니다, 그 아이를 세상에 나오게 하려고.
그런데 오늘도 여전히 울부짖습니다.
제 아이에게 무슨 일이 있었는지 몰라서, 아무것도.
그 어떤 것도, 무덤조차도 저는 모릅니다.

하지만 "너무 빛을 갈망한 나머지 그만
하늘로 올라가버린 거라면", 별들의 순례자님,

하늘의 순례자님, 제 아이가 왔었나요?
하느님의 항로 표지를 보았군요?
아아! 그 사실을 제가 알았더라면,
미사포 아래서 그토록 울지는 않았을 것을.

앞의 시는 앙투안 드 생텍쥐페리의 어머니 마리 드 생텍쥐페리의 《내 나무가 부르는 노래 소리를 들어요(J'ecoute chanter mon arbre)》에서 인용한 것입니다.

이 책이 생텍쥐페리가 그의 어머니에게 보낸 편지들을 엮은 책이니 만큼, 또한 생텍쥐페리의 삶에 미친 어머니 마리의 대단한 영향을 생각할 때, 우리나라에 거의 알려진 바가 없는 그의 어머니에 대해 알리고 싶은 사명감 같은 것이 느껴졌기 때문입니다. 특히 생텍쥐페리가 실종된 그 이듬해 부활절에 쓰인 시 〈1945년 부활절〉은, 그의 죽음을 받아들이지 못한 채 1년이 흐른 후 자신에게 전해진 그의 마지막 편지를 받고서야 오열을 터뜨리고 만 어머니의 마음을 절절하게 느끼게 해줍니다. 그 육성을 독자들에게도 직접 전해주고 싶었습니다.

마리 드 생텍쥐페리는 1875년 프랑스 정부 회계감독관이자 라 몰 성의 남작인 아버지 샤를 드 퐁스콜롱브와 예술에 대한 안목이 뛰어나고 고상했던 어머니 알리스 드 레스트랑주 사이에서 장녀로 태어났습니다. 집안에서 대대로 이어진 예술적 재능을 물려받은 그녀는, 자신에게 유독 자상했던 아버지의 품을 떠나, 슬하에 자녀가 없던 친척 트리코 백작부인의 권유로 리옹의 사크레 쾨르 학원에서 수학하며 화가의 재능을 키워나갔습니다. 평생을 통해 파스텔로 풍경화와 초상화를 그렸던 그녀는 1908년에 프랑스 화가 미술전에서 우승을 하기도 했습니다.

1896년 6월 8일 생 모리스 드 레망 성에서, 마리는 트리코 백작부인의 소개로 만난 생텍쥐페리 자작(Jean Martin de Saint Exupery)과 결혼을 합니다. 르 망에 있는 마리 아버지의 보험회사 감독관으로 근무했던 그는, 여류작가 조르주 상드의 표현에 의하면 "진정한 신사"였다고 합니다. 1904년 여름, 남편이 뇌출혈로 사망하자 혼자 남은 그녀는 다섯 남매를 데리고 라 몰 성과 트리코 백작부인이 사는 리옹, 생 모리스 드 레망 성, 그리고 생텍쥐페리의 친할아버지 페르낭 백작이 사는 르 망을 오가며 지냅니다. 자신의 집보다 훨씬 큰 친할아버지의 저택에서 대단히 훌륭한 그의 장서들을 보며 자랄 수 있었던 어린 생텍쥐페리가 가장 좋아했던 것은 천문학에 관한 책들이었습니다. 그 영향으로 훗날 페르낭 백작은 《어린 왕자》에서 여섯 번째 행성에 살며 아주 커다란 책을 쓰고 있는 지리학자로 등장하게 됩니다.

여러 곳으로 옮겨 다니는 힘겨운 생활 속에서도 결코 잃지 않았던 낙천적인 성격과 그녀만의 자신만만한 독창성이, 마리를 다섯 아이들에게 각별한 존재이자 스승으로 각인시켰습니다. 생텍쥐페리에게 귀여움받고 행복했던 어린 시절을 만들어주고, 전심전력을 다해 보살피고 밀어주면서 사랑과 자애로움으로 그와의 관계를 엮어나갑니다.

마리의 교육방식에는 계획표도 없고 정해진 규칙도 없었습니다. 음악이 중요한 자리를 차지했는데, 리옹 오페라 단장의 딸인 안 마리 퐁세가 가족의 음악 선생이었습니다. 그녀는 생텍쥐페리와 그의 누나 마리 마들렌에겐 바이올린 선생, 가브리엘에겐 피아노 선생, 가족 전원에겐 성악 선생이었으며, 어머니 마리는 그 곁에서 피아노와 풍금을 쳤습니다. 저녁이면 온 가족이 모여 노래를 불렀는데, 그중에서 생텍쥐페리는 〈궁전 계단에서〉와 같은 흘러간 옛 멜로디를 특히 좋아했습니다.

자연과 식물, 나무, 동물들을 이해하면서 그로부터 끊임없이 가르침을 받았던 마리는, 드넓은 생 모리스 드 레망 성의 정원에서 개와 고양이 같은 애완동물뿐만 아니라 암사슴과 앙고라토끼 등을 길렀습니다. 또한 커다란 두 개의 새장에 새들을 길렀는데, 어린 시절 이곳에서 나무 꼭대기까지 올라가 비둘기를 길들이던 생텍쥐페리는 이후 '어린 왕자'가 되어 여우를 길들이게 됩니다. 그때의 비둘기 집은 아직도 그 자리에 남아 있습니다.

인습에 순응하지 않고 진실하고 소박한 삶을 사랑한 그녀를 사람들은 존경했으며, 그런 점이 생텍쥐페리의 사회학습에 영향을 미치고 도움이 된 것은 물론입니다. 그녀는 지적 사회적 수준으로 사람을 판단하는 배타적이고 편협한 태도를 멀리하고, 거리낌 없이 생애의 대부분을 자신의 이

웃에게 바쳤습니다.

그녀는 분명 다른 세상, 다른 시대의 여성이었습니다. 하지만 생텍쥐페리에게 그런 어머니의 교훈은 무엇보다 소중한 것이었습니다. 인간의 대지를 활보했던 그의 길동무는 언제나 다정했던 그의 어머니로부터 물려받은 휴머니즘이었던 것입니다.

이 책이 출판될 때쯤이면 원서를 발견한 이후, 반드시 출판하겠다는 의지로 오랜 기다림 끝에 갈리마르로부터 한국어판 출간 승인을 얻기까지, 시공사와 함께 파리와 서울에서 동시에 모든 노력을 기울인 지 꼬박 1년이 지난 신록이 눈부신 어느 봄날일 것입니다.

《생텍쥐페리, 내 어머니에게 보낸 편지》는 생텍쥐페리가 열 살이 되던 중학교 시절부터 제2차 세계대전에서 전사하기 직전까지 그가 어머니에게 보낸 103통의 편지와 가족에게 보낸 7통의 편지를, 그의 어머니가 책으로 출판한 것입니다. 메모 노트와 수첩을 제외하면 그의 저서 중 우리나라에서 유일하게 번역 소개되지 않고 남아 있던 작품으로, 본문의 편지 중 일부만이 인용되어 알려져 있었습니다.

이 편지들은 한 아이가 성숙한 어른이 되어가는 과정과, 부모의 자식이었다가 어느새 그 부모의 보호자가 되어가는 과정, 사랑받고 행복하기만 했던 어린 시절에 대한 추억이 인간과 세상에 대한 깊은 사랑이 되고, 전쟁이라는 현실에 끝까지 참여하길 원했던 그의 자양분이 되어, 마침내 생의 마지막 순간까지도 그를 의식 있는 인간으로 살게 했던 그 모든 과정을 낱낱이 증명해주고 있습니다.

또한, 이 편지들은 우리가 알고 있는 생텍쥐페리의 《남방 우편기》, 《야간비행》, 《인간의 대지》, 《어린 왕자》, 《성채》 등을 탄생시키는 데 영감을 주었던 사적인 흔적들이 담겨 있는, 그의 평생에 걸친 성장 기록입니다. 그러므로 이 책은 그런 위대한 작품을 보던 것과는 다른 시선으로 바라보아야 합니다. 사람들에게 읽히기를 의도하고 쓴 글이 아닌, 어머니의 사랑을 그리워하며 어머니에게 온갖 시시콜콜한 학교생활을 털어놓고 이야기하고 싶어 하던, 생텍쥐페리라는 한 인간의 성장 일기인 까닭입니다. 제2차 세계대전이 발발한 1939년부터의 지극히 짧아진 편지들에서, 전쟁이라는 긴박한 상황을 그의 침묵으로 대신하고 있는 점이 그저 안타까울 뿐입니다.

의외로 까다로운 생텍쥐페리 책의 저작권에 대해 제대로 알지 못해 결국 출판을 포기해야 하는 경우들이 있었기에, 파리의 생 제르맹 세바스티앙 보탱 가에 있는 갈리마르 본사와 네 곳의 생텍쥐페리 재단 사이를 오가며 모든 절차와 확인을 받았습니다. 또한 파리에서 리옹, 생 모리스 드 레망, 툴루즈를 오가며 그가 살았던 흔적을 찾아다녔습니다. 툴루즈의 호텔 그랑 발콩을 제외한 파리에 있는 세 곳의 호텔은 모두 제2차 세계대전 때 파괴되었고, 일부는 지하만이 남아 있는 상태로 복구되어 안타깝게도 그가 묵었던 방이나 위치조차 알 수 없었던 것과, 남아 있는 모든 장소들을 책 속에 싣지 못한 것이 못내 아쉬움으로 남습니다. 하지만 그의 발자취를 따라 걸으며 밀려오던 가슴 떨리는 행복감을 잊지는 못할 것입니다.

마지막으로 갈리마르의 저작권 담당자인 마리본 르 두상과 생텍쥐페리 재단의 이사장 올리비에 다게와 직원 여러분, 생 모리스 드 레망 성을 안내해 준 앙베리외 시청에 근무하는 내 친구 르네 동기에게 감사의 마음을 전합니다.

나 또한 나의 부모님의 자식이기에, 사랑하는 나의 아버지와 나의 어머니에게 이 책을 바칩니다.

2011년 김보경

옮긴이 김보경

이화여자대학교 경영학과를 졸업하고 홍익대학교 전시기획 과정과 전시 큐레이터를 거쳐 프랑스 파리 4대학(파리-소르본)에서 Cours de Civilisation et Littérature Française 과정을 수료했다. 일어 · 영어 · 프랑스어 번역 작가로 활동하고 있으며, 저서로《곰과 인간의 역사》가 있다.

툴루즈의 호텔 그랑 발콩에서 보내준 편지 66의 호텔 객실 내부 사진을 제외한,
이 책에 실린 모든 사진의 저작권은 옮긴이에게 있습니다.

생텍쥐페리,
내 어머니에게 보내는 편지

2011년 5월 27일 초판 1쇄 발행
2012년 4월 13일 초판 2쇄 발행

지은이 | 앙투안 드 생텍쥐페리
옮긴이 | 김보경
발행인 | 전재국

본부장 | 이광자
단행본개발실장 | 박지원
책임편집 | 정은미
마케팅실장 | 정유한
책임마케팅 | 정남익 노경석 조용호
제작 | 정웅래 박순이

발행처 (주)시공사
출판등록 1989년 5월 10일(제3-248호)

주소 | 서울특별시 서초구 서초동 1628-1(우편번호 137-879)
전화 | 편집(02)2046-2851 · 영업(02)2046-2800
팩스 | 편집(02)585-1755 · 영업(02)585-0835
홈페이지 www.sigongsa.com

ISBN 978-89-527-6183-5 03860

toujours mon cocher et aussi mes maths.
le reste du temps je parle art avec le sculpteur
Quenod qui vous avez vu ici, on fait des
vers mais
j'ai peu
de temps.

allons nous promener a Gevrieux...

a Gevrieux. l'infidele !

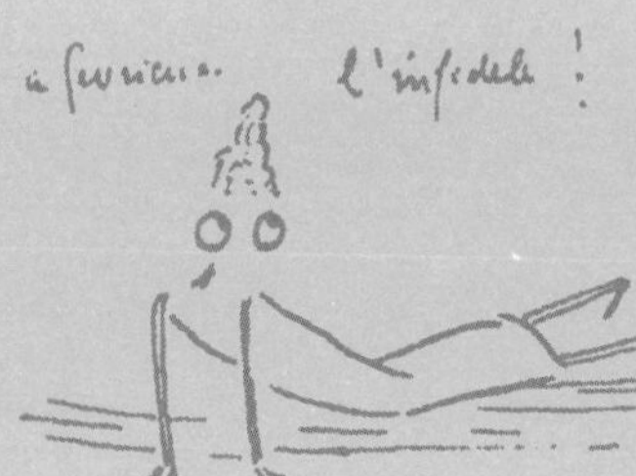

dans Gevrieux [illegible] plus
devint mon ennui !

Raoul
[illegible]